黑夜中

走在 **東大街** 的

危險 人物

the jam.作品

每當入夜之後，筲箕灣東大街一帶，
每家每戶也鎖緊大門，三宗血案，
一把利刀，使街坊人心惶惶！
探員J追查連環傷人案期間，
發現案中有案！

日期近了。不義的，叫他仍舊不義；污穢的，叫他仍舊污穢；為義的，叫他仍舊為義；聖潔的，叫他仍舊聖潔。看哪，我必快來！賞罰在我，要照各人所行的報應他。

——《啟示錄 22》

序幕

港島東區，筲箕灣東大街，深夜。

當我還是少不更事的時候，我已知道快樂並非必然，生命的點點滴滴，所帶來的悲歡離合，直至你魂歸的一刻，是含笑抑或是飲恨，只在於你怎樣去看待。

這件事情發生之後，我告訴自己，若我沒有經歷過這件事，我仍然只會是以過去舊有的態度活著，走在一條線之上，永永遠遠逃不開那黑暗深淵……

終於，來到這一夜……

我可以無懼地閉上雙眼，感受那清涼的微風，深深用力地呼吸著街道上的氣味，這一刻，是我最為感覺到生命存在的一刻。

當最後一間小食店也關上門，即代表這裏結束了一整天的作業。然而，這刻才是一天之中最有「價值」的開始。

終於，我可以按停音樂，取下耳蝸裏的耳筒，無懼地，毫無憂慮地，走在街上……

…待續……

第一部

《東大街的二三事、探員 J 的搜證、

林森北路至東區走廊、少年 Y》

01

這件事情的起初，是由筲箕灣東大街一宗嚴重傷人案件開始……

其實是這樣的，這天我如常地每星期二便到社區中心上國術班。自升上初中後，為了使孱弱身體的我變得強壯，我聽從女班主任的建議，好好鍛練身體，使自己外型更成熟。我也很同意她所說，至少，我要有自我保護的能力，免得……免得再被人欺負！

我選擇上國術班的原因，純粹是因為我怕跆拳道踢木板時的痛楚，弄至紅紅腫腫也實太無謂了。

今天學了套新拳法，師父要求打得好才可離開，但我打得不好，那段「穿上」及「回手」老是不協調，害得我苦苦打上了數十遍才能過關。

資質不足嗎？

糟！已經是晚上八時半，比平常遲了半小時，母親必定又會懷疑我在公園抽煙，搜書包是無可避免的了，問題是我得抄捷徑回家，若然過了九點，她又會隔著家門罵我一頓了。

這樣的話，我又要在街坊面前出醜了。

我拼命地跑，途中遇到兩名同校學生，原來大家不約而同遲了回家。正在相討用什麼藉口好向母親解釋時，眼前出現了一條天橋。

「咦，乜起得咁快嘅？」我感到奇怪地說。

「係囉，今朝返學都唔覺眼嘅。」四眼肥仔道。

「仲講咁多做乜呀，跑啦，再唔跑條橋變色㗎啦！」說話的人個子比我小，我老是想不起他的名字。

但條橋變色？這是說什麼鬼話！

這天橋很方便，能夠跨越馬路，讓我們能直通所住的屋邨。我們跑上行人天橋，餘下的，就只有那數十米直路。

我們邊跑邊笑，肥仔甚至爬上欄杆上跑，他的速度居然不慢，接著是小個子，他也爬上欄杆上跑！

瘋狂，太危險了，我才不要。於是我在原路上跑，跑呀跑，終於看不見二人了，我居然被拋離。

突然……

天橋變成黑色！

是接近伸手不見五指的漆黑！

當我的視覺適應漆黑環境之後，發現眼前的天橋斷了。正確點說，是天橋根本還未曾築好，距離居住的屋邨，還相隔了一條馬路。

正當我走近天橋邊往下看，嘗試尋找肥仔二人的同時，突然背

後有急速的腳步聲走近……

啪！啪！啪！啪！啪！啪！

接著，腳步聲變得刺耳……

呦！呦！呦！呦！呦！呦！

呦呦！呦呦！呦呦！呦呦！呦呦！呦呦！呦呦！呦呦！呦呦！呦呦！

呦……呦……

「哦？」

背後的汽車警報設備不斷鳴響……

呦……呦……呦……呦……

我突然扎醒了，警報聲音是來自後面的車輛發出的。

危險！我居然在駕駛時睡覺了，而且還做夢，幸好，幸好沒有發生意外。

我搖頭並用力睜開眼睛後，立刻再啟動車子。這個時候，我前面正出現交通擠塞，我就是在這個時候睡著了的。是太疲倦之過，昨夜睡得不太好，想必是這樣。

突然，左面閃出一個路人！

呦……呦……

被我鳴響示意，那人抖動了一下，相信被嚇個正著，他這才會

意過來，但是仍然不忘高舉手機拍攝。

現場圍觀人數不少，我正被困在馬路中心，進退不得。

我雖然不斷按下方向盤中央的警報設備，但無奈途人太多，剛才在橫過馬路時仍然不忘把玩手機的男子，竟反過來拍攝我，他手機的閃光燈直射我雙眼，一陣刺痛……

你這人真是……還拍攝來幹什麼？明天網絡上已經必然大量有關此案件的短片！

這個人，其行為正正是時下一般市民的特徵，什麼事情也拍攝一番，被汽車警報嚇過之後，他便自然地產生報復心態，向我拍攝。也可以稱之為反社會傾向，而其他圍觀的拍攝者更是人拍我拍，羊群心態！

至於這個男人，竟然使用一部套上閃爍耀眼外殼的手機，這人至少有 35% 女性化傾向，儘管他或許已經有妻兒，但他每週必然有兩至三次，幻想和男人發生親密行為，如接吻、浸浴等。

在他的一生人中，可能已經不下十次，取起女性內衣穿在身上，感受那身為異性的樂趣。

當我駛至筲箕灣東大街時，大部份路面已經封鎖，禁止車輛駛入，穿上白袖反光衣的軍裝警察，揚手指示我把車子掉頭。

糟！已經進退不得了……

我索性把車子隨便停泊在城隍廟外，並且急跑進筲箕灣東大街……

千萬不要……

不要弄出人命才好！

當我走到天后廟外面，現場已經有很多報章及電視台的記者守候，警察用了藍白色封鎖帶把整段天后廟旁的廟東街封鎖。除了警察、消防及救護員外，所有人均不得越過封鎖線，就連記者也不能例外。

在眾多人群中擠擁後，我千辛萬苦才成功突圍，找到有利位置……

看見了！

第三名傷者！

擔架床的車輪帶出連連的血輪印，救護員正在將一名頭部纏著重重繃帶的女子，運送至救護車上。

這女子……似乎頭部受到重創。

我正想走近那女傷者，但救護車旁站滿記者及軍裝警員，記者們手上的相機快門聲此起彼落，閃光燈不斷閃爍著。

現場有近百名街坊圍觀，站在封鎖線外的軍裝警員，雙手橫向伸展，並強烈向一名身穿黃色外衣、戴上白色眼鏡的記者道：「唔好再推喇，等警察做晒嘢先好唔好……」

穿黃衣的記者左顧右盼，他看到了我之後，向我揚一揚首示意。

我不算是認識他，只算是「認得」他。他跟我就讀同一所中學，但不算是同學。他要比我年長，曾經在同社運動會一起打過籃球吧。

而他的名字……

我倒不清楚!

我再集中精神往女傷者看過去,她的血跡染滿全身衣服,腹部被重重繃帶布纏著,她似乎曾經被利器所傷!

她臉上戴上了透明面罩,正在嗅氧氣,除了左眼跟鼻子之外,頭部右邊臉頰,竟然……

有點凹陷!

初部推算,單從表面看,女傷者的頭蓋骨骨折,腹部亦受利器所傷。

究竟有什麼深仇大恨,要下這般慘無人道的重手?

我看了看手錶,接著提高了封鎖帶,打算走進去,但是被一名軍裝警察制止:「喂,先生!唔入得去……」

那軍裝警察正想進一步行動時,圍觀者突然起哄,發生推撞。那軍裝警察立刻上前喝止,而我沒有再理會他,把握機會直走進了天后廟旁的行人路。

這條短短稱為廟東街的行人路……

血跡斑斑!

地上佈滿了急救後遺下的紗布、繃帶之類用品。

「咪推呀,跌啦!」

「等到幾時先到我影!」

「你唔早啲到……」

「咁你讓少少位得唔得呀？」

「讓位？你知唔知我等咗幾耐呀？邊有咁著數㗎！」

現場爭吵聲音此起彼落，居然又是剛才的那個黃衣記者，他正在思索現場有沒有更好的攝影位置時，天后廟後有人呼喚他：「得巴，呢邊呀！」

名叫得巴的男子便是那黃衣記者，他立刻跑開，但過了不久，他居然出現在天后廟的另一面圍網之外。

他向在瓦頂上的同行朋友道：「咩兜器呀？邊個位呀？」

兜器？

他的同行朋友道：「鎚仔呀！紙箱壓住呀。」

鎚仔嗎？

得巴追問：「點上嚟呀？」

同行朋友道：「踩住部電單車上啦，喂！小心撞爛鏡頭呀！」

得巴立刻踏上停泊在天后廟後的電單車汽缸，先把相機及奶白色兼且印有紅圈的鏡頭移到背脊，再徒手爬上瓦頂。瓦頂的沙石及灰塵零星落下，我立刻閃身避開。

「喂！小心啲呀你哋！」一名負責封鎖的警員亮聲道。

記者們紛紛道歉，唯獨站穩腳後，又立刻舉起相機拍攝。

我抹去肩上灰塵，沒有再理會他們。

紙箱嘛……找到了！所謂的兇器，被紙箱壓著，是一個木柄鐵鎚！木柄遺留下血跡，身旁的便衣女探員輕輕揭開紙皮箱……

啪！啪！啪！啪！啪！

記者們把握機會，急按相機快門……

那女探員向身旁的軍裝警員道：「師兄，拍硬檔幫我拎起個紙盒先……」

女探員取起相機，對著兇器拍了數張照片。

拍攝完畢後，她正想離開之際，才發現我的存在，她看了我掛著的證件，走上前來說：「你係案件主管呀？大廈後門掃到兩個指模……」

這女探員原來是鑑證科的，我搖頭避開她：「我唔係案件主管。」

對方愕然，但是我正奇怪著，怎會這麼久？之前從未見過這種情況，軍裝警察初步調查之後，會聯絡偵緝調查組，後者會憑案情及現場環境才要求鑑證科到場，似乎已經不是短時間內的事。

奇怪！

接著我轉向軍裝警員問：「點解鑑證科到咗咁耐，但係個傷者而家先送走？」

軍裝警員道：「個傷者大腿俾鋼筋插住，消防員要逐條剪斷。」之後他便指著一個水泥柱，柱子不高，只有一呎高，頂部有為數六、七條鋼筋，部份更是斷了。

我再向軍裝警員問：「負責調查嗰班伙記呢？」

這名軍裝警員左顧右盼一會，輕聲道：「你千祈唔好話係我講……佢哋話消防員有排搞，又話未食飯，去咗附近買嘢食，好似喺街尾，你可以過去搵佢哋！」

鑑證科女探員立刻把手上紙張撕掉：「搵佢條命！我自己打俾佢！」

女探員把相機放回皮喼中，拂袖而去，而我立刻伸手攔截：「師姐，個鎚仔呢？唔洗理呀？傷者有刀傷喎，附近可能有染血腳印呢，唔洗搵呀？」

女探員停下腳步，反問我：「你邊位呀，關你咩事呀？」

我道：「我重案嘅，我嚟索料嘅啫，呢單已經係第三單……」

「咁又點呀？你估我好得閒呀？全個港島區得你一單 case 咩？」貌似新世紀福音戰士綾波麗的女探員上下打量我，以她一雙綾波麗獨有的冷傲眼神，已經告訴我，她現場的搜證到此為止。

綾波麗拉著一個小拖喼，神氣地離開了。給她提醒，我取起手機，嘗試致電給其他同僚，但就是沒有一個人接聽。

拜託，我需要人手協助！

「呀……」

「喂！你哋搞咩呀？」軍裝警員向天后古廟看過去，原來是那黃衣記者得巴，他從木梯上跌腳，跌跌碰碰，情況狼狽。當落至地面時，意外碰到一位正看熱鬧，身穿圍裙及制服的女子，她手上的珍珠奶茶，有些倒則了在得巴的相機及鏡頭上。

「喂！我個鏡頭成二萬蚊㗎……」得巴張口結舌，良久說不出話來。

軍裝警員道：「冇嘢你哋就行返出去呀。」

得巴氣道：「冇嘢？喂……你唔好走住呀……」

女店員從巷子離開，得巴十分無奈。

我向軍裝警員道：「師兄，有冇去咗買嘢食嗰班同事個電話號碼？」

對方答：「冇喎，不過我諗佢哋好快返，而家都夜晚十點三，你估佢哋唔想早收工咩。」

對，這個軍裝警員言之有理，我細看他長相，約五呎九吋高，皮膚很白，黑框眼鏡後是一雙黑亮而大的眼睛，這人想必是個分析力極強的人。我想暫時按兵不動，待偵緝調查隊初步取證之後，便會將檔案轉交我們重案組繼續跟進。

救護車已經離開，正火速送女傷者到急症室。負責調查的偵緝探員卒之回來，那個女探員綾波麗又再出現，他們交頭接耳之後，在現場蒐集證據。

事情暫告一段落，圍觀的街坊也漸漸散去。至於發生傷人案的廟東街及天后廟仍然封鎖，現場留有兩名軍裝警員把守。

今次發生地點是在廟東街盡頭山邊，一名食環署外判清潔女工被襲擊，這已經是筲箕灣一個月內第三宗嚴重傷人案。被上司派遣調查連環傷人案的我，近日來疲於奔波，翻看証人口供之餘，亦要向東大街各店舖等調查。

其實，我現在最需要的，是一小隊機動部隊 PTU 來幫忙作問卷調查。

我走到距離案發現場不遠的餃子店，要了一份招牌煎餃及豆漿，

隨便地坐在店外附設的長椅上。這裏是一間台式餐館，招牌煎餃是餐館皇牌小食，男師傅在店舖正門排檔煎餃子，年長女店員在店內服務。

才一坐下，身後突然出現一個人……

「喂！乜你做警察㗎？」是那名叫得巴的黃衣記者。

我向他敷衍地微笑。

走遠一點吧……大家才不熟悉呢……

得巴可能看得出我不是太友善，故自行坐在另一張枱，並從背包取出平板電腦。

我好奇地湊近一看，顯示屏上出現了井井有條的資料：

1 號傷者：

傷者：男 / 王三山，56 歲，市區的士司機

時間：1045 hrs， 05-Mar, Wed

地點：筲箕灣巴色道學校外

傷勢：右手前臂骨折，頸部被玻璃剠破，5 寸長傷口見氣管，左大腿被尖水喉樋插穿，再插入右小腿，引致右小腿骨折。

現況：東區 ICU

2 號傷者：

傷者：女 / 曾嘉惠，17 歲，學生

時間：0415 hrs，11-Mar, Tue

地點：金華街近東大街（城隍廟）

傷勢：口部被刀剟破（小丑式行刑？）縫 12 針。

現況：已經出院

3 號傷者：

傷者：女 / 李向轉，53 歲，食環署清潔工

時間：2100 hrs，18-Mar, Tue

地點：筲箕灣廟東街內（天后古廟）

傷勢：頭部被鎚仔擊裂，其中右眼處骨裂，胸腹多處被剪刀割傷。

現況：東區 A & E

啊！這個名叫得巴的男子，似乎不是一般突發記者。

我站了起來，轉身正想向得巴搭訕之際，一名身穿啡色圍裙，白色恤衫女子亦來光顧餃子店。她見到門外有空座，便一屁股坐下。

這女子，就是剛才把珍珠奶茶倒瀉在得巴相機上的人。她樣子

普通，雙眼細且鼻子有些扁平，嘴巴倒是有點迷人，兼有酒窩。圍裙也很是貼身，也可能是她胸部太突出之故，總之她一出現，我發現除了我之外，至少還有五雙野狼般的眼睛，把視線轉投在她身上。

正確點說，是目不轉睛地瞪著她的巨乳！

我在得巴身旁坐下，他記得那二萬元的鏡頭險些入水，就是這珍奶女店員所弄，故以極不友善的目光瞪著對方。

女店員亦留意到得巴，指著他道：「乜係你呀？頭先你踩到我隻腳而家仲痛緊呀，你部相機冇嘢嘛？不過最多咪二千蚊部，換過部咪得囉。」

得巴呼了口氣：「二千蚊？一塊 CPL 濾鏡都買唔到啦，戇居！」

女店員續道：「喂，你咪係記者嚟嘅，嗰個歹徒拉咗未呀？」

得巴回應得有點敷衍：「歹徒？未掛！」得巴似乎很想女店員盡快離開，說到底，相機及鏡頭被弄濕，亦算是不愉快經歷。

餃子店年長女店員道：「Annie，食咩呀？」

Annie ？這名字好像最近聽過。

那女店員 Annie 道：「六隻鍋貼，叫師傅煎燶啲呀，冇嚟鑊氣。」之後她並把自己店舖的台式飲料放在桌上。

對了！店員 A，是証人口供中的店員 A ！

筲箕灣第一宗傷人案件其中一個証人口供，口供中以「店員 A」代號。Annie，姓楊的，在巴色道傷人案發生前，她見過傷者。

店員 A 再道：「不過警察而家喺天后廟入面埋伏，個歹徒應該會喱埋唔出嚟。」

埋伏？才沒有這樣吧！

得巴聽到天后廟有警察埋伏，立刻轉向我，我搖了搖頭，沒有回應。

位於餃子店左面，相距約六十米，便是天后古廟。我看過去，看見案發現場仍然被封鎖帶封鎖，有軍裝警員在駐守，沿途有市民路過，均會在廟東街口停留，議論紛紛。

而剛巧亦見到便衣警員在天后廟進進出出，相信是負責調查人員。

得巴對店員 A 道：「啲警察喺外面企得耐，可能入去坐啫，又點算埋伏呢。」

得巴再沒有理會店員 A，對著平板電腦在忙。

但店員 A 仍然不肯放過他：「所以話你啲後生仔，睇嘢睇表面，又方耐性，警察仲話個歹徒好可能住喺附近，話會叫飛虎隊嚟捉個歹徒呀。」

得巴顯得疑惑：「有方咁誇張呀，出動到飛虎隊，邊個警察講呀？佢講你就信呀。」

此時有一輛印有「特快物流」字樣的灰色貨車駛過，店員 A 用手指向貨車並提高聲調道：「嗱嗱嗱，飛虎隊呀，嚟埋伏頂嘞。」

店員 A 說到像真的一般，得巴立刻走出馬路，正看見一輛貨車駛經天后古廟，而車牌是一般的民用車牌。

店員 A 再道：「唔使估啦，電視見到啲飛虎隊都帶晒頭套啦，何況佢哋架車，咁易俾你認得咩。」

這個店員 A，簡直是胡鬧。

其實我也沒有見過飛虎隊出動，所知道的，也只是從前輩口中得知。

店員 A 用紙巾抹著嘴巴道：「呢呢呢，咪係嗰個警察同我講囉……」此時女店員指向天后廟外那名膚色白白的軍裝警察。

店員 A 壓低聲調道：「仲有呀，佢話個歹徒有機會係啲流浪漢嚟，咁啱喺阿公岩山邊有個乞衣佬，夜晚會喺附近垃圾筒撲嘢食……」

流浪漢？阿公岩？

得巴半信半疑地問：「個警察真係咁樣講？」

「佢咁講我咁聽，至於信唔信，唉，好難講，你自己諗啦……」店員 A 右手托著頭，很認真的向得巴說。

店員 A 續道：「總之，嗰個警察叫我哋留意啲抽住大袋嘢嘅可疑人，因為個歹徒要用袋裝武器，如果見到，第一時間落閘。」

若店員 A 所說並不是謊言的話，那名軍裝警察似乎所知甚詳。

得巴問：「反而唔係第一時間打 999 報警，而係第一時間落閘，咁係咪表示報警都冇用？」

店員 A 看看手錶，匆匆吃完後道：「嘩，成十點半喋嗱，差唔多收舖啦，再唔返去實俾老闆鬧喇。」

得巴顯得有點兒失望：「喂，咁即係點呀？警察陣間係咪有行動呀？」

店員 A 結賬後離開餃子店，並道：「你咪坐多陣等下警察會唔會捉到佢囉，反正聽警察講方壞，你而家見到有啲舖頭都早咗收舖，費事一陣槍戰就麻煩呀。」

我卒之按耐不住：「嘩，你使唔使咁誇張呀，無啦啦槍咩戰呀……」

我再向天后廟看了一眼，店員 A 所說的軍裝警察正和幾名便衣探員交頭接耳，不時望向大廈天台，便衣探員又取出相機拍攝。

店員 A 走後，我向得巴道：「你啲資料整理得好好喎。」

得巴樣子變得自負起來：「緊係啦，我哋嚟做事㗎，三個傷者不約而同俾人用硬物或者利器襲擊，而發生第一宗傷人案的傷者，而家仍然留院，情況都嚴重……」

他向我問：「你係東區重案？」

我沒有正面回應：「呢單嘢你有咩睇法？」

得巴看著屏幕，眉頭深鎖，翻閱自己之前為傷人案整理的資料：「三位傷者互不相識，亦唔算有錢人，遇襲後亦冇無財物損失。三宗案件嘅發生時間、傷者性別、年紀、職業、住址、行兇方法、使用兇器各有不同，唯一相同之處係……」

「筲箕灣東大街一帶！」我接上口，得巴向我點頭。

沒錯，這宗案件唯一相同之處，便是我們現在身處的……

東大街！

得巴抓了抓頭：「點解兇手要咁狼死呢？落咁重手，唔通傷者同兇手有錢銀瓜葛？」

得巴最後一句話是向我發問的，他不直接問我傷者的財政狀況，而轉過另一個方式，顯得出他身為記者的小聰明，但聲線轉變得太明顯，似乎是提醒對方接他一招！

我仍舊向他笑了一下，當然，這是關乎受害人私隱的問題，怎能隨便向別人披露。

「呀，有計……其實可以試下咁樣……」得巴似乎突然靈機一觸，他在平板電腦登入了人氣最高的討論區瀏覽，很快便找到兩條有關這宗傷人案的討論題目。

得巴選擇了一條較多頁數的題目進入，我看了一看，發覺只是些把即時新聞報導轉貼，並加了些個人評論而已。而回應者雖多，但也只是加入個人觀感，對調查沒有幫助。

我看了看得巴，他很是認真地，自行發表了一個題目： 血跡遍佈東大街，兇手是誰來猜猜？

之後在內容寫入「在發生第四宗血案之前，合力把疑兇抽出來吧。」

確定發帖後，得巴立刻按網頁更新，按了第三次，已經有其他人留言，類似「拉到後叫事主用鎚仔扑番佢」之類的說話。

我皺著眉：「有用咩？」

得巴答得頗為自豪：「互聯網力量好大㗎，剩係等警察破案？有排啦，呢個兇手一定好熟悉呢一區……」

「企喺度！」

此時遠處傳來叫聲......是廟東街方向，一把男子聲音。

接著那看守廟東街的軍裝警員，跑到天后古廟正門，同一時間，我亦已經站了起來。

「師兄，上面有人執咗把刀走咗呀！」軍裝警員高聲叫道。

糟！是兇器！

是疑犯取回行兇用的刀！

此時兩名便衣探員從天后古廟出來，而我亦立刻跑上前。

軍裝警員又再走至廟東街，指著山上：「黑色衫，Cap 帽，沿上面阿公岩道向東區走廊跑！」之後，他立刻用通訊機上報警察電台。

我向負責調查的便衣探員指手畫腳：「你哋呢度上去，我向海邊去包抄！」

兩名探員一老一少，大家同是港島總區，也是熟口熟面，但我就是不知道二人的名字。

我沿東大街跑，得巴竟然緊隨身後，我跑至巴色道分岔位，不知道應不應該走捷徑時，突然山上有人大叫：「直去呀，師兄！」

是那高大的軍裝警員！他步程很快，在廟東街上斜坡的他，居然比我還要快。

我跑至東大街盡頭，之後右轉上阿公岩道，然後開始上斜。我也不清楚疑犯是否已經逃至海邊，但是與其在大面積搜索，倒不如搏一次，搏他還在阿公岩道。

我收慢腳步，慢慢地向上走，而得巴亦在我身旁，我向他道：
「嘩，你影相還影相，對方有刀㗎，你自己執生呀！」

當走至崇真堂，對面山坡有一條水渠，水渠沿山上引落至行人路，行人路上有一個四四方方的水泥沙井。

而沙井上，正有一個人跪下！

跪下的，是負責調查的較年輕便衣探員：「師兄，唔好郁住，你企喺度先……」

年輕探員身後，隱約能看見有一個黑影匿藏在凹陷的水渠之中。年輕探員舉起雙手，示意我不要再接近，我大概已經猜到他是在什麼的處境當中。

他深深地呼吸著，胸膛上上下下的起伏著：「佢喺我後面，有刀……」

刀！

他被人挾持！

我右手立刻緊按配槍，鬆開了槍袋鈕扣，準備拔出，但就在此時，便衣探員道：「師兄唔好呀……」

看見便衣探員驚恐的表情，我硬把持槍右手定住，但突然間，軍裝警員在我右面出現；並且做了一件合乎情理，但並非上策的舉動。

「警察，咪郁！否則開槍！」軍裝警員擎槍指向水渠。

我揚手制止：「唔好亂開槍呀！」

太危險了，年輕探員身後漆黑一片，怎能能夠看清楚射擊目標？

黑夜中走在東大街的危險人物

「師兄，唔好開槍呀，我唔想死住呀！」年輕探員哀求著。

我也不知道應否開槍，沒有正確目標，應該把子彈射到那裏去？

射向年輕探員的頭側嗎？抑或是射向他頭上的水渠位置？

不行，太冒險，若然稍微偏差，年輕探員便命喪槍下。不過，這個時候才想這樣想那樣，一切已經太遲……

太遲了……

在年輕探員說話後，他突然張開口露齒的抖震了兩下，接著整個人往前仆去，傾倒在沙井上。

當微弱的街燈透過樹影照射在他背脊上的時候，我看見他背後出現一個刀柄，同一時間，水渠中有東西在移動著。

一個黑色的身影開始向上移動，我隨即拔出配槍，但是……

我根本什麼也看不見！

只是，黑影移動的同時，漸漸能夠看見，首先是一雙腳，接著是一雙手。

沒有抓著任何東西的一雙手！

「咩……咩嚟㗎……佢……」身後的得巴說。

眼前的景象，我簡直看傻了眼！

因為，黑色人影正面地向著我們，雙腳離地，反地心引力……

升了起來……

…待續……

02

黑色人影迅速沿水渠上升，我再次高舉配槍，在前後準星尋找目標時，那人已經消失得無影無蹤。

可是，我仍然能聽到山坡上樹枝發出的「啪啪」聲響。

疑犯，就這樣明刀明槍地……

逃脫了！

「師兄！師兄！」軍裝警員上前扶著受傷的便衣探員。

後者的傷勢……

慘不忍睹！

他背部除了插著一把餐刀外，另外還有一個傷口，正在滲出血液。

軍裝警員神情呆滯地跪在地上，不知所措，此時年長的便衣探員從石梯趕至：「阿奶佢做咩呀，喂，究竟發生左咩事呀？」

我上前查看叫阿奶的年輕探員，他已經半暈了過去，我用手把探他鼻子，幸好仍有氣息。

「叫白車，快！」我衝著發呆的軍裝警員呼喝。

但是他只是抬起頭看著我，繼續發呆，我索性用手推他肩膀：「通知電台叫白車啦，做乜嘢呀你！」

軍裝警員被我一喝，這才如夢初醒，立刻按著通訊機：

「電台，我係警員 A3X0（註），有同事受刀傷，暈咗，位置喺阿公岩道教堂對面行人路，疑犯黑衫黑褲 Cap 帽……」

註：警察編號有 A 字母的，均是香港輔助警察，顧名思義，即是警察只是他的兼職工作。

接著軍裝警員把腰身袋中的救傷包取出，交給那年長的探員：

「師傅，現場交俾你啦，我要拉個人渣！」

之後，他隨即站起來，手持配槍的他，便一支箭般沿阿公岩道衝落斜路。

此時又再有一個軍裝警員氣喘喘地到達，我認得他是另一名看守廟東街案發現場的警員。

他一到步，便高聲呼喊：「Air……危險呀……等埋 EU Car 先啦。」

Air？

啊！因為他警員編號是 A3X0，而 Air 是指 Airbus 空中巴士吧！

我打量對方，原來他也是輔警同事。

太危險了！那位叫 Air 的輔警 A3X0 似乎還很年輕，若是魯莽地作單獨行動，萬一真的遇上疑犯……

時間不容許我再細想，我袋好配槍，也向著那位叫 Air 的輔警方向跑去，但是這「空中巴士」的速度實在太快了，落斜路不久，便失去了他的蹤影。軍裝警員身上的裝備至少也有 8 公斤吧，他怎麼會跑得這麼快的。

我跨越欄杆，走到籃球場（巴色道遊樂場）前的一個小崖壁，腳下十米便是工業區。接著，我聽到了遠處有零碎的腳步聲，相信 Air 也是走這一條路吧。

我小心翼翼地由崖壁滑下去，那是只有數級樓梯的斜坡，基本上不是正式通道，若然稍有不慎，必然會跌個頭破血流。

我走進小徑，左面是一座紫色的工廈，而右面則是一個地盤⋯⋯

　CEDD
土木工程拓展署

防治山泥傾瀉工程

這個所謂工地，原來是阿公岩的一個山頭開拓而成。我抬頭向上看，這個山頭十分奇怪，最高處距離地面至少有二十層樓高，但是連接土木工程拓展署地盤的，竟然是一個九十度角垂直的崖壁，情況就像我在一件西餅上，用刀子由上至下切上一刀。

若果疑犯真的成功到達山上，理論上來說，他當然可以走上鯉魚門渡假村，但是更有可能的，就是藏身於這個工地之內。

這裏可是一個接近九十度直角的崖壁，若疑犯真是沿山路逃走的話，那麼，他是怎樣下山的呢？

還是他仍然在山上？

正當我尋找地盤的入口時，不遠處的掘頭巷出現一個人影！

我立刻右手緊按配槍，閃身走進一部貨車車頭作掩護，準備隨時射擊，當黑暗小巷內的人慢慢走至，我才看清楚是那軍裝警員——Air。

「喂！有冇發現？」我現身向 Air 道。

他搖頭回應，我再道：「有冇入過呢個地盤睇？」

Air 正想開口回應，遠處傳來狗吠之聲。

旺！旺！旺！旺！旺！

旺旺！旺旺！旺旺！旺旺！旺旺！

我正尋找聲音方向時，Air 已經動身：「阿公岩村！」話未說畢，他已經開步跑！

我們走到阿公岩村，看見有幾隻流浪狗從海邊漁類批發市場走回來，之後見到我們，五隻惡犬三前兩後的包圍我們。

Air 收起配槍，取出警棍作戒備，惡犬見人持有武器，立刻退了開去。

我見惡犬阻礙追捕疑犯，故道：「喂，你報機叫人去咗魚市場先啦，而家一走啲狗可能會咬我哋，有隻白色腳嗰隻應該好凶猛。」

於是，Air 遵照我的提議，向警察電台道出疑犯可能逃走去漁類批發市場，接著，我們慢慢地遠離惡犬，當走至東區走廊橋底，我們立刻加速狂奔。

我們沿路進入漁市場，剛巧遇見兩青年正在維修汽車。

Air 突然用警棍指著二人喝止：「放低個螺絲批！」

兩青年約十九、二十歲，身材瘦瘦削削，是典型滑板仔樣，尤其是下身像香雞的雙腳，與我剛才在山邊水渠所看見離地的一

雙腳，很是不同。

Air 很快速地向二人進行搜身，對了，雖然我沒有親眼看見，但之前曾聽到 Air 說出的疑犯外型，是頭戴 Cap 帽的。當然帽子是可以棄掉，但是二人橫看直看，也不似是疑犯。

「唔好意思，我哋揾緊個黑色衫褲，戴 Cap 帽嘅人，你哋有冇見過？」我向兩名滑板仔問。

二人齊口說沒有，我再問：「有冇見過幾隻狗吠呢？」

其中一名滑板仔指向一個方向：「有呀，嗰幾隻狗喺嗰面走嚟㗎，之後過咗去對面馬路。」

我和 Air 互望了一眼，便向滑板仔所指的方向跑去。

我們經過了海事處辦公室、香港藝術學院，兩所建築物大門重重關上，烏燈黑火，不似有人。而香港藝術學院之後，出現了一座古樸的寺廟……

Air 道：「乜筲箕灣咁多廟嘅。」

這廟宇最先映入眼簾的，是兩塊長方形木牌，木牌有一支杆，如古裝片包青天堂內兩個守門人手持的木棒一樣，古裝片中守門人還不時以木棒敲擊地下。

而廟宇的這兩塊木牌，紅底黑字寫著：

譚 公 仙 聖
肅 靜 迴 避

木牌之下更有一個架能承托兩塊木牌，木牌之後是一個大門，門上橫幅右至左亦寫著譚公仙聖四個字，廟外的牆角更有一些

接近熄滅的香。

Air 用手捽眼:「啲香好煙眼,呢間廟係……」

「係譚公廟,筲箕灣以前係漁港,漁民都拜譚公。」我接上口道。

Air 走上前查看大門:「道門好似關得唔埋,唔通……」Air 向我揚眉,並用手指著大門。

我立刻退後,用手示意他過來我這邊,並指著他的通訊機。Air 總算明白我的意思,因為我們沿途搜索疑犯時,他的通訊機響過不停,這樣亦等於向疑犯報告我們的位置。

他關上通訊機後,我們同時拔出配槍作戒備,我向他提出一個簡單的作戰計劃:「我哋每人推一邊門,要同時推,門一開立即擎槍,交叉指向,互相掩護,你指我嗰面,我指你嗰面,OK?」

Air 點頭,我數一,二,三……

啪!啪!兩道門同時被我們推開!

門開了,我擎槍指進廟內,視線首先接觸的居然是一艘船。

那是艘約一米長的模型船,類似龍舟,有一排一排兩個兩個的小人在划船;而另一邊廂,即是接近我的一面,同樣是一艘船,坐著三個人。

我倆進入廟堂內,由左至右是開始搜查,大約過了兩分鐘後,我可以肯定,這座譚公廟內沒有人匿藏。

奇怪……

我走向譚公廟大門，但就在此時，感覺到有點異樣！

我轉身，用視線再在廟堂內搜索，剛才的感覺是有些不自然，但又說不出是什麼不妥當。

於是，我開始檢查大門，查看之後，才發現不見了鎖頭。

「原本應該有個鎖頭喺度......」我四處張望，希望有什麼發現。

Air 也發表意見：「如果佢踢開道門時整爛把鎖，咁個鎖頭可能喺附近......」

我否定他的說法，並指著大門：「佢唔係踢門入，如果佢有踢，個鎖牌會受唔住拉扯而爛，但而家個鎖牌完整無缺......」

Air 道：「咁即係個疑犯有鎖匙？又或者用工具，例如鏍絲批咁鑿開去？」

我道：「有可能，但係更有可能係疑犯冇入過譚公廟，因為入面冇人。」

我們沒有再說話，因為，事隔這麼久，基本上疑犯可以逃至任何地方，只要他再走到大街，任何人也不能察覺他曾經犯案。

此時有一個穿黃色衫的人由魚市場跑來，且連連回氣。

「嘎......嘎......嘎......咩......咩環境呀大佬？」是得巴，看來他仍然不放棄採訪。

我沒有理會他，反而向 Air 使出一個眼色，往東大街方向走去。

走了一會，看見了兩名俗稱藍帽子的 PTU 由行人隧道出來，此隧道是連接東大街及海邊東區走廊橋底的，這樣亦即是說疑犯

不在隧道中。

首先是巴色道，之後是城隍廟，今次是天后古廟，疑犯消失於譚公廟⋯⋯

究竟為什麼和廟宇有關呢？

奇怪的是，假設疑犯作案某情度上和廟宇有關，但又為什麼第一宗傷人案是在巴色道？

那可是一條短小的掘頭路⋯⋯

想著想著，我們已經返回阿公岩道案發現場，至於叫阿奶的便衣探員，已經由救護車送往東區醫院。

「頭先發生咩事呀？」一名軍裝高級督察向 Air 問道。

後者詳細交待情況，其實我也是不太清楚，我跑到阿公岩道時，阿奶已經跪在沙井之上。

Air 道：「我哋（指著另一名輔警）看守現場嘅時候，見到有人喺天后廟對上斜坡，嗰個人 175cm 左右，普通中等身型黑色衫，似係連帽嗰種，但頭戴 Cap 帽，深色褲，鞋睇唔到⋯⋯」

Air 頓了一會，雙眼有點紅：「我想知道受傷個伙記情況點樣？」

說到底，其實我也有點兒怪責 Air 剛才的表現，他擎槍指向疑犯的行為，很有可能便是間接令疑犯下手的主要原因。但是換個角度看，在 Air 未趕至現場之前，若是我能當機立斷的向疑犯開槍，阿奶仍然會受傷嗎？

高級督察道：「個同事俾人拮咗背脊兩刀，救護員話把刀要去到醫院做手術先拎到出嚟，佢勉強仲講到嘢，但就講唔出疑犯

個樣。而家我哋可以為佢做嘅係盡快拉到疑犯，所以你提供嘅資料好重要。」

於是，Air 說出經過：「我見佢踎底執咗啲嘢，似係一把刀，之後我喝止佢，佢就轉身向上爬。因為天后廟後面塊地好凌亂，有斜坡，有大樹，仲有舊建築遺址，所以佢爬得唔快，於是我走去廟門口，向刑事偵緝隊嘅同事講，講完我自己就跑咗去巴色道上樓梯，再兜上去阿公岩道。但上到去聽到東走廊嗰便有腳步聲，於是就跑落去……」

Air 當時所聽到的跑步聲，很可能是我所發出，他穿過了東區走廊，我才慢慢地走上阿公岩道。

而疑犯，他根本就沒有離開過阿公岩道，有可能匿藏在沙井附近，遲來但眼利的阿奶發現他時，已經被對方持刀挾持。

接著我才到達現場……我閉上眼睛，回想阿奶的說話：

「師兄，唔好開槍呀，我唔想死住呀！」

他背部中第一刀，身體第一下抖震時，我為何不衝上前去救他？

當他中了第二刀時，我才拔出配槍來，射擊目標還來不及尋找，疑犯已經沿山坡逃去，我究竟是在幹什麼？我曾經還阻止 Air 開槍呢……

我很想打自己兩記耳光，若果現在沒有其他人，我必然會這樣做。

巴色道……

廟宇……

再是廟宇……

疑犯究竟為何要在廟宇下手？巴色道又有什麼？

現場來了大批便衣探員，有些是認識的，包括了一批 PTU。他們在現場作地毯式搜索，而我也再沒有理會他們。嚴格來說，這裏根本沒有我的事，刑事案件現場的搜證，主要由一般警區偵緝調查隊負責，較為嚴重的，才會轉交到我們重案組。一天未正式接到 file，還未正式調查。

而我，有關阿奶受傷一事，只需要回一份口供。但是口供不急，阿奶這宗案件最後也會與之前三宗傷人案合併，所以我現在要做的，是搜證。

我嘗試致電同隊的同僚，但是一個人也找不到。

我走到巴色道，這裏是東大街內的一條小路，手臂彎狀兼且是掘頭路，路旁是數間石屋，這些石屋與整條東大街的建築羣格格不入，路的盡頭有一條能通往阿公岩道的樓梯，相信阿奶他們是從這條路走上去的。

而更重要的是，這裏是第一宗傷人案的現場。

兩星期之前，56 歲的士司機便是在學校外遇害，現時仍然留醫深切治療部。

至於的士司機的背景，所知道的是十分清白，無仇無怨無欠債，他是退休的機電署職員，每月領政府長俸。駕駛的士只因為太悶，有打風流工的意味。

三宗血案，的士司機受傷過程最為恐怖，除頸部有刀傷之外，左手右腳均有骨折，尤其以左右雙腳被水喉管插穿的情況，簡直令人毛骨悚然。

我走到巴色道，樓梯被封鎖帶封鎖，樓梯另一面的阿公岩道也有警察站崗。

我站在崇真學校及隔離地盤的雙連位置，這裏正正是的士司機遇害的地方，頭頂上是地盤外圍的簷篷，巧合地遮擋著學校大門的監視鏡頭，錄影片段也完全拍攝不到疑犯。

亦即是說，疑犯是由東大街步行上巴色道，作案後再沿路離開。而的士司機只是把車子停泊在一旁，下車抽了一根煙，他有什麼過錯？竟然受到如此極刑？

我再走前數步，停了下來，眼前是數間石屋，正面一座寫著「6B」，再右面石屋有晾曬衣服，是有人住的。左面是兩層高的建築，有一個大門開啓了，我走近點看，原來只剩下半邊破舊的木門，門牌寫著「5」。

「5」號屋門外有港燈的電箱，相信仍然有住客，我再走到 5 號屋與學校圍牆之間的小巷，是一列空置的石屋，更有一條樓梯可以通上石屋屋頂。而樓梯底有一些雜物，包括一個香爐，一些灰，地上更有一紮折斷了的東西。

是香燭！香燭有燒過的痕跡，也似是被人折斷了，但很濕，被水沖洗過。

廟、香燭、傷人案，三者有關係嗎？

我把這些香燭用膠袋裝著，放回車上。之後我站在一間台式飲品店外。

店員 A……兩星期前，她由阿公岩道巴士站下車後，沿樓梯走落巴色道，就在這個時候，她看見的士司機在抽煙，之後她便轉出東大街去台式飲品店上班。

她當時是轉左走出東大街，但她在口供中提及，就在她轉左的一刻之間，視野看見有人沿東大街步上巴色道，但她說不出對方容貌。

我要親身再向店員 A 詢問多一次。

店員 A 似乎剛回到店舖，被老闆怒瞪了一眼，她立刻揭起活動枱板，走進店內，取起地拖清洗地板。

老闆是一名廿八歲的年輕男子，又高又瘦的他也穿上工作服，和其他職員一樣，店內各樣大小工作也會參與。

此時另一矮小約二十歲的女店員道：「Annie 姐，啲紅油抄手你放咗喺邊呀？」

店員 A 突然臉色一暗，右手大力拍在收銀櫃枱上並亮聲道：「哎！PK，掛住同個四眼仔傾計唔記得買添，我而家幫你去買……」

年輕老闆開口道：「我都叫聲你 Annie 姐，同你講過叫你唔好突然咁大聲嗌啦，斯文啲得唔得唔得，唔怪得啲客投訴啦。」

店員 A 又再提起活動枱扳外出：「對唔住！對唔住！即刻去買，好快返，最多半個鐘。」

年輕老闆提高了聲調：「你已經比其他人食多咗三十分鐘飯，而家拖緊地你仲要走？」

店員 A 已經步出台式飲品店，頭也不回，邊走邊說：「好快，老闆，好快好快！」

店內另一名男員工笑道：「老闆，Annie 姐猛咁話你『好快好快』，佢好似好了解你身體機能喎，嘿嘿嘿……」

年輕老闆正被氣得頭頂冒煙，之前矮小的女店員道：「嗱，老闆，唔關我事呀，係佢應承過幫我買架，我而家可以唔食架......」

年輕老闆雙眼瞪著差點凸出：「唔好再講啦，做嘢啦！」

一男一女兩位小店員立刻不語，繼續工作。反而年輕老闆深深嘆了一聲，自言自語：「點解會請埋啲咁嘅人架......」

從這件事來看，店員 A 似乎是「冇嚟搭垃」的人，雖然她的外表端好，其身材直情是......呼......不得了......樣貌其實也算不俗，但她處事必定是很求其，外出時手袋必然是十分凌亂，錢包多半是脹卜卜的不能合上，放滿提款單或是過期贈卷之類，還有是一年也不會用一次的零食店及其他無謂的會員證。

這樣的人，她之前的口供，說不定是沒有深思熟慮，不經大腦而作出的。

在等待店員 A 下班期間，我再致電查詢阿奶情況，初步得知，刺中他的兩刀，均沒有傷及脊椎，也沒有傷及肺部，這真是不幸中的大幸。

半小時後，店員 A 下班離開店舖，我走上前，還來不及說話，她已經搶先道：「你想點呀你，我嗌㗎！」

原來她還帶點神經質。

「你嗌咩呀？嗌救命呀？」我道。

只是......

「救命呀......救命呀......個歹徒係呢度呀......」店員 A 突如其來的尖叫，引起對面馬路桌球室外的兩名男子立刻看過來。

我急忙道：「你唔好再嗌呀，我係警察呀，頭先都見過你啦。」

此時開始有途人圍觀。

「小姐，咩事呀？」

「佢對你做過咩呀？」

我立刻取出委任証澄清，直至有兩名軍裝警員出現，他們認得我，才化解誤會，散去人羣。

我在車上取出一個 flie，把店員 A 的口供取出，她才百份百的相信我是查案警察，之後，她的態度也一百八十度轉變。

變得......我不想用斯文二字，此刻的她，像一隻鵪鶉！

「頭先唔好意思呀，人哋驚㗎嘛......」店員 A 稍微低著頭說。

我道：「唔緊要，有啲嘢想問多你一次，但好急，而家方唔方便？」

店員 A：「都冇話唔方便嘅，但夜咗我就冇巴士返去。」

難得可以立刻進行，我有點雀躍：「唔緊要，夜咗我載你返去，你住邊頭呀？」

店員 A 含羞答答：「唔方便講嘅......」

我道：「有咩唔方便......」對了，我真蠢，根本就不用問她。

我翻看她口供上的申報住址——瑞喜樓，小西灣邨。

是小西灣。

我笑了一聲，她竟然臉紅起來，雖然大家也沒有說，但是我也不知道由從何時起，把「小西灣」這三個字和一種行為掛鈎。

我再看一看口供內容，她 33 歲，中學程度，跟父母一起住，未婚。

啊！怪不得……怪不得她突然變了鵪鶉，原來……原來她還未出嫁。

我低下頭，忍著笑：「我主要想問你一個問題，就係你對於疑犯嘅印象，你之前話佢大約五呎六吋高，深色衫褲，但係又話睇唔到佢有冇戴帽，呢一點想你澄清。究竟係咪有嘢遮住你視線，例如疑犯舉起右手摸頭，咁樣之類……」

店員 A 瞪著我，我問：「有冇呀？」

她反問道：「有冇咩呀？」

天呀！她在遊魂。

我再重複問題，她道：「其實我話嗰個人五呎六吋高呀，深色衫褲係亂噏㗎，當時錄口供個阿 Sir 話阿豬阿狗都有個高度，冇可能完全冇印象，但係，我真係一啲印象都冇。」

這個店員 A，她果然是求求其的，虧她還夠膽承認。

我帶點恐嚇的道：「你知唔知咁樣會誤導警方……」

店員 A 立刻搖起雙手：「Sorry 呀，我真係冇心㗎。」她雙手在胸前擺動，連接身體也左搖右擺，她的豐胸直情搖到了我眼底裏頭似的。

呼……我不斷告訴自己，我是來查案的，我是來查案的。

她續道:「不過,我估個疑犯係流浪漢或者係執垃圾㗎,呢啲人就算帶住把刀喺身都冇人知,因為佢哋本身都污穢邋遢,警察都唔會搜佢身啦。」

對於這案,店員 A 似乎有自己身為街坊的睇法,我不妨聽聽她意見。

她取出手機,開啓一張相片給我看:「呢個人夜晚會喺東大街出現。」

我取過手機一看⋯⋯

相片並不清晰,相信是感光度及快門不足,但是相中人拍得也算清楚。

這個人,身穿一件寬鬆的深色連帽大褸,頭髮蓬鬆,大褸遮掩了上半身,下半身是一條灰灰藍藍的褲,一雙黑色類似皮鞋,這照片拍攝到此人的左側面,而他右手可能拿著一個袋子。

我只可以說是可能,因為他褲子很闊,但隱約可以看見較遠的右腳的輪廓,像有東西突起。

「張相喺邊度影㗎?」我心急起來。

店員 A 微笑道:「我哋舖頭個閉路電視!」

我緊張起來:「但係我哋有同事問過你哋,你哋話個鏡頭用嚟嚇鬼,冇錄影功能喎!」

店員 A 把手指放在嘴巴前:「你咪咁大聲呀,係因為老闆怕麻煩,驚阻住佢做生意,所以先要我哋咁講咋!」

我追問:「而家段片仲喺唔喺度?」

店員 A 咬著嘴唇，瞪大雙眼點頭回應。

我開始感覺到店員 A 有些意思，有些可愛，相中人可能會帶給我一些有用的線索。

店員 A 帶我返回台式飲品店，我抬頭向上看，鏡頭正拍攝著我。

店員 A 取出鎖匙，開了卷閘中的門，我們進入店舖。

「你老闆就係頭先嗰個男人呀，佢都好仆街吓喎！」我道。

店員 A 在冰箱取出一杯珍珠奶茶給我後，便開始弄錄影機：「好衰好刻薄㗎佢，乜嘢都斤斤計較，我遲早爆粗小爆個 PK……」

店員 A 張口結舌，似乎知道剛才的說話有損自己的鵪鶉形象，故向我強顏歡笑：「講起個衰人就有啲嬲……」

過了數分鐘後，店員 A 終於找到相中人的片段，我看見屏幕上的日子及時間是：8 Mar 0440 AM

店員 A 補充：「部機快咗十分鐘，四點半先啱。」

片段是飲品店面向馬路的左上角鏡頭拍攝，所拍攝的範圍是店外行人路及部份馬路，畫面的左面是東區走廊方向，右面是筲箕灣電車總站方向，而天后古廟則在店舖對面再左行二百米左右。

店員 A：「差唔多啦，係呢度啦……」

畫面右面開始有一雙腳入鏡，接著是出現一個人，此人行出馬路，走了過對面。這個人的出現時間前後不超過四秒，甚至只出現在畫面的右上角，我道：「點解你會睇番啲錄影嘅？」

店員 A 道：「好奇囉，有時開工好悶，咪播住段片，久唔久望下，睇下有冇影到個歹徒囉。」

我道：「即係你並唔係由頭睇到尾，而係做做下嘢咁啱望到。」

店員 A 點頭。

我索性自行在錄影機搜畫，將發現可疑人的位置向前快速搜畫……

「有啦……」店員 A 緊張地抓緊我衣袖。

我再調較好位置，按 PLAY……

畫面由左面開始有人入鏡，一個黑色連帽外套的人出現，但是因為他正正出現在鏡頭之下，未能看到他雙腳。

而重要的是，他把帽子蓋過了頭，故此也看不到他容貌。

他在店外站了一會，便左轉面向馬路，就在他轉身的瞬間，看見了……

他右手拿著一袋黑色長長的東西……

「係……係佢……」店員 A 結結巴巴地道。

我取出手機，把畫中人拍攝，之後那人便走了出馬路，消失畫面中。

店員 A 把重播片段關了：「你咪俾人知我帶你嚟睇帶呀。」

我把弄手機，把剛拍攝的照片和店員 A 手機中照片的兩人核對：「不過，我可能會再嚟睇片，所以……」

「咦！點解撳咗 STOP 都仲 PLAY 緊嘅……」店員 A 凝望著畫面道。

我看一看畫面，左面仍然有剛才戴帽的黑衣人在，但是……

店員 A：「嗱！我再撳 STOP 啦，但係都……」

未待店員 A 說完，我立刻用手掩著她嘴巴：「殊……」

我再看畫面，輕輕道：「唔好嘈，唔係播緊片，係 LIVE ！」

店員 A 顫抖地吐出：「LIVE ？」

我壓下聲線：「係，出面有人！」

…待續……

03

直播畫面中人亦同樣是身穿黑色連帽外衣，只是，他竟然把頭湊近卷閘門框，就像是在竊聽一樣。

其實現在也不算是太夜，東大街仍然有店舖營業，但是，現在正身處店外的黑衣人，明顯是有所企圖，說到底，他的行為，怎樣也不能說是正常。

如果黑衣人便是那個疑犯，那麼我現在開門出去的話……

70% 以上機會能夠拘捕他！

不……85% 才對，因為在廟東街及阿公岩道的兩個罪案現場，說不定仍然有軍裝警員把守。這樣的話，黑衣人可說是插翼難飛，除非……除非他第一時間離開東大街。

不過，他又怎麼會自投羅網的呢？

我以手勢向店員 A 示意安靜，之後往閘門看去，這道門的門鎖是在店內手動，有一個小四方形鎖掣的那一種，從表面上來看，這是個雙重鎖。我除了要向右拉開本身的鎖掣，還要在小四方形的鎖掣向右扭動兩格。

打開這道門一共兩個步驟，三下聲響。我有信心在兩秒之內完成，之後拉開閘門，抓住黑衣人便行。

我最後看了閉路電視畫面一眼，黑衣人仍然在，於是撇下店員A，慢慢行近閘門。

我用右手輕輕抓住小四方形鎖掣，再給自己時間在腦海中預演一次……

行了！

心打數，1，2，3......

格......格......

啪......

我以右手開鎖及左手推開閘門是同時進行，但是身後的店員A亦同時高聲道：「佢走咗啦！」

我未待閘門完全開啓，已經閃身而出，只是店外行人路什麼人也沒有。

「佢跑咗去邊呀？」我雙眼不停在街道上四處掃視。

「好似......左......你向左邊睇吓呀......」店員A似乎也不太肯定。

我實在沒有時間再去一一考慮，我轉左便跑，跑到筲箕灣港鐵站前公園，但是一個人也沒有，於是我向黑暗的金華街街市跑去。

這個所謂街市，其實全是建設在馬路上的臨時小販排檔，這個時候的金華街，已經冷冷清清，跟東大街相比是兩個世界似的。

我在排檔中左右搜索，不見人影，黑衣人離開東大街後，不會蠢到跑進港鐵站吧......

但若果他真的跑進去呢？

我不再細想，立刻跑到下一條街的港鐵站入口，此時已經接近往上環的尾班車開出時間，我在站內大堂看不見有人，便進閘

走下月台。

嘟……嘟……嘟……嘟……

剛巧有一列往上環的列車準備關門，我沒有細想便跑了進去。

列車內人不多，我由頭車卡開始向尾車卡搜索，雖然剛才逗留在月台的時間不多，但是幾可肯定，黑衣人不在那裏。換一個角度來說，若果黑衣人真是走進港鐵站的話，那麼他必然在這列車上。

我走至列車中段，開始較為多人，要花點時間留意乘客衣著。如果不是搜索並不會知道，原來很多人也穿著連帽子衣服。

終於，我走到列車尾卡……

有發現了，一個人在坐在最後的一排椅子上，會是他嗎？

黑色連帽外衣，背上有一個黑色背包居然也沒有放下，這樣背著坐，不怕辛苦嗎？而最特別的是，他的頭上，仍然戴上跟衣服雙連的帽子！

要爭取時間，假如我不能成功抓住他，我也要銘記住他的衣著……

黑衫、黑背包、白色水壺蓋、灰色窄腳褲、啡色運動鞋……

行了，餘下要做的是，走上前查閱他身份證，搜查其背包，若不合作，便用「涉嫌與襲警傷人案」有關的指控拘捕他……

手銬！

配槍！

準備好了！

黑衣人所坐的椅子，還有另外一雙男女，由我走進尾卡開始，這一男一女已經注意到我，或許是我神色凝重吧。但同時，令全無動靜的黑衣人顯得更加可疑。

我走上前數步，還差一大步便走到黑衣人面前時，他突然站了起來。

喔……

完全來不及說話，黑衣人已經撞開了我並向車頭方向跑。

他力氣很大，被他撞到後，我狼狽地失去平衡，幸好右手一抓，才勉強抓住扶手杆，才不至於踩在地上。

我一站起，便追了上去：「幫手捉住佢呀……」

黑衣人跑得很快，我只希望有乘客出手協助。

「咩事呀？」

「可能非禮呀。」

「係咪緊拍戲呀？」

有幾次我碰上了其他乘客，阻礙了時間，但就是不見有人出手相助。

眼見黑衣人差不多跑至列車頭卡時……

嘟……嘟……嘟……嘟……

糟！列車停了下來，到達西灣河站。

我遠遠看見對方已經貼近車門，車門一開，他立刻閃身而出。我也衝出車廂，拼了命的不斷地跑，也不知是什麼方向，不知是什麼出口，只是盯緊黑衣人背影跑。

上到大堂閘口，我也沒有打算拍卡，找到一個較為少人的閘機，準備跳閘。

黑衣人大約在我十米之前，他首先凌空跳起，成功跨過閘機，但是他落地有點不穩，似乎被什麼東西勾到，竟然踩了一跤，屁股撞到地板上。

輪到我了，準備躍起……

「未拍卡呀……先生……」不知那裏殺出一個港鐵職員。

不幸地，我跟他碰撞在一起……

職員被我撞到在出閘的旋轉桿，格……格……兩聲，他竟被我撞出閘外。

當我再尋找黑衣人時，已經不見了他的蹤影。但是，在他剛才跣腳而跌倒的地上，發現了一個鎖匙扣。那是一支黑色的電筒鎖匙扣。

我小心翼翼地用手指勾著鎖匙扣的銀色環，希望電筒上有黑衣人的指模留下，之後再和港鐵職員解釋一番。幸好對方沒有受傷，而我亦希望能夠翻看錄影片段，但是對方說要有警方的正式便箋，故我唯有暫時擱置要求。

當我返回辦公室時，已經是凌晨二時，立刻開啓電腦，把偵緝調查隊對廟東街案件的初步調查資料列印出來。之後，我準備

了一份口供，有關於偵緝警員阿奶遇襲一事，之後準備了一份便箋，連夜走訪到總部的鑑證科。當值的警員，湊巧又是在廟東街拍攝照片的綾波麗。

綾波麗依然冷傲，似乎對我有頗深的成見，加上她在深夜仍然要工作，自然地將可以發洩的，也加在我的身上。

等待了大半小時之後，綾波麗才把電筒交回給我：「即係咁，下次你要拆咗粒電池先入證物袋。」

我反駁：「支嘢咁細，再扭開電筒蓋咪打晒自己啲指模落去，乜你哋 IB（註）咁簡單嘅道理都唔識咩？」

註：全寫 Identification Bureau，隸屬於香港警務處刑事及保安處刑事部。

綾波麗不甘示弱：「咁你哋重案連電子產品要拆電呢啲基本嘢都唔識咩？」

我問：「咁即係掃唔掃到呀？」

綾波麗不回答而反問我：「電筒咁舊，又有生銹痕跡，你話掃唔掃到呀？」

我怒瞪著她，她再輕聲道：「仲有，我以前同你哋個幫辦阿施 SIR 曾經同一隊工作過。」

對於綾波麗的說話，我開始感到討厭：「你同佢守過關我咩事呀！」

綾波麗進一步解釋：「即係咁，張 memo 上佢個簽名唔係咁嘅，下次冒簽名時跟足啲……」

我心跳快了起來，綾波麗似乎在恐嚇我似的，我正想轉身離開時，她再道：「貼紙！」

貼紙？

我回頭看她，她神情變得很認真：「電池上面嘅貼紙，係一隻好舊款兼且要手動嘅標籤機打出嚟，但係呢個牌子好少見，附近我只係喺北角一間大型文具店見過有得賣，講完！」

我看著綾波麗，不知道應該向她道謝與否，但是再看看她的樣子，又真是十分討厭，儘管她穿上一件貼身的黑色襯衫。

離開鑑證科後，我取出綾波麗拆開的電池一看……

AAA 電池上有一張約 3 厘米長的貼紙，上面有手動標籤機打出的凸字顯示出一個日子：

05 mar

這個日子，剛巧是第一宗傷人案，的士司機遇襲的日子……

那有這麼湊巧？假設黑衣人是三宗傷人案的疑犯，那麼他到台式飲品店的目的……

難道是店員 A？

我立刻離開總部，駕車駛至東大街，到達了店員 A 的飲品店，但是無人應門。我再致電給店員 A，原來她已經回家了。

我把車子駛至海邊，開了車窗，取出一疊檔案，由第一宗傷人案開始，看了一遍……

第一宗案 巴色道成昌樓外

3 月 5 日，上午 10 時 45 分，星期三。

受害人是 56 歲市區的士司機王三山，把無載客的的士停泊在近東大街的巴色道，該位置正正是崇真小學及成昌樓之間的小巷外面。之後受害人一個人站在車子旁抽煙，過程被上班途中的店員 A 看見。五分鐘後，一名任職餐廳的男職員（店員 B）送外賣時途經，聽到有人叫救命，四處查看，發現受害人倒臥在血泊中，當時他仍然能夠說出：「有個傻佬趁我食煙時斬我。」之後便昏迷不醒。

店員 B 致電 999 報案，五分鐘後兩架衝鋒隊 EU 車到場，六分鐘後，救護車到場。經搶救後，受害人証實右手前臂骨折，推算是受害人反抗疑犯的時候，因為抵擋硬物所引致。另外受害人頸部被玻璃剌破，五吋長傷口見氣管，左大腿被尖水喉樋插穿，再插入右小腿，右小腿骨折，情況嚴重，現時留院東區尤德醫院深切治療部。

偵緝調查隊在案發現場撿獲的主要證物有：

1）玻璃碎片（受害人的士後視鏡的碎片）
2）礆尖的水喉管
3）一支曾燃點的香煙（其後證實是受害人曾經吸食）
4）崇真小學正門監察鏡頭錄影光碟

已經錄取的證人口供有：

1）店員 A（東大街台式飲品店職員）──案發前途經現場，看到受害人抽煙，接著看見一名可疑人由東大街轉入巴色道現場。

2）店員 B，即是報案人（東大街一間茶餐廳男職員）──送外賣時途經現場，聽到傷者叫救命及致電報警。

通緝人士:

男子,五呎六吋高,中等身裁,深色衫褲,不清楚有沒有戴帽。(由店員 A 提供,但其後她承認是亂説的。)

受害人背景:

退休機電署職員,每月領取政府長俸,自置物業,無欠債,沒有婚外情,他做的士司機只是打風流工打發時間,無犯罪紀錄。

第二宗案 城隍廟外

3 月 11 日,深夜 04 時 15 分,星期二。

受害人是 17 歲女學生曾嘉惠,在旺角參加完同學的生日派對後,乘坐 N122 巴士線,在筲箕灣總站下車後,一個人沿金華街步行回家。途經城隍廟時,疑犯從後掹頸,用利刀將受害人口部割開,之後逃去。

一各女途人途經現場發現受害人,致電 999 報案,兩名軍裝警員到場處理,受害人被送往東區尤德醫院救治,其口部右邊唇角開始至右邊耳朵,有八厘米長傷口,鏠了十二針,留院三天後出院。

偵緝調查隊在案發現場沒有撿獲證物。

而已經錄取的證人口供有:

1)受害人口供
2)巴士司機(案發當日接載受害人的 N122 車長)——案發當日他不察覺車上有可疑人
3)報案人(家住明華大廈的夜總會女公關)
4)水喉匠(城隍廟外一個水電維修檔攤東主)——口供顯示案

發當日他的檔攤有打鬥痕跡。

通緝人士：

一名男子，其他不詳，受害人當時極度恐慌，甚至說不出疑犯用左手還是右手扼頸。

傷者背景：

和家人同住在筲箕灣明華大廈，父母均是街市商販，自己也沒有拍拖。學習成績中上，無犯罪紀錄，無自殺及失蹤紀錄。

第三宗案　天后古廟旁邊的廟東街內

3 月 18 日，晚上 21 時 00 分，星期二。

受害人是 53 歲食環署外判女清潔工李向轉，案發當日晚上 18 時 30 分向家人稱外出購物後去向不詳，直至晚上 21 時正，一名便利店職員聽到有異常聲音，外出查看時看見受害人滿身鮮血的由廟東街爬出東大街，於是報警。巧合地，同一街道的一間餐廳，因為大廈停電而提早關門。

EU 及 PTU 最先到達現場為受害人急救，其後被救護車送往東區尤德醫院，其頭部被硬物打致骨裂，右眼凹陷，胸腹多處被利器割傷，情況危殆。

偵緝調查隊在案發現場撿獲的主要證物有：

1）一個染血鎚仔（沒有指模）
2）便利店錄影光碟

將會安排錄取口供的證人有：

1）報案人（東大街及廟東街交界的便利店男職員）——案發時聽到打鬥聲音及致電報警

2）足浴店女員工（受害人足浴店同事）——受害人是兼職的按摩技師，足浴店女員工看見新聞後主動向警方提供消息，稱案發當日晚上 1845- 2030，受害人在足浴店工作。

通緝人士：

無

傷者背景：

日班清潔女工，兼職按摩技師，已經離婚，育有一名女兒 22 歲。受害人年輕時曾經干犯毆打及盜竊罪，無欠債或結怨。

另外，警方翻查東大街附近店舖的監視鏡頭，發現晚上有數名拾荒者，都是年過六十的老人，但是沒有鏡頭再拍攝到店員 A 工作的台式飲品店。

三宗案件直到現時為止，情況仍然呈膠著狀態。

明天我要做的是，去綾波麗提及的文具店，還有去醫院探望受傷的探員阿奶，查看兇器用刀的檢驗結果。最好是找找第二宗案件的 17 歲女學生……

另外是城隍廟外維修攤檔的水喉匠……

第三宗案件的所有證物及口供……

足浴店女技師……

記者得巴的討論區……

輔警 A3X0 口供……

西灣河站的監控鏡頭錄影……

太睏了……

我……又來到那個夢境……

一切又由上國術班開始，師傅又要我多練習「穿上」、「回手」這兩招，過了晚飯時間我還是沒有回家，又再遇上同校不同班的四眼肥仔及小個子，小個子很熟，但老是說不出他的名字。

我們又跑至天橋……

「咦，條橋起得咁快嘅？」我奇怪地說。

「係啦，今朝返學都唔覺㗎。」四眼肥仔說。

「仲講乜呀，跑啦，再唔跑條橋變色㗎啦！」小個子說，我和四眼肥仔望著他，不知道他說什麼鬼話。

四眼肥仔首先跳上橋的欄杆，急步跑了過去，接著是小個子……我因為害怕而……

對了！

我當時真的很害怕，我因為害怕而沒有即時跟上，反而是慢慢走上，及後我才發現，天橋根本還沒有建築好，我跪在橋的邊緣，探頭往下看，尋找二人的蹤影。此時，天橋變得一片漆黑，欄杆、路面等等，什麼也變成漆黑，就像是老式黑白電影一樣。

突然身後傳來急促的腳步聲，愈來愈逼近我，害怕的我哭喪著臉大叫：「唔好掉低我呀……」

終於，腳步聲在我的身後停了下來，我回頭一看，是母親，她一手抓住我的耳朵，連帶抽我起來，並惡形惡相的道：「仲乜唔返屋企食飯呀？」

我哭求母親停手：「阿媽，唔好打呀，我以後都唔敢啦！」

母親再道：「你唔鍾意返屋企，你一世都留喺度啦！」

我大聲呼喊：「阿媽，唔好啦，我以後都聽話啦⋯⋯」

「我以後都聽話啦⋯⋯」

我睜開眼睛，整張臉全是淚水⋯⋯

夢醒了後，我仍舊哭了約一分鐘，起初是為了母親不再理我而哭，及後是憶記起跟已故母親昔日的生活片段。

我看看手錶，已經是早上 6 時 15 分，再看看手機，收到「工作群組」的留言，上級通知我已經將三宗傷人案及阿奶遇襲案合併處理，並正式由我們組負責調查。

但是今天的工作是，我要先要頂替另一名突然放大假的隊員，準備好一宗「經營賣淫場所」案件中的證物，上法院應訊。

我駕車返回東區警察總部，梳洗後再休息了一小時，換了恤衫領帶，便安排了警車，連同當天有份參與拘捕行動的另一隊同事，一起前往法院。

忙了一整個上午，什麼也沒有做過，呆坐在法院，其後案中的被告逐一認罪，我們又原封不動的把所有證物搬回北角警署。

我在警署吃過中午飯後，剛巧看見防止罪案科和一班筲箕灣商販、村代表等開會，並向村民贈送暖水瓶、印有警察熱線的磁

石、掛頸風扇等物品，甚至叫到會，眼前盡是一盤一盤的腸仔菠蘿，雞翼等美食。

我站在會議室外看得出奇，眼前境象就似是小學時代開聖誕聯歡會一樣，根本談不上什麼會議。

當一名區議員提出加強警力的要求時，一名警司立刻答應其要求，並反問商販等還有什麼好的提議。於是，原本站在門外的我舉手道：「我有意見！」

所有人也朝我這邊看過來。我索性走入會議室道：「阿 Sir，我建議喺東大街大廈天台加裝天眼（監察鏡頭）。」

話一說畢，有個督察級的黃馬褂閃出來：「伙記你咩事㗎，裝天眼，你俾錢呀？」

我指著區議員道：「緊喺區議會出錢啦，復活節整少兩隻紙紮燈飾都喺返度啦。」

區議員愕然道：「呢個問題……或者要同民政署商討下先……」

聽到安裝天眼，商販及村民議論紛紛，支持聲音此起彼落。

黃馬褂變臉：「喂伙記你唔好玩嘢呀，即刻返出去！」

辣㷫完上級之後，我返回辦公室，甫一坐下，手機立刻響起，來電者也可以說是黃馬褂之一：「你頭先搞咩呀？區指揮官炸晒形呀，裝乜嘢天眼呀，你好得閒呀，上完 Court 啦咩？」

是施幫辦，綾波麗口中的人，東區重案組一隊主官，亦是我直屬上司。

我道：「阿 Sir 啱啱有個客仔嚟轉擔保，再聯絡……」

我胡亂作的，收線之後，我提起背包，離開辦公室。

我首先去了綾波麗所說的文具店，那是在北角的一間很大的玩具及文具店，我向女店員查詢標籤機，她帶我走到一個櫥窗面前，有著不同牌子及款式的標籤機，但是就沒有我想找的那一種。

我再向店員查詢，他進了貨倉，良久才行出來：「呢啲全部係舊款，我哋已經冇擺出嚟賣，有時啲熟客會搵，你睇吓有冇你想要嗰啲。」

我取出手機，翻開拍攝了電池貼紙的照片，核對之下，找到了！

一部名「M TAX」的標籤機。

這部標籤機外型是有一個數學加英文圓型字盤，只要選擇好字母，手動每按一下，便可將該字母以壓力刻在專用的圈狀貼紙上。標籤機這樣的小文儀用具，通常是學校或辦公室把各種盒子、文具或是學校儲物櫃分門別類之用。

只是現在已經轉用了簡單而輕巧兼且要用電的標籤機，新款的標籤機只要跟手機連接，就可以打出想要的字款。至於舊款標籤機唯一的好處，我想只是不需要用電力而已。

我向店員表明身份後，便開門見山：「我想問下你哋，有冇印象有個男人嚟買過呢部標籤機，嗰個人可能會著件黑色拉鏈外套，連埋帽嗰種，揹個黑色背囊，有支電筒掛著，仲有個白色水壺，灰色褲，波鞋……」

我的想法是要把複雜的案件簡單化才行，先假設三宗傷人案、襲警案、台式飲品店外竊聽的可疑人、及西灣河站的黑衣人是

同一個人，亦即是疑犯。

若果我找到一個外型及衣著很像黑衣人的男子，而他又購買了這部標籤機的話，當收銀處的監察鏡頭拍攝到他容貌，那麼我只要出一份通緝人士的通告，相信很快便能拘捕他。

而又只要經過他身上的衣服纖維，或搜屋後找到利刀等武器的話，再以醫院方面對急救傷者時對傷口的報告，若能夠與在疑犯身上或家中找到吻合的武器，那麼，很大機會能夠令他入罪。

大前提是，黑衣人就是疑犯。

當店員聽到我的描述時，也沒有細想便道：「每日都好多人買嚟嘢，記唔到咁多喎……」

我補充：「諗清楚呀，佢或者會將外套頂帽笠住個頭㗎。」

「你咁講我記得啦。」一名女店員說，之後她向另一名男店員道：「有次阿 May 姐咪入倉揾嘢揾咗好耐嘅，嗰陣我喺度食緊飯，原來佢話有個客要藍色 M TAX 標籤帶，仲要成廿卷。我食完飯後出咗去收銀處，嗰張單仲係我開嘅。」

我立刻道：「你記唔記得佢個樣？」

女店員道：「佢真係用帽笠住個頭，我冇留意佢咩樣。」

我傾前道：「收銀處有冇錄影？」

女店員退後了一步，以 FILE 掩蓋著臉，顯得慌張：「發生咩事呀？我好驚呀！」

「你驚咩呀？」我問。

女店員張口結舌：「我……我唔知呀，好似好大件事咁。」

阿奶還在醫院，不算大件事嗎？

另一名男店員比較震定，他帶我進入了貨倉，開啓了監察影像：「阿Sir，衰咗傷人罪係咪好大鑊㗎？」

「都可以好大鑊嘅。」我根本無心跟他閒聊。

男店員正在搜索日子：「我衰咗單打交，但係我本身係跆拳道黑帶，我聽人講咁嘅背景會俾法庭加控持有武器，咁係咪會告我持械傷人㗎？」

「你咪聽人亂吹啦，你張黑帶證書植入咗身份證入面咩？」我真的感覺到他很無聊。

他道：「我朋友話佢俾人告過。」

「點樣持械呀？你用褲頭條黑帶勒人條頸咩？喂！搵到未呀？」我心急地問。

男店員不斷重複地按制：「係咪呢個人呀……」

畫面影著一個人入鏡，先出現的是一雙腳，啡色波鞋，那人走至收銀處，接著入鏡的是他的上半身，黑色拉鏈外套，同時背上一個背包。

我幾乎100%肯定影片中人就是在西灣河站遇見的黑衣人！

但是事與願違，黑衣人真的以外套帽子掩蓋著頭，因為監察鏡頭從高處拍下，所以，黑衣人的臉貌，仍然無法看得清楚。

我突然看到收銀處的八達通徵費機，便緊張道：「佢係咪用八

達通比錢？」

男店員示意我稍安無燥，不一會，黑衣人便取出八達通付款。

成功！

其後，我取得一張片段光碟及付款底單，黑衣人購物的日期是在三月初，這段影片看似沒有效用，但是若將此照片向公眾發布，認識黑衣人的，或多或少也會認得他，可能會提供有用的情報。

另外是，我已經知道他所使用的八達通卡號碼。

離開北角後，我再到西灣河站，在站長室觀看昨晚與黑衣人追逐的錄影片段，結果一樣，黑衣人的容貌被帽子所遮掩，畫質也不及文具店，但是就知道他在向太安樓的出口離開了。

八達通卡……

太安樓……

我知道沒有走錯方向，跟疑犯的距離，愈來愈接近了！

返回辦公室後，我便著手有關申請查閱八達通紀錄的文件，同時也抽空看看記者得巴的討論題目。找到了「血跡遍佈東大街，凶手是誰來猜猜」的 post 時，嚇了我一跳，這個 post 居然被人推到 789 個留言。

我翻到最新一頁，看見其中一個回覆貼上了一條連結，而備註是：

台灣今日的新聞，值得一看

我按入連結,手機播放程序啓動,出現了一段由台灣東森電視新聞台的報道。因為畫面太多資訊,我要一會兒才知道要看什麼。片段出現一個頭戴頭盔的犯人,左右兩旁有警察押解上法院,而旁述是:

「昨天在台北萬華區連環傷人案的被捕人今天應訊,這三起案是發生在繁華夜市的三所寺廟,第一起案中受害人為出租車司機,他被人用鋼支刺穿雙腳;而第二起兇案受害人是一名國中女生,被人用剪刀剪破兩邊嘴巴,情況非常恐怖。最後是一名做按摩店的小姐,她頭顱被兇徒用鐵鎚打破。被告人否認指控,還押土城看守所......」

段片令我十分震驚,報導中兇徒在昨天連續向三名市民襲擊,發生的地點及受害人的傷勢,均與東大街的傷人案十分相似。

我緊握著手機,呆呆看著畫面,短時間內仍然未能將新聞消化。

天!這宗案件......

明顯是......

Copycat?

...待續......

04

新聞報導的案發日子是在昨天，廟東街也剛好發生了第三宗傷人案。亦即是説，這是抄襲的案件，那麼，台灣這案件的行兇者，為什麼會抄襲東大街傷人案的呢？

新聞報導再續：

「根據消息稱，凶徒是 28 歲的蕭仲良，宜蘭縣人，在台北雜誌社打工，案發之後他對警察招供，是在看完一部電影之後，才動起傷人的念頭。而那部電影名字就是《異犬人生》。電影是說本身是小太保的男主角變成了一條狗，之後流落到台北萬華區，受盡之前被他欺凌過的人虐待。牠變回人之後，無法忘記當狗的慘痛經歷，才向那些人報復，最終被判坐牢，出獄後更變成一個愛心狗狗義工……」

片段到此為止。

《異犬人生》……

我重看了新聞片段一次，再在台灣電視台官方網站上找到那段報導，肯定那不是做假的新聞。

我以「探員 J」的名稱，在討論區留言，呼籲網友們多找一些關於兇徒的背景資料。

我再搜尋電影《異犬人生》……

出現內容如下……

金馬奇幻影展初選片單公布：

《噪音工廠》：丹麥，導演：XXXXX

《XXXXXXX》：XX，導演：XXX XX

………………

我一直看一直找，終於找到……

《異犬人生》：台灣，導演：曹柏

是名叫曹柏的導演，我從未聽過。我再搜尋有關曹柏二字，也只是出現有關電影《異犬人生》內容，或是台北萬華區連環傷人案的新聞。可能這個叫曹柏的人，是新進的導演，知名度仍然不多。

當然，經過了「萬華連環傷人案」之後，導演應該會弄出不少名氣來。而諷刺的是，為他打出名號的背後，是以一個又一個的血肉軀體來換成。

但是，若果萬華案行兇者本身也是東大街傷人案疑犯的話，總會有出入香港境的紀錄，但是他和導演二人會否是共犯呢？

我看看手錶，下午二時半，我發了一個電郵至奇幻影展的辦事處，說明想聯絡導演。之後再致電聯絡了第二宗案件的受害人——17 歲女學生，但是她的母親說她情緒極度低落，不敢見人。我再致電該案的證人——水喉匠，他說話的態度很差，但是稱隨時可以到城隍廟外的檔口找他。

反而是第三宗案件的證人足浴店技師，老是聯絡不上。

於是，我託在辦公室文書工作的「師太」，著她替我跟進廟東街清潔女工案、阿奶遇襲案證物的化驗報告。之後，我到了足浴店技師所工作的地方。

我要找了好一會才找到，那是在筲箕灣道一所舊式大廈閣樓。

清潔女工表面沒有與人結怨，我所知道，其清潔公司的同事在案發後也有到醫院探望她。因此要從她兼職的足浴店入手，或許會有幫助。

我正準備上樓，居然看見記者得巴走下來。

「咦！探員 J，咁啱嘅。」得巴用我在討論區的網名稱呼我，他的神情，有點尷尬。

看見他的神情有異，我往樓梯上看去，再回望得巴：「討論區有條 link，係台灣東森新聞台嘅新聞，有冇睇過？」

得巴見我不是問他到足浴店的原因，顯得輕鬆起來：「有睇，我都話互聯網力量好大啦，我仲知道個導演背景添呀。」

這個叫得巴的果然不可小觀，他花在互聯網上的時間，不知道是我的多少倍。

「有冇方法搵到佢？」我問。

「我只係知道，個導演曾經俾當地警察問話，之後就冇露面。」得巴說。

是畏罪潛逃吧！

我再問：「不如咁樣呀，你如果再查到佢嘅下落，講聲我知呀……」接著我取與出重案組名片，寫上私人手機號碼給他。

得巴接過名片，睄了我一眼：「雖然我哋同一間學校啫，但我為乜事要幫你呢？我冇著數喎！」

資料！

他要求的是三宗傷人案的資料。

涉及傷者的個人資料我當然不便透露，但是或許可以這樣......

「不如咁呀，我哋合作，你幫我搵個導演出嚟，之後如果可以拉到個疑犯，喺拘捕現場我第一個通知你，等都等到你嚟，到時候你點影都得，我肯定全港得你一間傳媒獨家新聞。」我逼不得已，向對方開出有限制的交換條件。

得巴認真地在考慮，之後他向我點了點頭：「我最想係影到佢被捕個樣......成交啦！」

行了，似乎多了一個跑腿幫忙。

別過得巴後，我沿樓梯上樓，到了足浴店門口，按下門鈴後，開門的是個年約 35 歲的婦人。

不是她！

根據初步刑事偵緝的探員所描述，該名技師應該更老。

「靚仔，入嚟先啦。」婦人道。

我進了足浴店，對方再道：「入房先啦......」

婦人幾乎是強行推我進房的，我唯有道：「我想搵阿麗。」

婦人立即面黑，並高叫：「搵阿麗喎......」

婦人再道：「你坐下先，佢就出嚟。」

我在沙發坐下，五分鐘後，一名戴黑框眼鏡，少許體胖的女子從洗手間出來。

是她了，五官端正，上了淡妝，帶點笑容，年約四十五歲，東菇頭髮兼少許體胖的女子。最初是她主動向警方聲稱廟東街受傷的清潔女工是在這所足浴店兼職的，及後她玩失蹤，至今仍然未正式錄取口供。

叫阿麗的技師捉住我的手：「靚仔，入房啦！」

「其實我有啲嘢問你。」我道。

技師阿麗：「你問乜都係入房先㗎啦。」

進房後，她向我說：「沖唔沖涼呀？」

我搖頭，她給了一套按摩衣服我：「咁換咗去啦。」

之後她手機響起，接了一個電話，並出了房間。

原來她轉了手機號碼，她似乎是刻意逃避警方的。

我當然知道，這種小規模樓上的足浴店，只是掛羊頭賣狗肉。這門生意，所掙的是一些皮肉錢，同時亦提供不少工作機會給一些中年婦女。

清潔女工兼職足浴店技師，相信是想給家人好一點生活，可憐的她竟然慘遭人弄至重傷。

我沒有換衣服，她再進房間來，把單薄的外套脫下，露出了一條飽經風霜的乳溝，並一手隔褲子拍打我屁股：「靚仔，仲唔換衫，要我幫你除咩？」

我立刻退後，從袋中取出委任證：「警察，唔駛緊張⋯⋯唔係放蛇⋯⋯」

技師阿麗驚訝地道：「唔係嘛，又唔係『開大』場，咁都唔放過。」

我解釋：「我係想問你關於李向轉（清潔女工）嘅事。」

技師阿麗道：「阿Sir，我唔敢再提呀，個兇徒連警察都敢郁，我唔想再牽涉入去。」

啊！原來她是被阿奶遇襲的案件嚇破了膽，可能是認為警方也對疑犯沒有法子，而感到害怕。

「就係咁我哋先要盡快拉到個疑犯，否則下一個可能係你。」我誇張了。

她坐在按摩床邊道：「阿轉唔係成日喺度，佢係『跑場』⋯⋯」

「跑場？」我不懈。

她解釋：「即係part time囉，聽講佢以前喺大場做過，雖然佢唔係做咗好耐，但都會有兩、三個熟客⋯⋯」

技師阿麗似乎不吐不快，我由她的說話語氣可得出一個推算，她內心的潛意識是很想將所知道的向警方說出，但是因為襲警案件所影響，間接放大了疑犯的兇殘形象，同時影響了她對執法者的信心。

她續道：「聽佢講有個熟客好好，四十幾歲左右，有時會買啲外賣同佢一齊食，小費又多幾十，阿Sir你知我哋拆咗鐘錢後唔係袋得好多咋，呢區都係啲上咗年紀嘅阿伯，唔會闊綽，多幾十蚊算唔錯㗎啦⋯⋯」

說著說著，技師阿麗捉住我手掌按摩起來，居然職業病發作：「不過聽佢講個熟客好耐冇嚟，好似話嬲咗阿轉......」

和熟客不和？

「有冇裝監察鏡頭！有冇錄影片段？」我追問技師阿麗。

她再次捉住我手掌按摩：「你放鬆啲先啦......鏡頭冇錄影㗎，裝假狗㗎咋。同埋我又未見過嗰個熟客，不過有次我上緊鐘，聽到阿麗同人傾偈，應該係佢，因為事後阿麗話喺房入面食咗嘢......」

「你形容下個男人咩聲嘅？」我問。

技師阿麗想也不想：「哼，佢兩個講埋啲鄉下話，唔識聽。」

我顯得失望：「你呢度有冇其他人見過個熟客。」

技師阿麗搖頭：「冇啦，呢度得我同事頭婆係駐場，其他都係 Call 跑場幫手，事頭婆都話冇見過佢。」

我閉上眼睛，感到十分可惜！由昨日至今，所有錄影鏡頭也跟我對著幹，偏偏看似手到拿來的疑犯，卻又愈走愈遠。

正當我心情低落之際，左右兩邊太陽穴被壓著......

「放鬆......你有骨火呀......」技師阿麗施展最後試探，她湊前來，用手整理衣服，使她緊身 V 領衫的領口拉得更低：「靚仔阿 Sir，同你推埋油先走好嘛？」

我毫不猶豫地道：「唔好客氣！」

我付了鐘錢給技師阿麗，臨走時她更道：「頭先又有個戴白色

眼鏡嘅人走嚟搵我，佢同你一樣，又係問阿轉嘅事......」

白色眼鏡......是記者得巴！

我道：「咁你又同樣講咗頭先嘅事俾佢聽？」

技師阿麗：「係呀，佢又同樣話自己係警察，不過我唔信佢，但係見佢幾好傾，咪講啲佢聽。」

我：「咁你有冇啲嘢只係講俾佢聽而冇同我講？」

技師阿麗搖頭：「冇！所有嘢一樣，不過有一樣唔同......」

我向她投以疑問，她輕聲道：「佢出埋火先走......」

四十五歲的婦人，重口味的得巴，他居然調查到清潔女工是這所足浴店跑場，已經不簡單。

突然技師阿麗道：「哎呀，差啲唔記得，阿轉話個熟客對手好多粉呀。」

粉？

「咩粉呀？」我追問。

技師阿麗：「咁唔知喎，白色粉囉......」

白色粉末？那些粉末，很可能是顯示這個熟客從事某一樣工作。會是什麼工作呢？地盤工人？裝修工人？第二宗案件證人的工作是......

水喉匠！

假設這個熟客和清潔女工遇襲有關……

我取出水喉匠的口供一看，50歲，名叫張廣生的水喉匠，在內地出世，祖籍廣東省東莞市……

東莞人是說什麼話的呢？

我嘗試致電到清潔女工公司，他的同事們均不知道她會說方言，其女兒更稱不知道自己祖籍何處。

我查閱了電郵，沒有導演任何回覆，於是我走到城隍廟外一個非法搭建而成的檔口。那是水喉匠張廣生的工作間。

起初他坐在椅子上，以極不友善的眼光看着我，大概是估計到我的身份。他之前錄取的口供，只是有關於開檔及收檔時間，根本對調查毫無幫助。案發後甚至未經警方搜證，他便把自己的檔口清洗。

一些可能是疑犯留下的痕跡，通通沒有了。

我走上前，水喉匠立刻站起來：「咩事？」

我表明來意，他惡形惡相的道：「你啲伙記問咗十幾次啦，係你哋打電話俾我，講我知檔口俾人搞亂我先喺屋企落嚟執嘢，從頭到尾冇人叫過我話要等影相。我唔洗做生意呀！」

水喉匠這樣的態度，分明是向我作出驅趕，甚至乎他本身然就對警察十分反感。

據案發時處理城隍廟傷人案的軍裝警察報告，水喉匠的檔口有打鬥痕跡，顯示疑犯曾經和17歲的女事主在該處有抖纏。因為檔口有財物損毀，也看見到檔口外面寫上然電話，故此軍裝警察便通知水喉匠，但是想不到他一到步便在公廁取水清洗檔口。

水喉匠這方面幾可肯定是再問不出什麼來，我只有硬著頭皮：
「之前有同事問過你，問你清洗檔口時，有冇見到啲嘢唔係屬
於你嘅，你冇答，話唔知。而家我想你諗清楚，嗰日除咗女傷
者部電話之外，仲有冇其他發現？」

水喉匠惱羞成怒，一腳踢在鐵罐上：「都講咗話冇啦，你當我
賊呀，有咩證據呀？」

鐵罐被他重力一踢，內裏的一堆相信是英泥的粉末溢出。

此時，我手機突然響起……

「請問係咪重案呀？我呢度東區醫院警崗呀，廟東街個女傷者
會轉去瑪麗醫院，通知你一聲。」

我問：「咩情況呀？」

對方：「要做腦手術。」

「有冇陪同佢啲軍裝伙記電話？」我知道偵緝調查隊一早已經
安排了軍裝警員 24 小時在醫院陪同傷者。

這是一宗近乎謀殺未遂的傷人案，這樣安排是防止傷者遭到疑
犯滅口。我致電陪同傷者的軍裝警員，居然巧合地又是輔警
A3X0——Air。

「你哋要睇實，因為我咬得個疑犯好緊，我怕佢隊冧個傷者，
你返咩更？」我提醒他道。

「我返早更，中更同事差唔多到，佢會送傷者去瑪麗醫院，我
會轉述你講嘅嘢俾佢哋知。」Air 說。

我道：「仲有，你有冇見過插喺探員阿奶身上嗰把刀？係咪即

係疑犯喺斜坡執走嗰把？」

Air：「唔係！肯定，阿奶身上嗰把係好舊嘅金屬餐刀；而喺斜坡嗰把係木柄嘅刀。」

頭痛......

突然其來的頭痛......

疑犯甘願冒著被抓的風險，也要回到案發現場取走木柄刀，明顯是不想留下證據，最簡單的是刀上有其指紋。

然而，當我滿以為留在阿奶身上的刀是同一把刀時，Air 卻說出這個事實。疑犯可以棄置的工具，他當然有信心不會留下指紋！

這個疑犯......是個智慧型罪犯，兼且擅於捕捉警方心理，當全世界也對廟東街後面鐵絲網圍封的斜坡忽略時，他居然捨易取難，犯案後他很有可能由斜坡離開現場，但是不小心掉了木柄刀，之後再乘機取回。

這個人除了有智慧之外，還有對自己能夠逃脫充滿信心，體能或許是很壯健，甚至有異於常人的能力......

例如......

反地心引力......

令身體升起來......

這案件真是令人頭昏腦脹！

我駕車去到柴灣警署，取出由阿奶身上檢獲的餐刀，剛巧遇到下班的 Air，我再要求他看多一次凶器，但是他肯定地回答我：

「唔係呢把！」

這是一把很破舊的銀色金屬餐刀，刀柄全是一些凹凸不平的圖案，刀鋒也並非特別銳利，疑犯是全憑個人體力把刀子插入阿奶背部的。

再經過急症室醫生搶救時的接觸，要在這把刀上套取指模，可以肯定是不可能的事。

此時，我收到辦公室的師太來電通知，黑衣人的八達通卡並非個人登記，購買和對上一次增值地點是在北角的一所便利店，但該店在上年已經結業，除了該次的購物紀錄，就只有兩次乘坐電車紀綠。

另外是，三宗傷人案的證物化驗結果，就只有受害人的指模或DNA！

又斷了！

連最有可能的八達通卡，也沒法追查疑犯活動的話，現在唯一剩下來的線索，就只有技師阿麗所說的那個「熟客」。

雙手沾有粉末……

並且和女清潔工反目了的熟客……

以及台北「萬華連環傷人案」……

被捕人蕭仲良及……

異犬人生的導演曹柏！

此時，我收到得巴的訊息：

探員J：

有可靠情報，導演曹柏經常出入嘅地方係台北中山區五木嘅茶莊，通常喺夜晚九點後，我會嘗試去土城看守所，之後再去五木，如果可以，今晚可能趕得切，等我好消息。

得巴

訊息到此為止。

「佢去土城看守所，邊到嚟㗎？」我喃喃自語。

「土城即係過咗西門町對出條河，台北西南方向。」說話的 Air 一副嚴肅樣。

Air：「台灣我熟呀，使唔使幫手呀？」

我看看手錶：下午 16：00。

我道：「自己出錢噃，有冇問題呀？」

Air 很豪氣：「如果可以幫助破案，少少錢唔係問題，最重要係可以為阿奶做啲嘢。」

很好，在這個時候，孤掌難鳴的我，十分需要一個拍擋。我道：「兄弟，你正職撈咩㗎？行得開咩？」

Air 取出一張名片給我：「叫我 Air 得啦，我屋企開藥房嘅，老實講，家族生意，我都唔使點做，所以你尋晚又見我開工，今朝又返早更，我寧願同你哋啲師兄行吓吥，都唔想喺公司對住我阿哥，師傅你點稱呼？」

我接過名片：「叫我 Jimmy 呀，我東區重案一隊。」

Air 卡片上印有連鎖式大集團 LOGO，這個 Air 原來是太子仔，他居然對這份低人工的兼職這麼投入，真是難得。

明天雖然是休假，但我仍然致電上級，申請往台北調查。

施 Sir：「你係咪諗得太多呀，跨境罪案好麻煩㗎，老細最憎搞呢啲嘢，你仲話去台灣，而家北望神州㗎嘛！我諗個清潔女工唔擺得好耐，等多一兩日可能會行街，到時單嘢轉咗老謀，連埋襲警四單嘢一次過彈俾總區搞，你而家執靚個 file 跟足啲證物就得嘞。」

我終於忍無可忍：「你有冇搞錯呀，人哋啱啱先去咗做腦手術，你求神拜佛都望佢好番之後講得出個疑犯係邊個啦，你有冇人性㗎！」

對方：「你咁樣同上級講嘢嘅咩？我知你想點呀，又好似上次咁，追個犯追到入中英街過晒大陸邊界，再夾硬挾個犯返香港境嘛，上次你好運，冇俾人篤爆，但你今次咪制，我一定唔會攬你。」

對方居然揭我瘡疤，所以我也不再客氣：「咁樣樣，而家唔洗你批，事後我唔會 claim 錢，我知會你一聲我會過台北，啲 file 我叫咗師太跟……」

對方：「你又係咁樣，交埋槍你先好出境……」

我掛線了。

到了晚上 1840，Air 和我已經在空中巴士上吃飛機餐。

吃過台式簡餐後，喝著咖啡，凝望著窗外，除了漆黑一片的玻璃之外，還有到影着機艙中一個又一個沈默的臉容。

坐上這航班的他們，心情會否如此刻的我，大約還有四十分鐘

之後，便會到達桃園機場，接下來的一夜，根本預計不到會發生什麼事情。

我們把在互聯網找到《異犬人生》導演曹柏的照片截圖出來，在餘下來的時間，便要憑這張僅存的照片，找他出來。至於找到後要怎麼樣，我還沒有想清楚。

在手機換過 Air 給我的台灣電話卡後，我們在機場乘捷運往中山區，得巴的資料顯示，導演愛到中山區的五木茶莊，但是在那一間茶莊，資料沒有說明清楚。我嘗試致電得巴，但聯絡不上。

Air 邊在手機上搜索邊道：「雖然我都同條女成日嚟台北玩，但係對茶道冇乜認識……」

我才到過台灣兩次，更加不清楚東南西北。

「試下問司機。」我道。

Air 用國語說：「運長，我們想去中山區的五木茶莊，知道在那裏嗎？」

的士司機從倒後境看了我們一眼，再道：「香港人嗎？」

Air：「對！朋友在五木茶莊等我。」

的士司機：「唉呀……怎樣講呢，最好是你朋友自己帶你去。」

Air：「他手機關了，運長，幫幫忙……」

的士司機再看了我們一眼：「你們想去那一間？」

我：「那一種也可以，能夠喝茶就行。」

的士司機：「看你們很年輕，多大？」

我：「還未到三十，二十多。」

的士司機：「好，就那一間吧！」

的士不停走，大概是過了台北車站再向東行，終於在一條繁華的街道上停上。

「希望你們喝到好茶吧……」的士司機望向窗外，不斷指手畫腳，並示意我們落車。

付了車資後，的士離開，走不夠十步，便看見一個綠底白字的發光招牌：

天 X 茗 茶

我們呆呆地看著招牌，不知所措。

Air：「呢度會係導演經常出入嘅地方？」

我不懂回答，台灣有售珍珠奶茶的何止一個品牌。

此時女店員向我們道：「你們要喝什麼？」

Air 熟練地操著國語：「兩杯珍奶，三分糖，去冰。」

五木茶莊嘛……

我再在手機地圖的搜尋例中輸入：

台 北 中 山 區 五 木 ……

地圖開始移動，之後在一個地方停下來——五木居酒屋。這間居酒屋距離我們身處的位置相隔了一個公園。

「唔怪得個的士司機問我哋幾歲啦，原來係飲酒嘅地方，挑！又話係飲茶⋯⋯」Air 喋喋不休。

我們沿地圖所示，走到一條小巷，找到了五木居酒屋，我取出手機，看了多次導演曹柏的樣貌之後，便借故走了進去。

那是一間日式居酒屋，顧客並不見得多，我借故看餐牌之餘向四周圍打量，確定導演不在之後，便走出店外。

我們背靠大街，喝著珍珠奶茶，視線落在小巷裏，留意著出入的每一個人。

「如果真係搵到條友，可以點做？」Air 問。

這是個很好的問題。

我道：「首先要問自己，呢一刻，你會唔會當『萬華案』個兇手，又或者導演，同東大街疑犯係同一個人。」

Air 想了一想：「機會好微囉！」

我：「冇錯，東大街疑犯係好熟悉地型，甚至乎係住喺附近⋯⋯」

附近，對！可以是太安樓⋯⋯

Air：「如果係咁，我當『萬華案』兇手真係睇完嗰部《異犬人生》先影響到佢犯案，咁就可以唔洗調查佢⋯⋯」

我：「所以問題就出於喺導演身上，老實講，我唔相信佢同東

大街疑犯係同一個人。我查案宗旨係唔會將簡單複雜化，好明顯香港同台灣兩單案係唔同人做，當然，可以嘅話，要查出電影嘅製作到試影期間，東大街疑犯有冇參與過，甚至乎，導演同東大街疑犯係咪認識。」

Air 恍然大悟：「啊......我成日仲諗使唔使叫台北啲警察幫助拉人，原來導演去東大街傷人呢個情況，其實冇乜可能......」

我：「所以你起初問如果搵到導演點做，我係會直接將事件同佢講，最好嘅結果，係佢認識東大街疑犯，否則，得到佢電影製作人員或試映觀眾名單，都好有用。如果查到名單嘅人近日有入境香港嘅紀錄，咁就可以收窄調查範圍。」

Air 顯得興奮起來：「如果名單嘅人逗留香港嘅日子 cover 到東大街傷人案嘅發生時間......」

我向他輕點頭。

Air 一手拍落我肩膀：「好嘢喎，師傅，抽絲剝繭，真係神探，勁過神探伽利略呀！」

我：「我冇教過你乜，唔好叫我師傅，叫番我 Jimmy 得啦。」

對於 Air 的讚揚，我倒沒有什麼感覺高興之餘，更對現在的情況感到毫無掌握。

雖然已經知道導演會在眼前的居酒屋出入，但是否就能夠這樣把疑犯抽出，我還沒有太大信心。畢竟，我們的身份只是普通旅客，對於對方是否有什麼特殊背景，還不清楚。

Air：「個的士司機都唔算亂嗡，杯珍奶幾好飲......」

我望向他，他把杯子蓋掀開，把冰塊倒入口嘴饞：「佢冇講錯，

我哋真係飲到杯好茶！」

「咪先！」我突然想起什麼：「你頭先講咩話？」

Air 見我突然凝重，便再重複：「我話個司機方講錯，杯珍奶好好飲，我哋真係飲到杯好茶！」

天！

我立刻再取出手機，翻看得巴的訊息：

探員 J：

有可靠情報，導演曹柏經常出入嘅地方係台北中山區五木嘅茶莊，通常喺夜晚九點後，我會嘗試去土城看守所，之後再去五木，如果可以，今晚可能趕得切，等我好消息……

五木嘅茶莊……

接著的士司機問我們年齡……

還說：「希望你們喝到好茶吧……」

我再看小巷中的店舖……

五木居酒屋……

居酒屋跟茶莊是兩碼子的事……

「我諗我哋搞錯咗！」我走出大街。

Air 跟上：「你係指司機去錯地方？」

我一路往回頭路跑，經過一個公園，再次回到天 X 茗茶店外。

我抬頭四處打量招牌，天 X 茗茶的對面，有一個很大的廣告牌：

森 の 洋

「呢度都好多地方用個『森』字，頭先個林森公園又有『森』字。」Air 道。

我站在大街上的一個路牌前：「五木嘅茶莊，並唔係指五木茶莊。」

「你講咩呀？」Air 抓頭。

我再道：「五木並唔係店舖名，而係地方名......」

Air 取出手機按著：「但係地圖搵過方五木呢個區，係得居酒屋......」

我再道：「唔洗再搵啦，五木嘅意思係指五個木字，有五個木字嘅地方就係呢度......」

我指著眼前的路牌的四個字：

林 森 北 路

...待續......

05

Air 走到路牌前：「林森北路……」

我道：「係，得巴可能都同你一樣，好熟台北，所以佢稱呼條街道為『五木』。」

Air 皺起眉頭：「咁即係的士司機方講大話啦，五木茶莊就係呢度，但咁多地方賣珍珠奶茶，點解會係呢間天 X 呢？好多地方都有奶茶賣㗎……」

我向他道：「你睇下天 X 對上個招牌先……」

Air 抬頭看，天 X 茗茶樓上有個藍底白字的燈箱：

油壓 2/F
2000/1 H

「油壓？乜嘢嚟㗎，汽車維修呀？」Air 道。

我笑了一笑，和 Air 走過對面馬路，在剛才看見的大廣告牌前停下。

Air：「森の洋……養生會館？唔通呢間會係骨場？」

我點頭：「係，所謂油壓，當然唔係車房洗車，應該係推油、指壓，2000/1H 我諗係 1 小時 2000 蚊台幣，養生會館，相信係桑拿揼骨場之類。頭先我哋跑過嚟時，沿路兩邊好多類似呢類場所……」

Air 四處看：「係喎，嗰便又有油壓、三溫暖，我知三溫暖係桑拿場。」

我道：「所以，得巴話五木嘅茶莊，其實係指林森北路嘅娛樂場所，我大膽估計，『茶莊』呢兩個字，直情係指色情場所，『一樓一』、『馬檻』之類⋯⋯」

Air O 晒嘴：「啊！個司機祝我哋飲到好茶，即係祝我哋食到件好嘢，我明啦。」

「不過，咁多茶莊，邊間先係⋯⋯」我們站在林森北路，沿路兩旁均是大大小小不同的娛樂場所，要知道導演在那一間場所出入，談何容易！

我道：「咁樣，我諗咁樣啦，我哋不停咁來回行，只要佢曾經出入呢度嘅『茶莊』，有 40% 以上會見到佢。我哋就先以嚟緊兩小時為首階段，希望可以幸運咁遇到曹柏，否則，我哋要第二個作戰策略⋯⋯」

Air 也沒有其他提議，就這樣，我們分開行動，在介乎錦洲街及長安東路一段的林森北路中尋找，全長大約是 800 米，選擇這段路的原因，全因為這裏是較為繁華之地，那些所謂茶莊，大部份也在這裏頭。

叫曹柏的⋯⋯相頭圓圓、頭髮蓬鬆、一副平實的眼鏡，個子似乎有 5 呎 10 吋，也很像日本漫畫家古谷實筆下的宅男⋯⋯

我在林森北路上漫步，每當走至懷疑是「茶莊」的地方，便會停下步伐，總希望導演曹柏能夠在茶莊行出來。

時間一分一秒過去，我和 Air 也迎面相遇了好幾次，除了那些娛樂場所之外，大部份的店舖已經休息，我看看手錶，已經是晚上 22：35。距離之前定下的首階段時限，不足半小時。

得巴也沒有再聯絡我，也不知道他在看守所有什麼進展。我亦留下了台灣電話號碼給他，方面他聯絡。

這天似乎也不是台灣人的什麼「小週末」之類，街道上冷冷清清，甚至開始有人注意著我。

「喂，帥哥，要不要進去喝一杯？」一名火熱短裙的女接待員向我說。

那是在小巷內的一所酒吧，門外還站了數個年青人在嬉戲。

我正猶豫好不好先吃點東西時，索性把心一橫，取出手機，走向酒吧門前的女接待員：「請問，有沒有看過這個人……他經常到這裏附近的……」

女接待員很細心地看曹柏的相片：「很面熟……」

似乎有望了！

「好像……好像在那裏看過他……」女接待員道，希望她不是指在新聞上看過他吧。

此時另一名大眼台妹湊近：「那人不是經常在便利店吃關東煮那個胖子嗎……」

「你見過他？什麼時候？」我心急促起來。

大眼妹看著女接待員道：「上個禮拜六我們不是去便利店打破一瓶啤酒嗎？就是那天，那個胖子穿著拖鞋，一雙腿也沾滿啤酒呀。我當時還跟你說要賠人家一雙名牌皮鞋才對，之後他還很害羞，拿著關東煮走了，最後我還看見他的嘴巴含著一大片蘿蔔。」

「呀……對！想起來了，是他……是他……」女接待員不斷點頭。

「那間便利店在那裏？」我追問。

大眼台妹十分熱衷，她挽著我手走至大路，並指手劃腳：「往前走，走到底，不用過馬路，左手邊就是那間便利店。

我立刻取出手機，致電 Air，告訴他便利店位置，並叮囑他在店外監視著，而我則繼續在林森北路尋找，分工合作。

我如獲至寶，立刻向二人道謝。

此時大眼台妹問：「你是不是警察，在抓通緝犯是吧？」

我靈機一觸，把手機號碼告訴了她，並著她一看到曹柏便立刻致電我。

我在踱步期間，收到了得巴的訊息，他說已經到了五木茶莊，我回覆他我與 Air 正在林森北路，但是他沒有再回應。

此時 Air 來電：「見到個導演，喺你話嗰間便利店，佢入咗去買嘢……」

「等佢出嚟咬著佢，等我過埋嚟先……」我高興地說著。

真幸運，首階段已經有所收穫，一開始時的問題又重新走進我腦子，抓住他之後要怎麼辦？這個問題，其實我也沒有百分百答案，大概是要他和盤托出整件事的由來。

我急步走向那便利店，此時再接到 Air 來電：「嘎……佢……走咗……一買完嘢見我跟住佢行……就走……走咗入啲橫巷度唔見咗……」

我緊張：「佢咩衣著㗎？」

Air 仍然喘氣:「藍色......外套、灰色褲......拖鞋......」

「你唔好停呀,你估吓佢走咗去邊,就跟去邊,咁仲有機會遇返佢,但如果你一停低,咁就冇機會搵返佢啦!」我帶點失望地說。

掛線後,我留意著路上的的士,生怕曹柏會坐車離開。Air 沒有再來電話,於是便走到那間便利店去。此時,一架的士停在我對面馬路,車上走出一個身裁高大的人......

藍色衫、灰色褲、戴眼鏡的......

是曹柏!

我走出馬路,但路上車輛眾多,根本不能穿越,正是眼白白看見曹柏消失之際,再有一輛的士在對面馬路停下,出來的,居然是比我們更早到達的得巴。

得巴一下車,便跟曹柏走進入了的一所大廈,我致電 Air 說出發現曹柏地點。

而我要待交通燈轉變之後,才可安全走過對面,曹柏和得巴所進入的大廈,表面上是一所商住兩用的樓宇,大廈掛了不少油壓、按摩等招牌,也不知二人上了那一層。

我避免得巴和曹柏正身處同一空間,故不敢致電他,反而發了一個訊息給他:

我喺你樓下,我哋有兩個人。

得巴回覆:

等等......

他這樣說，很有可能正和曹柏在一起，或許他們進入了茶莊。

過了五分鐘，再收到得巴訊息：

喺（6/F，小新宿工作室）呢度幾個出口，睇唔通。導演在左起第三間房，我在第四間房，我見仲有兩個客話等埋朋友先，所以你搵多一個上嚟，上到嚟立即霸左面第二間房，啲房個頂有罅隙，隔音一般，但咁樣我哋就知道佢幾時走。佢一走，第一個出到房就跟住佢，另一個埋單，咁會慳到時間。注意，條友仔好古惑，一見有人喺佢背後會好留意，佢已經帶我兜咗呢度兩個圈，佢係睇清楚先上樓。

看過訊息後，Air 趕到，我把訊息告給他看後，便叫他在樓下找個有利位置守候，接著我便步入大廈，乘升降機上茶莊。

此刻我心情很複雜，一方面想抓住導演後向他質問，另一方面是有一種進入虎穴的感覺。

這並非什麼第六感，我從來也很信科學，不信鬼神之說之餘，對於不能解釋的現象，每每有另一番演繹。但自從我親眼看見疑犯在阿公岩山邊反引力地升起之後，以往所堅守的信念，或多或少會開始動搖。

因此，我看見升降機內那些死亡感甚重的地下樂隊宣傳海報時，不其然對將會發生的事，出現了一些不安。這種不安感覺，在高中畢業後，也未曾出現過在我身上。

甚至乎，空氣也不太流通⋯⋯

我把外套近衣領的拉鏈拉低，此時升降機門打開，出現的是一間擺放著不少花籃的店舖——小新宿工作室

我按了門鐘，門鎖「格」一聲開了，我推門進去並告訴自己，

千萬不要露出馬腳，我是遊客，是來尋開心的……

正如得巴所說，大廳正有兩名看似是本地人的顧客坐著。接待我的是一名年約 35 歲的中年女子：「先生你要做一個小時還是二個？」

想不到這麼快便入正題……

「先做一個吧！」我回應著，因為還不清楚導演會做多久。

中年女子側頭笑道：「你是來旅遊的吧，香港人嗎？」

怎麼又猜中了，難道香港人單從外表便能區別？

我點頭：「是，過來……玩幾天。」

「唔……這邊請……」中年女子帶我越過大廳，走進一條走廊。

對了！這是得巴所說的房間所在地，最盡頭是個緊急逃生通道，我再回頭看，原來大廳另一面是另一個出入口，似乎是連接商場。幸好聽從得巴的指示，否則若導演要逃走，至少有三條通道，要追捕他，一個人是應付不來的。

中年女子打開走廊右邊第一間房門，我立刻道：「外面的音樂太吵……」

我轉身指著左邊第二間房：「可以這房間嗎？」

中年女子連連點頭，我被安排進第二間房，房內有一張似理髮椅也似按摩椅的東西，天花板正如得巴所說，有一些罅隙。

不久之後便有一名啡短髮少女進來，穿上黑色短袖 polo 恤，黑色百褶裙，腳上是一雙露趾的涼鞋，她的腳趾甲塗上了黑亮的

甲油。

至於她的樣貌，居然與升降機內看到的死亡樂隊宣傳海報其中一位女歌手很相似。

她進來後便把一套衣服給我，我循例拒絕，故她叫我脫去上衣，我照她的說話做了。

我不時留意隔壁房間的對話，但是聽得不太清楚，大概只有「呀」、「唔」、「是嗎」、「沒可能吧」之類的說話。

此時我手機響起，是得巴的訊息：

導演按兩個鐘，跟著做。

似乎得巴所聽到的比我清楚。

少女開始替我按摩，由背部開始，可能是太疲倦，有了睡意。之後，隱約記得她前前後後把熱毛巾蓋在我背上，還說我像他國中時期的男友，接著⋯⋯

接著，迷糊中臭到有些香味⋯⋯

「什麼味道？」我很努力才能說出。

「可能是隔壁燒香薰吧，不太清楚。」對方答道。

香薰嗎？

接下來發生的事，我必須簡略但是帶有重點的說出來⋯⋯

開始⋯⋯

開門、關門……

少女重複地進進出出，不知道幫我換了幾次熱毛巾，最後一次，是蓋在我胸膛上的。我也不知道是什麼時候轉身的，只是，當我轉身時，腰下已經沒有了褲子。

少女，那貌似死亡樂隊歌手的少女，她先替我口交，她的舌頭就像蛇口一樣，靈活而且迅速地把我吞噬，我也有吻她的纖腿，她的黑亮腿甲還撫弄我的耳蝸。最後她站起來，取出了黑絲帶，在牙齒的輔助下，將自己雙手綑綁起來，背向我，用屁股磨擦著我的下體，並以淫邪及饑渴的眼神向我說：快點進來吧！

我們做愛了，瘋狂地，我已經忘記了此行的目的，甚至乎想到，就這樣死去也不太差，快樂死！

享受地死！

完事後，我還沒有離開她身體，而是閉上眼睛，回味剛才跟「死亡歌手」的纏綿。沒錯，做愛至後期，少女變成了海報上的女歌手，甚至用指甲拼命地抓住我肩膀，那是在我射精的時候！

「客人……」

「等一會……」

是什麼嘈雜聲音？

客人……等一會？

糟！是得巴的聲音，是他為了追蹤導演，而未付款。我立刻推開少女，她手上的按摩油還跌在地上。

我隨手取起衣服，便奪門而出：「認識的，我幫他埋單，多少？」

我往第三及第四間房間看進去，一個人也沒有，想必是得巴走得十分狼狽。

「謝謝你，兩位總共是四千！」中年女子道。

頂！喝什麼茶，要四千。

我正在埋怨帳單太貴，但又想到，剛才在房間裏所幹的事，才二千台幣不到，剛才少女那樣的服務，我想算是超值吧。

穿上衣服後，我立刻乘升降機下樓，看見 Air 呆坐在石壆上，便問：「有冇見到得巴？」

Air：「你指個記者呀，冇見過呀。」

我致電得巴，他道：「幫拖呀……」

接著他沒有說話，可以估計他正在跑步，我再三追問他的位置，他以超呼想象的高音說話：「die on 深 冧……」

「噏乜嘢呀你……」我完全不知道他說什麼。

反而 Air 在看地圖後說：「我諗佢係講緊大安森林公園，個公園喺附近。」

我們上了的士，一會兒便到了大安森林公園。因為還不知道得巴的位置，故打算入公園內先繞一圈再算，誰知道一踏進公園，我不期然產生了一種恐懼感。

這種感覺很抽象，很難說清楚，若硬要套上一個說法及描述，我會用走進了公眾殮房一樣。是一種很冰涼，使人渾身不自在，與及無法改變的事實。

我自然地放慢步伐，Air似乎察覺到我有異，便停下來問我：「係咪頭先喺上面發生咗啲咩事，令到你而家咁神不守捨呀？」

我搖頭回應，現實是，剛才在茶莊發生的事情，我恨不得立刻重演一次。

我們慢慢地踱步，走了近五分鐘，終於看見得巴，及另外一名男子。

二人似乎追逐了很久，一個身形高大的眼鏡男正大字形躺在地上回氣，得巴則蹲下來抽煙。

「做咩呀⋯⋯」我走近得巴。

得巴揚起抽煙手指對方：「佢話唔關佢事嘅！」

我和Air對望了一眼，之後我走近躺在地上的人：「你是《異犬人生》的導演是吧！」

曹柏外表敦厚，衣飾十分平實，但說話竟然出人意表：「你們千里迢迢到台灣來找我，但是有沒有想過，那些所謂被害人，本身也有問題，比方說，是受到應該有的懲罰！」

他這番話我接不上口，當然，身為警察，就一宗傷人案而言，先要了解受害人的背景，尤其是和他有利益上衝突的人，是調查首要目標。

至於受害人該不該死，是否罪有應得，倒不是我要關注的問題。這是介乎道德及因果之間的批判，每個人的立場也有不同，討論下去也沒有標準答案。

我不知道得巴曾經問他什麼，但既然他說與他無關，我也不轉彎而直接了當說：「香港的傷人案是不是你做的？」

曹柏以手捽臉：「我先前已經跟他（指著得巴）說過，不關我的事，真的，我有人證⋯⋯」

此時 Air 直衝埋去曹柏面前，用腳踢他小腿：「不是你做的？那會是誰呀？」

動粗後的 Air 向我作了一個眼色，此小子很聰明，似乎看出曹柏只是外表高大，但是膽子很少，他應該是想軟硬兼施。

曹柏不斷揮手：「年輕人，先讓我說話⋯⋯我有人證，我表達能力很差，先等他過來再說⋯⋯呀⋯⋯他到了⋯⋯電腦有沒有帶來？」

曹柏指向我們身後，我們一回頭，便看見一個身穿黑色羽絨，手持筆記型電腦的男子。

「你是不是有毛病，睡不著還是鬼上身呀，三更半夜走到公園來幹嘛？」來者在責怪曹柏。

曹柏站起來：「聽我說，他們是狗仔⋯⋯」

來者一聽到「狗仔」二字，立刻掉頭走，但曹柏一手拉扯著他：「聽清楚，聽清楚，他們只是對異犬的原作感興趣，這兩天我們先被警察抓去問話，又遭到電視台追訪，這樣東奔西跑，我真的很累⋯⋯」

來者撥開曹柏的手，並以疑惑的眼神看著我們。

得巴道：「老實跟你說，台灣傳媒做事的方式有多辣你應該知道，如果你不完完全全把事情交代得清清楚楚，他們一定把你們兩個說成是幕後主犯，又可能亂作一些邪教之類的文章把你們牽連進去。」

來者很認真地考慮，曹柏再道：「算吧，秋之，告訴他們吧，先把矛頭轉移，待傳媒自己把他找出來，可能對我們的指控有利……」

我不懂曹柏所說的是什麼指控，但是也不難推測，「萬華案」某程度上涉及二人創作的電影，我對台灣法律亳無認識，若要了解始末，還是先要他們親自說出來。

曹柏向名叫秋之的男子在遊說，約五分鐘後，本名林秋之說出《異犬人生》背後的故事……

十年前……

導演曹柏、林秋之均是熱愛行山的人，一次在台東遇上一名叫阿嘉的男子，大家也是同齡，也熱愛閱讀小說，故十分投契，並在溫泉區渡過了兩天，阿嘉更天馬行空，說了一個有關「狗面人」的故事，那次之後，三人各奔前程。

十年過後……

林秋之和曹柏十年後再遇，大家已經是電影圈中人，林秋之更是電影編劇，於是合力拍出《異犬人生》，內容取材自阿嘉十年前的「狗面人」故事。

林秋之改了阿嘉的部份原著故事，亦想起台北萬華區也有數間寺廟，是拍攝阿嘉故事的一個好現場。

上星期，此片的刪剪版本在香港西灣河電影資料館放映，片後的分享會，曹柏稱曾經見到很像阿嘉的人。

情況是這樣的，片後分享會中，曹柏分享了自己電郵及手機號碼，希望和香港有創作天份的人合作。翌日曹柏收來自稱是《異犬人生》原作者的電郵，要求收取象徵式五千元版權費。更相

約曹柏在電影資料館外見面。

但曹柏在館外等待期間，被東區走廊上一塊掉下的石頭所傷，弄至頭破血流，當時看見一個很像阿嘉的人在天橋上出現。

因為曹柏心想可能是有影迷不滿意《異犬人生》才向他襲擊，不想再牽涉太多，故向警方說可能天橋上的車行駛時碰撞到石磈所至。

之後就是今年的台北奇幻影展，一名姓蕭的男子看了《異犬人生》試影之後，在萬華區連環傷人事件。

我感到事不沉常：「等一會，你說在香港遇到那個故事原作——阿嘉，他是從台灣跟你跟到去香港嗎？」

林秋之看著曹柏，後者才恍然大悟：「呀......搞錯啦......搞錯啦......我剛才忘記說......」

「又在亂講？信不信我......」Air 又來了。

我揚手示意 Air 停下，曹柏再道：「年輕人，先讓我說完......我忘記跟你們說，十年前那個原作，其實不是住在台北......」

噗！噗！

我感覺到心臟跳動突然強烈起來！

曹柏再道：「他是香港人！」

叫阿嘉的......

是香港人！

這個阿嘉，可以鎖定是疑犯，90%！

「阿嘉那一個原作故事是說什麼的？」我凝重地問。

林秋之開啟電腦：「先看看我們的《異犬人生》，跟原作差不多⋯⋯」

曹柏：「有因必然有果，故事中的主角，亦等同受害人，天理循環⋯⋯」

這樣，為了要了解阿嘉的原作，我們坐在公園的椅子上，一起看著 13 吋的電腦屏幕⋯⋯

影片開始──

《異犬人生》

曹柏 林秋之導演作品

拍攝手法很現實，沒有華麗的服飾，也沒有配樂，甚至沒有太多對白，影片開頭是一名住在簡陋石屋的男子餵狗，以生豬肉餵狗。

間中會出現一些佔據整個畫面的字幕，黑底白字：

虐殺、

沉淪、

亂世、

因果、

飢餓、

疾病、

全是一些負面洗腦式字眼，有點像史丹利寇比力克的《發條橙》，男主角艾力被洗腦改做思想時強迫要看的片段。

看了《異犬人生》不到五分鐘，我已經很不安，若我身在戲院我必然會離場。

故事內容在此簡略，獨居的男主角對身邊所有人及事均有不滿，也有虐待小動物，一天醒來自己變成了一隻黑狗，被房東趕走，流浪到台北萬華區，唯一能夠溫飽的地方便是廟宇，但是亦會遇上一些討厭狗隻的人，黑狗被虐待至半死……

看到此時，曹柏不知道在那取出一支香來燃燒，在遠處的樹頭喃喃自語：「小狗呀……小狗呀……你要保佑我……」

「喂，拍戲啫，你哋唔係整死咗隻狗呀？」Air 看到這裏，已經冒火三丈，一腳踢開垃圾箱，眼神很凶。

林秋之明白 Air 的意思，立刻搖手：「沒有，小狗沒有被打，那些鏡頭全是打在道具上的……」

「那麼他燒香幹嗎？」我突然感到四周都是血腥味，小狗拍攝電影期間，必曾遭受虐殺。

曹柏雙手合十，抬頭向天說：「小狗是在拍攝期間困在籠中太久，中暑死的……」

我忍受夠了，立刻四周張望：「我個背囊呢？」

Air 見我突然找背包，收回怒火：「你冇帶喎，有冇記錯呀？」

我正想衝前教訓曹柏，但 Air 攔住我：「喂，冷靜啲呀，睇埋套戲先啦。」

我再次坐下，林秋之道：「電影到現在為止，都跟原作相同，之後有很多打架、拿刀刺這些我會用快速搜畫......」

影片快進......

小狗半死，過了一夜變回男主角，男主角仍然忘不掉當小狗時被虐的經歷，開始返回各廟宇，尋找之前曾經虐待牠的人復仇。那些用利器傷人的鏡頭，均以血紅色調的展視。

我愈看愈心寒......

這樣的片怎樣能通過電檢處的，我按下了 PLAY 制，把快速搜畫改為 1X，看了一會，之後......

得巴首先走開了：「你老味，乜嘢戲嚟㗎......」接著他不停用腳踢樹，有點失控。

鏡頭血肉橫飛，真實感很強烈，我真的不懂欣賞這齣片，難怪在香港放映時要刪剪。最後男主角被警方拘捕，被法院定罪，出獄後，成為一個狗義工，為流浪狗爭取權益。

看畢影片後，我問他們：「阿嘉的原作多了什麼東西？」

林秋之合上筆記型電腦：「最主要是多了三個受害人。」

我緊地抓住對方的肩膀：「三個是什麼人，什麼工作的？」

林秋之吞下口水：「不要緊張......這電影只是用了原作的第一至第三個受害人，還有第四、第五、第六個沒有拍。」

「第四個是什麼人？」我追問。

林秋之說：「警察！」

警察？

探員阿奶！

...待續......

如果原作第四名受害人是警察的話，那麼阿奶之所以遇襲，根本就是疑犯設下的佈局。

他在廟東街傷害了清潔女工之後，刻意再回到現場取回木柄刀，讓看守現場的警察發現，之後便匿藏在山邊水渠，等待追捕他的警員墮入其虎口。

若然這個推測正確的話，那麼他的目標其實是......

首先追捕他的......

輔警 Air！

阿嘉......

究竟你是什麼人？

我向 Air 看去，他目瞪口呆地看著我，必然是想到阿奶可能是他的替死鬼一事。

此時得巴問：「點解你唔拍之後嗰三個嘅？」

我怔了一怔，林秋之亦然：「突然講粵語嘅你......因為搵唔到警服，同埋拍六個傷者部戲會超時......」

我有點氣：「頂你咩！識粵語你早啲講......」

Air 也道：「你們現在玩我呀？」

得巴問：「睇你講得咁正，香港出世架？」

林秋之道：「唔係呀，我老豆老母係廣東梅縣人，佢哋本身講客家話，不過我細過時搬咗去廣州住咗幾年，九歲全家移民到台灣。」

廣東梅縣人？

突然我想起一些有關聯的事，技師阿麗口中提及的「熟客」，就是和清潔女工李向轉以家鄉話傾談而投契。

「咁你同阿嘉溝通係用咩話？」我著急地問。

「說國語呀，說國語呀……」聽不懂的曹柏在抱怨。

林秋之想了想：「有粵語又有國語，因為佢（指著曹柏）唔曉得粵語嘛，不過……」

我緊張起來。

林秋之繼續：「不過，我聽得出阿嘉佢啲粵語唔係講得咁正，帶有客家口音。唔知點講，我識啲人佢本身係深圳嘅原居民，母語都係粵語，但佢講啲粵語係有啲地方口音，又有啲人本身母語係客家話，就好似我父母咁，到講粵語嘅時候又會有鄉音。」

有收穫了，多了一塊重要的拼圖！

先把事情簡單化，這個阿嘉，就當他是東大街疑犯。這個疑犯本身是……

1）說話帶客家話口音
2）年約四十歲或以上
3）手部沾有粉末（可能和職業有關）
4）熟悉東大街（很可能住附近，太安樓？）

5) 正按照他在十年前說出的《狗面人》故事去犯案。

直至現在為止，可以知道的線索，大概就是這樣。按照《狗面人》故事發展落去的話，那麼下一個受害人會是⋯⋯

「有冇原著故事喺度？」Air 雙眼發紅，有點失控，一手抓緊林秋之衣領。

林秋之搖頭：「冇呀，我哋只係憑記憶想返起個故事咋。」

我輕按 Air 的手，著他先放鬆：「咁最後兩個傷者係咩人？受傷過程喺點？」

曹柏忍受不了：「你們說什麼我完全聽不懂⋯⋯」

林秋之一邊向曹柏解釋，一邊回應：「最後兩個佢講得好含糊，因為當時大家你一句我一句，講到最後佢見大家都開始 high 晒，所以就求其帶過⋯⋯」

我很不滿：「即係點呀，又含糊又 high 吖又話求其，咁即係有冇講呀？」

曹柏插入：「這句我聽得懂，阿嘉的故事被害人全都是同一街道被堵，第五個⋯⋯好像是一個教徒還是童子軍什麼的，但一定是穿制服的年青人⋯⋯」

穿童軍制服的？

「最後一個是⋯⋯」曹柏雙眼向上望，拼命去想：「是⋯⋯忘記了！」

「超！」我們三個港人一同咒罵。

將《狗面人》故事對照「東大街傷人案」的受害人分別是：

1）的士司機 vs 的士司機
2）國中女生 vs 中學女生
3）油壓店技師 vs 按摩女技師
4）警察 vs 探員阿奶
5）童軍（很大機會）vs ？
6）？ vs ？

「阿嘉嘅《狗面人》故事發生喺邊度？」得巴這個提問很重要。

林秋之道：「佢冇話喺邊，我諗係男主角屋企附近街道，因為《狗面人》係《異犬人生》原著，故事大部份一樣，男主角變成狗之後，就流浪街頭，一條好多廟宇嘅街……」

多廟宇？

東大街！

林秋之在手機上開啓了地圖：「我見龍山寺（萬華區）附近都有幾間廟，所以就搵來做背景……」

地圖顯示的是台北市萬華區廣州街，附近一帶除了較出名的龍山寺外，還有數間寺廟。

事情到了這地步，似乎也沒有進一步發展，十年前三位年輕人胡亂說的故事，竟演變成港台兩地涉及七宗傷人案的事件。對當時三十出頭的曹柏及林秋之，怎能想像也想不到。

我向林秋之問：「你同阿嘉有冇影過相？」

這是非常關鍵的問題！

曹柏和林秋之在交頭接耳，而我此刻心裏在想：一定要有照片！

曹柏猶豫道：「照片是有啲……可能在我舊手機裏面，要回家去找。」

於是我們跟著曹柏回家，他果然是個宅男，四十歲人還跟父母同住，房間佈置滿是動漫及超合金模型等玩具。

他不停地在房間內翻箱倒篋，雜誌及扭蛋等霹礫啪嘞的跌在地板上。

「洗唔洗買多玩具呀，博物館呀？」得巴不停拍照，曹柏也沒有理會他。

「咦！好精緻喎……」得巴在書桌上的一個觀音像取起：「旁邊仲有個位可以插香，好精緻喎。」

曹柏突然轉身使勁地奪過觀音像：「危險！別碰！」

曹柏的聲音很大，被母親在房外罵了幾句，他的舉動也使我們靜觀不語。

他把觀音像放回桌面：「玻璃造工，容易破碎……」

接著他取出一部滿是塵封手機，這是一部十分殘舊的古董手機

他和林秋之在一大堆電線插頭中，找到一個充電器，手機駁上電源後，再花了一段時間，才可運作。

「我之前是用來做鬧鐘的，不知道什麼時候掉到床底去……」曹柏慢慢在手機中尋找。

又花了好一些時間，終於開啟了舊手機的圖片檔案夾。曹柏的

毒男性格浮現，大部份是大胸少女動漫圖片，之後開始出現一些生活照……

曹柏很留心：「找到……」

照片中是兩個男子，雖然櫳像度不高，但仍然可以分別出是曹柏及林秋之二人。二人穿著是長袖衫褲，手持一些不知是什麼的植物。

之後的照片全是只有他兩人，有合照亦有單人照，都是在山頭或溪流煮食的照片。

「阿嘉呢？」我問。

曹柏把照片再翻香一次：「沒有，阿嘉應該沒有拍照，這裏全是他幫我們拍的。」

「頂！又話有！」我很失望。原本以為已經得到疑犯的照片，但事以願違。

我和得巴也分別用自己手機在那古董手機的照片上重拍，我看看時間，已經是深夜 0200。

「你可唔可以去香港？」這是我對二人的最後要求。

「不行……」二人是同時間說的，原來是奇幻影展即將開幕，他們已經有了一大堆宣傳及訪問要做。本打算找他們往東大街走一轉的我，只有放棄。

別過兩位導演後，我們去了一所通宵營業的喫茶店休息，但所謂休息，也只是坐下來吃些小食，如薯條、土司之類。

我們三人的回程航班巧合是同一班，早上 1015，大概還有五個

多小時可以留在台灣。

Air 提議去市政府一帶的酒吧，但我和得巴拒絕了，故他獨自離開。埋單後，我和得巴不知不覺又走回林森北路。

走到一所三溫暖外，我道：「不如入去沖個涼瞓番幾個鐘先去機場。」

得巴反對：「呢啲三溫暖啲女好老，你咁靚仔，咪益咗佢哋。」

我反駁：「我迎合你口味咋，你唔係鍾意四十幾歲嗰啲女人咩。」

我想起足浴店的技師阿麗，剩機會揶揄他一番。

得巴張口結舌，良久說不出話：「你咪扮聖人啦，你冇上去咩？」

我笑道：「我冇，我都係搵阿麗，不過我係同佢落口供啫。」

得巴顯得無奈：「山長水遠嚟到台灣，你唔係諗住就咁返香港掛？」

我笑道：「頭先你唔跟佢去酒吧？」

得巴：「嗰啲係俾啲青頭仔去啫，得嗰幾個鐘，咁戇居仲去溝女？喂！我三十幾歲人，仲唔搵啲招呼好嘅享受吓呀。」

我皺起眉：「頭先係嗰間工作室，咪搞咗囉，唔夠呀？」

得巴揮手，怒道：「你仲講嗰間舖……喂，乜你有 part 2 咩？」

我道：「Part 2？啊！明白！乜……乜你冇咩？」

得巴驚訝：「吓！你有？頭先佢同我齋掟咋，條嚫妹好細個，

可能係大學生，總之做得我個女，之後仲拎啲功課入嚟，佢話
之前考試對香港發展問題答得好差，想問下我⋯⋯」

我好奇問：「香港發展？乜台灣學生都會答呢啲問題咩？」

得巴突然呆了半晌，再慢慢道：「佢仲問我⋯⋯組裝式公屋實
用價值同埋大嶼山新市鎮填海⋯⋯係喎，點解佢會問啲咁嘅問
題嘅？」

我突然有種不安情緒湧上心頭。

我以試探口吻問：「你係咪搲搲下骨⋯⋯瞓著咗呀？」

「瞓著咗？你係話我發夢？唔會，好真實㗎！」得巴回應得好
肯定。

「頭先油壓店埋單幾錢？」他問，我告訴了他，同時亦告訴他
我在房間做了什麼。

之後他露出懷疑目光：「兩千？港幣兌換起咪五百港紙？五百
蚊咁高質數？我冇搞嘢又係兩千？你小心『貪平食貴藥』呀
⋯⋯」

接著得巴再很認真：「如果唔係發夢，點解⋯⋯點解會問我組
裝式公屋⋯⋯」

得巴的經歷比我更奇遇，剛才的不安情緒更是明顯，我由步入
小新宿工作室的過程開始，從頭到尾想了一遍⋯⋯

升降機⋯⋯

死亡樂隊海報⋯⋯

黑塗唇、黑手甲的女歌手……

之後進房間……

少女為我很認地按摩……

之後再和我做愛……

想到這裏，我閉上了眼睛，回憶剛才和少女纏綿的情境……

接著埋單再走到大安森林公園……

所有事情記憶猶新，像得巴所說的那樣，剛才發生的事，怎可能是發夢？

我們再走到小新宿工作室，但是該店已經休息，於是唯有早些去到桃園機場，找個地方坐下來。

小睡了約三小時，Air 出現，我們準時乘搭 10：15 的航班離台。

中午前我們已經抵達香港國際機場，但是，不知道是什麼原因，由步出客機開始，已經感覺到不安。原因來自入境大堂，所有通道人流很多，進度緩慢。

我趁空檔聯絡到了港島總區的交通部，將曹柏上星期在電影資料館外遇襲的時間說出，希望能翻查事發時東區走廊的交通錄影片段，若果當時有人從天橋上掉下石塊，那麼這個人好有可能會入鏡。

幸好原來當時東區走廊發生交通意外，交通意外調查組已經節錄了多張光碟，或許會有用。

花了近大半個小時，我才成功入境，正盤算坐什麼交通工具的

時候，突然四周陰暗下來……

「呀……」

此時一架行李手推車正直衝前來……

我和 Air 一左一右閃開，但行李車不幸地撞上得巴。得巴退了開去，緊抓右手臂，推車者沒有停車，之後接連數部手推車在我們面前駛過。

「睇路呀！趕住去死咩！」得巴向對方怒罵。

「再唔走就真係會死……」一名走在最後的婦人輕聲說著，他們一行太約十二個人，剛取完行李出到接機大堂，便急促地離開。

但是現場仍然不少民眾呼叫聲，我這才察覺到，原來天花上有一部份燈光熄滅，接下來轉變得很快，我頭頂上的燈光，包括顯示交通公共、方向牌等，一下子全部熄滅。

「嘩……」

這一瞬間，世界像停了下來……

所有人的腦袋，包括我，也在詢問一個問題：發生什麼事？

但原來也有人立刻自己解答了，因為，四周圍民眾開始胡亂猜測……

「唔係停電呀？」

「應該有後備發電機㗎！」

「唔係恐怖襲擊呀？」說這句說話的人不是別人，而是得巴，他這麼一說，我立刻想起剛才推著行李車的一行人，其中一名婦人曾經說過：

「再唔走就真係會死......」

「唔好玩啦，恐怖襲擊......」一名站在我們身旁的年輕人道。

「嗰邊啲人好似話恐怖襲擊喎......」距離我們十米遠的一對夫婦說。

之後討論聲此起彼落，我立刻向 Air 及得巴二人使眼色：「去的士站。」

我又想西方國家宗教節日遊人太擠擁，而發生人踩人事件。總之，父母的說話有時是對的，人多的地方，很容易產生混亂。

當我們走到的士站時，已經開始有人跑出來，幸好當時站頭沒有人，我們輕易地分乘三部的士，各自離開。今天需是休假，但是我仍然想先去交通部，看一看東區走廊的錄影片段。

若我發現有人掉石頭，便可根據沿途的錄影鏡頭追查，相信總有一支鏡，會成功拍攝到疑犯容貌。

除非......

什麼不對勁呢？

咦？

「咦！司機大佬，入機場咁塞車嘅，係咪撞咗車呀？」我問這個問題，原因是在右邊北大嶼山公路往機場方向，非常塞車，不見龍尾。

的士司機半個人 180 度轉身看著我:「吓?你話咩話?邊度撞車呀?」

他的行為嚇了我一跳:「你擰返個人前面先,冇嘢,當我冇講過,小心揸車。」

的士司機這才回復望前面,真不幸,好日不坐的士,一坐便遇上個傻的。我取出手機,但是居然沒有網絡訊號,就連打電話也不能使用。

到了交通部後,我立刻找回之前聯絡了的同事,我在他的辦公室等他,等了半小時仍然不見他。

此時一名女警走近:「你係咪重案個伙記呀?」

我點頭回應,女警取出一隻光碟:「小白哥出咗去,佢叫我開俾你睇......」

女警將光碟放入電腦,顯示輸入密碼,她弄了一段時間,仍然開不到光碟。

「隻碟 lock 咗,小白哥冇講低密碼......」女警很用心多次嘗試。

既然小白把光碟交得給我,密碼一定很簡單。

「你試吓入小白個 UI XXXXX......」我道。

女警輸入 5 個數字後,成功開啓光碟:「OK 喎!乜你又識小白哥㗎?」

我道:「小白以前帶我行㗎喋,佢去咗邊呀?」

女警帶有一種懷疑的眼神看着我:「咩呀......你唔知咩?港島

區所有交通伙記過晒海啦，小白哥好似去咗機場！」

我很愕然：「唔係嘛！點會港島區伙記入到新界南呀……等等，係呢度，停一停……」

片段出現一部的士停在天橋上，之後一部私家車撞向的士尾部，我將片段向前搜畫，找到兩車相撞之前，的士在行駛期間突然停下，左後面車門開啟，一個穿灰色衫的人落車，隨手向天橋外掉下一袋東西，之後徒步離開。

「師姐，可唔可以放大畫面……」我道。

女警弄了一會：「OK 啦，我有嘢做，你自己睇完將隻碟放番喺門口個 tray 度。」

女警走後，我用手機拍下了多張照片，男子從天橋徒步走，直至消失在畫面中，之後的士司機下車指罵，接著便是私家車從後撞上。

我看了的士司機的口供，內容沒有提及乘客的外貌，只是以「一個著灰色衫嘅男乘客」來描述。

由於畫面質素所限，只能看見該男乘客的灰色連帽上衣，樣子仍舊是看不到，這個人與東大街台式飲品店及西灣河地鐵站所看到的人十分相似。

我四處張望，辦公室內已經空無一人，就連剛才的女警也不知去向。

若我要再翻看更多錄影鏡頭片段，必需要交通部同事協助，我再致電小白，對方沒有接聽，我這才留意到，原來有過百個的訊息未看。

我沒有理會，去停車場上了車子，在背包內取出檔案，再次翻看傷人案各證人的口供。之後，取出白紙，回想導演曹柏及林秋之所說的阿嘉，這個阿嘉與技師阿麗所說的描述、及我所見到的黑衣人，有些微年齡上的出入。

以我工作多年的經驗，閱覽陌生人時，很難估中他實際年齡，尤其是香港男人，很多四十歲以上，居然還保持了廿多歲的娃娃臉。

所以，我推算疑犯的真實年齡，是曹柏及林秋之二人所說的，十年前和他倆同齡，亦即是三十歲。因為十年後的今天，疑犯已經是技師阿麗口中的四十歲左右。

而我因為在地鐵車廂中看見他穿連帽外套、啡色波鞋，及得知他買了標籤機等，先入為主覺得他較年輕，其實只是我的錯覺。

綜合店員A、文具店職員、曹柏、林秋之、技師阿麗等口供，甚至東區走廊錄影片段及我的目睹，我得出疑犯是這樣的一個人——男性，四十歲，中等身形，約五呎七吋高，體魄強健，懂客家話，愛穿深色連帽上衣，啡色波鞋，黑色背包，內有利器。

我亦選擇了一張在文具店用手機拍攝到的其中一格畫面，打算把它作為通緝人士相片，當時他的連帽上衣，左右均有白色繩索突出。

我返回家後，洗了個熱水澡，對於台灣此行收穫不少，感到很滿意。之後要用家中固網電話撥打到北角警署才找到上級：「施Sir，傷人案個疑犯我有相片，我聽日會返嚟出個通緝，犯人相片會 send 俾軍裝……」

「你唔洗再同我交代啦……」施幫辦說話極不尋常：「唉！連我都要過海幫手做嘢，啲 file 你盡搞啦，再唔係你由得佢先，總之，而家立立亂，你自己搞掂去啦。」

警務處近年退休潮，流失大，各區警力不足，這點我也很明白：「阿 Sir 一係你叫埋新嚟個師姐幫手接 file 啦，最多我教佢做啫。」

施 Sir：「不過佢啱啱向我請咗病假喎……」

我很意外：「阿 Sir 你唔係呀，祥哥老婆大肚你又唔使佢返，Peter 要考試你又俾佢放兩個禮拜假，高輝又借咗去總部，我哋 team 已經人少啦，新師姐又 Sick Leave，個師太又日日坐喺寫字樓乜都唔理，咁乜嘢都我做晒得啦！」

我忍受夠他了，是時候發一發脾氣。

施 Sir：「你鬧我都冇用㗎，你咪試下搵高輝幫手囉，你話我叫嘅，咁啦！」

我無奈：「你仲講條粉腸，尋日 team 2 兩單老謀都唔接呀，係老謀呀！條反骨仔，總部一句唔夠人乜 case 都唔接，我係咪都可以唔做呀！」

施 Sir：「唔講啦，要開車，係咁，後生仔，頂住！」

「我頂你條命呀！」我結束了通話，也揚起了手，氣得差點把手機掉在地上。

但是當我再看清楚手機畫面時，因為有了 wifi，訊息居然累積到 165 個。

我先查看與父親的對話，他一共發了二十九個訊息，都是「致電回家」、「小心工作」等等。

最後一個是十分鐘前：

「係咪想嚇死老豆，衰仔！」

我再看看女友的對話，她只發了一個訊息給我：

「你洗唔洗入屯門做嘢？」

不過原來她曾經致電我超過三十次。

看到這裏，心裏開始不安，心跳加快起來。剛才施幫辦說要過海工作，是否指去屯門？交通部的小白居然去到機場，是否發生了什麼大事？

機場那群沖忙的人，他們一返抵香港便急著要離開，難道機場真是受到恐怖襲擊嗎？

不，恐怖襲擊不會還有長長的車龍入機場，難道那群人一到港便再想坐飛機離開香港？因為……

「再唔走就真係會死！」

那名婦人為何會說出這樣的話？

我立刻開啓電視，按到新聞台，畫面出現的是機場及其他地方的交通擠塞情況。

而旁述的記者則道：

「運輸處呼籲市民唔好再揸車入機場，因為已經封咗橋，另外，政府重申，香港暫時仍然未係疫埠，希望市民唔好誤信謠言……」

疫埠？

又爆傳染病了嗎？

我再查看手機，出現一個不知名的電話號碼，內容居然是保安局發出的訊息：

『新界西地區特別事故』
情況惡化，政府宣布所有人禁止前往新界西區，如情況許可，請盡量向新界東或九龍方向移動，屯門居民將會開始安排疏散。請只帶備隨身物品，協助長者或小童。請注意，這不是演習，新界西區正發生嚴重事故，受到可能是放射性物質或其他對人類有害的物質污染，可能及相當可能對人造成嚴重傷害，並可能持續一段頗長時間，注意個人安全及個人衛生，切勿嘗試接觸可能或已經污染了的任何物件，切勿觸摸地上任何可疑物品，保安局會再向公眾發佈最新情況。

發訊者：香港保安局
時　間：11：34

什麼？

什麼新界西地區特別事故？

什麼放射性物質？

又有新病毒在屯門爆發嗎？

我很不安，左手不其然抓住身旁的背包，以防萬一。

之後我再查看工作群組，同事間的對話已經洗了十幾版，內容是關於保安局訊息中所提及的「新界西地區特別事故」。

而最後一句留言，亦同樣是最令人恐懼萬分的……

這一句的內容是……

內部出了可靠的消息……

保安局決定未來三天……

香港大部份地區將會實施……

宵禁！

…待續……

07

我是東區重案組第一隊的探員，負責調查近日在筲箕灣東大街發生的連環傷人案，並以「探員 J」的名稱，在討論區上與記者得巴及其他網友一起追查疑犯下落。

自東大街第三宗傷人案發生起，至今已經第三天，有關疑犯的線索不多，唯一能夠令人鼓舞的發現，是發生在台北的一宗連環傷人案。

這案算得上是模仿犯罪，顧名思義是以模仿東大街三宗傷人案的犯罪手法。但是幾乎可以證實，台北案的行兇者並非我要搜捕的疑犯，這宗模仿犯罪，源頭來自一部稱為《異犬人生》的獨立電影。

連夜趕赴台灣調查的除了我，還有一名記者得巴，以及目睹疑犯由東大街逃跑的輔警 Air。失望的是，《異犬人生》的創作團隊亦並非行兇者，某程度上而言，他們只是意外地把疑犯作案的藍圖拍成電影。

由香港島去到台北市，由東區走廊起追捕至林森北路的我，疑犯似是近在咫尺，但又遙不可及。

綜合了各方面的線索所得，我鎖定疑犯是香港男子，約四十歲，非常熟悉筲箕灣一帶，雖然未知道其犯案目的，但可以肯定是和廟宇有關。

最令我感到迷惘的，是疑犯曾經做出異於常人的反地心引力行為，就在探員阿奶遇襲之後。至於探員阿奶之所以遇害，正正是疑犯按照自己的犯罪藍圖，寫下了電影《異犬人生》以外第四名受害人的遭遇。

經過一整夜疾走台北之後，浦一返抵香港國際機場，便遇上大混亂，正當我還未知道事態嚴重之際，在交通部給我找到了懷疑是疑犯的錄影片段。

我還在得意忘形之時，情況來個一百八十度轉變！香港保安局向市民發出訊息，定性為「新界西地區特別事故」爆發，屯門正受到可能是放射性物質或其他對人類有害的物質污染，可能對人造成嚴重傷害，並可能持續一段頗長的時間⋯⋯

我立刻開啓電視，原來屯門區發生了有毒氣體洩漏，由屯門公路開始向西伸延，受影響範圍涉及整個屯門區，政府已經開始有秩序疏散。單看新聞，已經令人心膽俱裂，本以為在電影才能看到的情境，一幕又一幕的在新聞片段中播出。

同時我開始感覺到，其實末日距離我們並非太遠。

單看工作群組同事間的對話，已經感受到無比的憂慮，因為「新界西地區特別事故」的爆發，保安局決定未來三天，香港大部份地區將會實施宵禁！

這是個未經證實的內部消息！

我們常常有這些類似的訊息，多半是政府高層未向民眾發布之前，有意無意之間漏了口風，一來可以試試水溫，聽聽外界反應；二來是通知前線人員要有心理準備。

現在是下午二時，今天是我休假，要好好善用餘下半天，我首先致電家人，互相報個平安，他們最擔心的，是怕我會調派至屯門區工作。出現這個情況的機會不多，因為我屬偵緝部門，甚至連軍裝制服也沒有一套，未走上前場，我就已經輸在起跑線⋯⋯

do⋯⋯

啊！出現新訊息……

來自工作群組，發訊者是主要文職工作的師太。

師太：老細新安排……祥哥、Peter 假期取消、連埋高輝三個今日 1600 新界北總部搵周 Sir 報到。玲玲 Sick Leave 都要返北角候命。Jimmy(即是我) 1500 北角出車——Car 2，所有人出更全防暴裝備。以上係我哋 DCS 1 隊工作，直至另行通告。

Peter：點解 Jimmy 唔洗去新界北呀？洗黑錢呀？

高輝：我可以俾雙倍錢！

病假師姐：我係睇政府醫生㗎，有醫生紙喎！

師太：因為 Jimmy 未入過 PTU，所以留番喺環頭接 Call。

我：咩 car 2 呀？咩嚟㗎？唔係要我頂 EU 車呀？我邊度搵軍裝著呀？

祥哥：我老婆大肚攞咗大假陪佢，咁都 cut 大假？警察部幾時變得咁無情無義？

Peter：我後日考試喎？唔合格你賠錢俾我呀？

高輝：我已經借咗去總區重案，點解又要做多次遊艇仔？唔通我冇阿媽生嘅？

病假師姐：病咗……冇嘢講，死咗喺差館你哋養我屋企人一世。

我：我都好似有啲病，可能感染咗屯門嗰啲有毒物質……

施督察：我一早已經喺屯門做緊嘢啦，你班馬騮……

師太再貼上一張老細的工作更表,基本上全個東區警區的每一員數百人也有特別安排。

看到這裏,我十分不安,什麼 Car 2?軍裝?天,不要嚇我,除了警察學院畢業的首半年之外,我已經十年沒有穿過軍裝。

就算不用穿制服,我也不知可以做什麼?狗仔隊、反黑、失蹤人口調查組、重案......你要我這個脫離前線工作這麼久的人坐什麼鬼 Car 2!

新界西地區特別事故嘛......為何在這個時候發生,我還有許多 file 要做,還有很多案件要查,還有阿奶的病情......

我致電東區醫院看守阿奶的同僚,他的情況依舊,沒什麼進展。基於好可能將會宵禁,我把多一套衣服及日用品放入背包,之後便駕車回東區總部。

一進入警署,已經感覺到不安,還沒有走進辦公室,便被一個金絲眼鏡的軍裝截停:「師兄,報案室喺邊呀?」

我看了一眼對方肩膀,是個畢業不久的新丁,與他同行的有另一名軍裝,都是年輕人。

我看見二人用手拉著一名瘦瘦削削的男子,便道:「你哋解犯嚟呀,嗰度咪報案室囉!」同時我指向一度樓梯。

四眼新丁道:「我哋上過去啦,報案室一個人都冇呀。」

「點會呀......」我不信。

於是我和他們三人走進報案室,果然,一個人也沒有。

「未試過咁喎,唔通又去晒屯門?」我疑惑道。

四眼新丁顯得焦急：「師兄呀，我哋屯門過嚟㗎，你都知而家咩環境啦，我哋離開屯門冇耐，政府就宣布疏散屯門居民，我哋連自己隊嘅上級伙記一個都搵唔到，電話全部唔通，嚟到交犯又冇人收，而家真係屎窟都痛埋。」

我皺起眉頭，心想有什麼大不了，極其量也是遲些回屯門收工，並不是不能解決的事情。

我提議：「你哋咪喺度搵間房坐下先囉，可能抽調咗啲同事入屯門，剩番一個半個去咗廁所啫，等吓啦！」

另一名較為年資久一些少的軍裝道：「我哋已經等咗大半個鐘啦，可唔可以交去柴灣㗎？我哋返早更，趕住收工呀。」

趕收工？今天我本身可是休假呢！

「佢衰咩呀？」我看著四眼新丁手中的文件道。

趕收工道：「藥房偷嘢呀，保釋咗㗎啦，不過佢本身係通緝，有單行騙案，屬於北角 case……」

「北角 case？行騙？」我取過文件一看，原來是一宗打盲毛的電話騙案。

「呃得嗰二千銀？仲用埋自己登記電話卡犯案？咁戇居嘅你？」我道。

外型瘦削的犯人道：「唉……阿 Sir，一個人冇錢起嚟就一毫子都冇啦，喂！阿 Sir，整……整支煙仔食吓先呀？」

我沒有理會他，反向四眼新丁問：「之前佢喺藥房偷乜嘢呀？」

「好笑囉……偷嘢食呀。」四眼新丁說話後與趕收工相對而笑。

「偷嘢食？趁人哋員工開飯偷餸食呀？」我也笑道。

四眼新丁不斷揮手，似乎笑得很辛苦：「我都估到有人會再問，太好笑……好……辛苦……佢去買藍精靈……哈哈……趁人數緊嗰陣……走去……走去……用條𦧲……lam 咗兩粒吞咗……」

「老童，藍精靈好平之嘛，咁都要偷？」我也忍著笑。

對方：「唉……阿 Sir，都話一個人冇錢起嚟，就真係一毫子都冇啦，喂！阿……Sir，整……整支煙仔食吓先呀？」

「老童你咩柒呀？」我笑道。

「孖枝，叫我孖枝得啦，阿 Sir，整支煙仔食吓先呀……」名叫孖枝的老童道。

突然我又想起了辦公室鐵櫃內的 file，自己也自身難保，還有新鮮滾熱辣的東大街傷人案……

算了，我也做過新人，幫幫他們吧，我先把文件看看，這宗行騙案原本是北角偵緝調查隊的案件，於是我在報案室找到案件主管電話……啊！認識的。

「……」電話老是打不通，我看清楚手機，原來在我一離家之後，行動網絡仍然未能回復。

啪！

突然天花的光管全部熄了，報案室沒有窗戶，漆黑一片。

「嘩！唔喺連香港島都停電呀……」趕收工道。

啪啪！啪啪！

光管又再度回復，冷氣聲音再次出現，這樣的情況看來，電力供應必然出現了問題。

「兄弟，暫時冇計，案件主管電話唔通，我試下幫你搵下佢嗰隊其他伙記。」我道。

趕收工寫了電話號碼給我：「射住呀師兄，搵到值日官接收個犯就得㗎啦，案件主管俾唔俾佢保釋我唔會理㗎。」

孖枝：「嘩，阿 Sir，乜你咁冷血㗎，咩事啫，剩係顧住自己收工。」

趕收工：「一日最衰都係你，明知道自己通緝就咪偷嘢啦，阻住我收工。」

孖枝：「俾你收到工又點啫，坐車嚟嗰陣收音機都有講啦，成個屯門區疏散嘛，你估你仲可以返差館收工，好有形有款咁插住褂袋走呀！」

四眼新丁：「而家已經夠煩啦，唔好嘈啦……」

他們一人一句，趕收工滿臉通紅，隨時會出手打個犯，我見勢色不對，正想離開報案室，突然……

轟……轟……

「嘩！阿 Sir 你哋攪乜嘢呀，地震呀？」孖枝道。

報案室感覺到有輕微的震動，之後聲音停了下來。我立刻走向後門那邊的停車場，總能夠找到一兩個人吧。

124

東區總部和北角警署是同一個建築群範圍內，我走到停車場時，被眼前無法解釋的一幕鎖住了眼球。原本平日停泊滿警車及私家車的停車場，已經再看不見以往的景象，取而代之，是滿地又紅又黃的液體……

正當我還未把這景象跟任何東西扯上關聯，半空突然出現了兩個銀色的東西，在我頭頂掠過……

飛行物擊中三樓外牆再反彈落地，黃色煙霧不斷由銀色飛行物洩出。

「咳……咳……咳……」遠處有蓋停車場下出現一個人影，那人左手持有一把槍。

「咳……」我突然間雙眼很刺痛，淚水迅速地溢出。

糟！那些黃色煙霧是催淚彈嗎？

我立刻轉身，走回往報案室的樓梯間。

或許不是催淚煙……咳……咳……此時一個恐懼感湧上我的心頭——新界西地區特別事故！

難道是恐怖分子的襲擊？若果是受到放物質污染的話，我需要的是……水！

一想到水，我連翻帶滾跑進報案室，走過茶水房時，隱約看到入面有人影，那人道：「大鑊，殺到嚟，要拎防毒面具呀……」

我沒有理會那個人，立即衝入茶水房，在水手盆開水冲洗臉、手掌、手臂，還有是……

清水沖洗過雙眼，出現非常刺痛的感覺，這刺痛感覺，很熟悉，這是......

這種感覺其實真是......中了催淚彈的反應！

當知道並不是什麼放射性物質，反而令我安心下來，我用抹手紙抹乾臉頰時，看到那人跍在茶水房一角。

是副指揮官！

官階是高級警司的副指揮官，就是昨天聯同防止罪案科一起，和筲箕灣商販開會的長官。當時我還提出要區議會出錢安裝天眼，結果被黃馬褂趕了出去。

年過五十的他，雖然穿上軍裝，但是出入辦公室的他當然沒有掛上警察裝備，不過，他左手居然拿著一把生果刀。

副指揮官喃喃自語，也聽不見他說什麼，但手持利刀，很可能神經失常。

我正想轉身離開，此時他道：「伙記仔，有冇煙呀？」

啊！身為憲委級，居然向我要煙！

「阿 Sir，我唔食煙㗎。」我已經退至門邊。

他低頭看看手中的生果刀：「你唔洗驚喎，你問下出面嗰兩個伙記有冇。」

我帶著疑惑的心情，向由屯門押解犯人而來的四眼新丁道：「兄弟，有冇煙呀？」

趕收工在腰袋取出一盒煙給我：「師兄呀，樓下咩事呀，咁嘈嘅，

你又成頭濕曬嘅?」

「我都唔知咩事......」我轉身又走向茶水房。

副指揮官就在茶水房抽煙,樣子很迷茫,可能是煙味,不一會,屯門二人也帶著老同走到茶水房外。

「午安 Sir!」四眼新丁嚴肅道。

「得啦!得啦!唔好再講嘢,俾啲時間我。」副指揮官揚起手道。

又過了一會,副指揮官把煙盒遞回給屯門二人,似乎示意二人可以抽煙。

趕收工取回煙盒,將之放回腰袋,副指揮官道:「俾得你食就食啦!」

結果趕收工又取出煙盒,抽了一根。

「阿......阿 Sir 呀,整......整支煙仔食下呀......」老童孖枝提出要求。

副指揮官看了孖枝一眼:「風頭火勢仲拉個老童返嚟做咩呀?」

趕收工道:「阿 Sir,我哋守屯門㗎,呢個犯你哋㗎,佢喺屯門 check 到通緝,我哋解佢過嚟咋,但搵唔到值日官收犯。」

副指揮官立刻變臉:「個犯唔係我嘅,你應該交返俾值日官。」

我最討厭上級不負責任:「唔係喎阿 Sir,報案室都要搵個人收犯呀,唔通你叫佢哋帶個犯走咩,佢哋都唔知返唔返到屯門。」

副指揮官瞪了我一眼，似乎怪責我多管閒事：「伙記你邊隊㗎，咁熟口面嘅？」

我道：「重案㗎，阿 Sir，究竟下面發生咩事呀？」

副指揮官垂頭喪氣：「係咪有個伙記好似叫化療，甩晒頭髮嘅……佢而家癲咗，喺槍房偷咗幾箱布袋彈同埋催淚彈周圍射呀，有啲伙記喺停車場，有啲喺警署出面同佢駁緊火呀。」

「吓！」

「唔係呀！」

「咁大鑊！」

副指揮官的說話，使我們目瞪口呆。

「阿 Sir……唔該整支煙仔食下先啦。」孖枝仍死唔斷氣。

趕收工呼喝：「收嗲啦你……忍你好耐……」

孖枝埋怨：「家陣咩事啫，黐支煙食之嘛！」

副指揮官此時把口中香煙遞給孖枝，後者雙手被手銬鎖上，只能以口接過，深深吸了一口。

孖枝在吞雲吐霧之時，趕收工將他手銬解開。

「多謝晒，幾位阿 Sir，多謝！」孖枝閉上眼正享受著尼古丁給他帶來的身體轉變。

副指揮官走出茶水房，走到值日官工作間坐下：「唉……大鑊，大鑊！」

噗！噗！噗！噗！

突然有人走進報案室，副指揮官雖然穿軍裝，但他身上沒有任何裝備，故左手又立刻握緊桌手上的餐刀。

「嘠……嘠……」跑進來的是一個新進男督察：「阿 Sir，槍房嗰個伙記揸咗架警車走咗。」

副指揮官眉頭深鎖，想了一會反而鬆一口氣：「走咗咪好囉，你幫我 check 吓，淨係計北角，仲有幾多個伙記喺度？」

小督察：「計唔計有階級呀？」

副指揮官怒目而視：「計埋我同你呀，你而家好高級呀？」

小督察立刻從口袋中取出一疊紙，左算右算。

副指揮官再看著我們：「自己搵櫈坐啦，企晒喺度做咩啫。」

我們紛紛坐下，這個一頭灰白髮，戴著圓框眼鏡的副指揮官，和我心目中在對著商販像迎賓的模樣，完全是兩個人。

「Car 1、Car 2……槍房……值日官……大閘守衛……」小督察額角現出黃豆般大的汗水：「Sir，要返工嘅大部份返晒，除咗有幾個落咗簿睇醫生，我哋北角仲有八個人。」

「八個？唔係呀？」副指揮官驚訝道。

小督察：「係呀 Sir，八個入面仲要分兩個喺報案室、一個槍械室、一個棟大閘，剩番三個伙記同埋我，所以只可以出一架車。」

副指揮官：「你點樣計㗎？出得一㗎車？」

小督察：「係呀 Sir，張工作更紙係咁編㗎……」

副指揮官：「邊個編㗎？」

小督察：「Sir，張更紙係你俾我㗎。」

「我俾你？」副指揮官取過更紙看了一看：「總部 fax 過嚟㗎，唔係我編㗎，但更紙有十五個人嘅，仲有七個去咗邊呀？」

「去咗鯉景灣呀，Sir！」小督察戰戰兢兢地道。

副指揮官取起筆，在更紙上作出修改，之後遞給小督察：「順便問埋柴灣嗰邊，佢哋一陣開工嘅人數，抄低我電話……」

我好奇問：「鯉景灣有咩搞呀？」

小督察很愕然：「伙記你好似乜都唔知咁嘅？」

「我啱啱落機，離開機場唔夠兩個鐘頭，我知道屯門要疏散，但實際上點搞我唔清楚。」我簡單地說明。

小督察道：「咁嘅，屯門疏散咗嘅居民，部份坐船過咗嚟，而家喺水警基地。」

若果疏散後會去到鯉景灣的話，那麼，目的只有一個，就是要入住附近的空置單位。

天！閉上眼睛也能想像得到那是多麼厭惡及混亂的工作，反而這張工作更紙上的安排，可以算得上是抽到好籤。

小督察取起電話，似乎在查詢一些消息，而我則乘機看了更紙──

那是副指揮官修改後的安排：

值日官 + 槍械室 + 大閘守衛：小督察、副指揮官

Car 1：車長（交通）、綾波麗（刑事）、輔警 A1X7（軍裝巡邏）

Car 2：車長（交通）、輔警 A3X0（軍裝巡邏）、我（刑事）

啊！原來 Air 也要當值，居然還和我同一架車，真巧。

這一張更紙，居然包括了軍裝及便衣探員，甚至是像綾波麗般的鑑證科探員也不例外，同時亦顯示了各人的手機號碼。另外也看到了港島區其他地方的警力，每個分區也大同小異。

這樣的安排，我相信是史無前例的一次。

小督察放下電話：「Sir，柴灣嗰邊得報案室兩個同埋四個步兵，佢哋啲車手晏晝出晒去仲未返喎。」

「吓……咁窄……」副指揮官道。

就這樣，我們又一起走到出停車場，再次確定那個叫化療的警員已經離開，眾人才鬆一口氣。

根據更紙所顯示，Car 1，Car 2 均是北角分區的巡邏車，負責區內所有 999 Call 的工作，因為每一輛車當中也會包括軍裝、交通及刑事部人手，嚴格來說，就是小至一般糾紛及大至殺人放火也要一腳踢。

簡單說句就是——乜嘢都自己做晒！

此時副指揮官把自己手機交給小督察：「警察電台打嚟，好似有嘢做，你抄底去……」

此時又有人駕駛電單車回來上班，接著，小白及綾波麗等等更紙上要上班的同事也陸續出現。

副指揮官向我們道：「而家出面積積埋埋有好多 Call 未做，有啲已經係中午拖到而家......嘩唔緊要！盡量做，有刑事成份嘅都唔好攞口供住，遲啲先跟進返。千奇唔好拉任何犯人返嚟，已經再冇多餘人手招呼到佢，除非你想做死你哋個幫辦仔啦。總之大家盡力頂到收工，到下更開工接咗我哋就掂啦，今晚有得抖就抖吓。」

今晚？

綾波麗問：「阿 Sir，今日開始係咪宵禁呀？」

副指揮官搖頭：「仲未收到指示，等通知，帶齊頭盔防毒面具，有長槍牌去槍房拎埋雷明登......」

小督察介入：「阿 Sir，槍械室條鎖匙俾化療拎走咗......」

副指揮官怒道：「咁有後備鎖匙㗎嘛！你值日官嚟㗎嘛，用你方法搵出嚟啦！總之雷明登又好，AR 15 又好、MP 5，乜都好啦。冇長槍牌就拎多幾手子彈，總之......執生啦！」

執生？

「仲有......」副指揮官皺起眉頭：「如果見到槍房嗰個喪警化療呢，千奇千奇唔好諗住佈啲天羅地網之類生擒佢呀，你見佢喺東你就走去西喏㗎嘞，各走各路，唔好諗住駁吓火咁呀，拉佢呀咁，條友而家黐咗線呀，生人勿近，呢啲留番俾特警搞啦，我哋自己哽唔落㗎，OK？」

我們點點頭，心想我才不會理會那個喪警，自找麻煩。

「Sir，有四十三單 case 未處理呀！」小督察道。

「嘩！做死人咩……」我喃喃自語。

副指揮官走過來：「伙記你尋日係咪有份同防止罪案科開會呀？」

我道：「你想話我好熟臉口嘛？其實尋日提議裝天眼嗰個人係我嚟……」

「啊，得啦，冇嘢……」副指揮官轉身離去。

此時屯門二人向我道：「師兄，咁個犯……」

「唔知喎，你問佢呀（指住小督察），佢做值日官……」我示意他們找小督察。

身旁的小白向我道：「佢講個喪警咩料呀？」

「知唔知邊個化療呀？」我問。

小白搖頭，於是我便指著地上那些又黃又紅的水漬，向他邊說邊整理裝備。

約 15 分鐘後，Air 出現，原本他駐守柴灣分區的，但是抽調了過來北角開工。他因為可以與我同車工作而有點高興。就這樣，由小白駕駛一部警車，我坐在他旁邊的乘客位，而 Air 則換上軍裝，坐在中排座位。

每架車分配了二十多宗而待處理的 999 Call，但甫一離開北角警署，小白便取出電腦，把一隻光碟播放，片段中有一名穿灰色衫，正在奔跑的男子。

是疑犯！片段背景是東區走廊！

而這片段的內容是，疑犯在西灣河電影資料館離開的士，襲擊導演曹柏之後，再沿東區走廊逃走的片段。

片段不算太長，是由幾個不同位置的監察鏡頭摘錄得來的，最後的一段較為奇怪，疑犯在奔跑期間居然消失了，而消失的位置，剛巧是在譚公廟道附近。

正當我試圖將畫面跟譚公廟址上什麼關聯時，眼前一輛的士失控地擁上行人路，撞上一間已經落閘的藥行。

接著意想不到的事發生……

的士司機似乎也受傷了，他離開車廂，走到藥行前，沿着毀壞摺曲了的捲閘罅縫，走了進去。

我們繞過的士，把警車停泊好後，也跟著下車。但此刻，藥行內又爬出的士司機，他手中拿著兩盒口罩。

他抬頭一看到我們，便轉身開步跑。

Air 動身跑並高聲道：「企喺度，咪走住！」話一說完，藥房爬出一個雙手沾滿血的人。

「打……打劫呀……」年約六十歲的男子高呼。

打劫？

打 劫 口 罩 ？

我沿着 Air 追逐的方向看過去，他正緊追的士司機，後者一直跑，過了一個街口，之後又跑進了一間超級市場。

令人瞪目的一幕出現，這間超級市場居然非常熱鬧，數十人不斷進出，當中有老人家、婦人、學生、及帶小孩的年輕少婦。

再看清楚這些人，似乎不是在光顧這間超市，他們......

他們似乎在洗劫這間超市！

由眼前的交通意外開始......

之後......

世界，改變了......

變得......

無法控制！

...待續......

08

身為刑事調查部門，我對於應付前線工作經驗確是不足，所以，當看到有數十名群眾在街頭洗劫超市，除了發呆，我真不懂如何是好。

眼前出現的，是一個又一個目標一致，衣衫襤褸並且散發著危險警號的人，其情況極度之混亂。

Air 走到超市門口，大聲喝止：「停手！停手！全部停手！」

一名身穿套裝裙的女士，害怕得立刻把手上塞滿食物的購物籃放下，她蜷縮在一旁顫抖，反觀其他人絲毫沒有理會 Air，仍舊在超市進進出出，無視警力。

Air 曾經試圖攔截搶劫者，但立刻被數人推開。套裝裙女士見其他人沒有停下，也不理會穿軍裝的 Air，再次走入超市，爭奪物資。

「Air……過返嚟呢邊呀！」我正想上前，小白一手把我捉著。

他語氣認真：「眼見到嘅至少有一百人，佢哋互相壯大咗個膽，你而家講咩佢哋都聽唔入耳㗎嘞。」

小白再指着交通燈上的監察鏡頭：「全部有錄影，遲啲先算……」

類似群眾視警察如無物的情況，我在 CNN 的新聞片看過，在感恩節市民為了搶購平價貨品而人踩人，碰得頭破血流，甚至死亡。

若果，「新界西地區特別事故」是影響香港的一場持久戰，那

麼他們現在所做的事，就是為了求存而衍生出來的。

Air 被群眾推跌在地上，他本能反應從腰間取出糊椒噴霧，並高聲喝止：「好停手啦，否則我用糊椒噴霧！」

人群中有數男女無懼警告，仍然衝著 Air，兼且劍拔弩張，其中一名身強體胖的大叔雙手推向 Air，後者側身閃避，同時把手中糊椒噴霧全數噴出。

「呀！」

「呀！呀！呀！呀！呀！呀！呀！」

「好姆眼，警察打人呀……」

至少有兩男一女被糊椒噴霧噴中，退了開去，但同時亦引起了其他人衝向 Air。

「個警察打人呀，我哋郁佢！」

出事了！

我掙開小白，跑到 Air 身旁，雙手夾硬拉扯他離開，但他突然拔出了配槍：「埋嚟呀！再埋嚟我就開槍！」

一名男子手持一袋硬物向我們揮舞，避無可避，我臉頰被擊中……

痛楚中我從 Air 腰間找到伸縮警棍……

啪！啪！

「呀……」

我把警棍橫掃了兩下，感覺到打中了什麼，之後很勉強才能和 Air 退回警車上。

甫一上車，小白二話不說，立刻驅車離開，Air 還雙手緊按車窗，他仍然無法相信眼前的事實，車窗外，有為數不少人向我們警車投擲雜物。我也看到，有個滿臉鮮血的人倒在超市門外，也不知是男是女，看來是被我揮棍擊中。

小白邊駕駛，邊用通訊機與總區指揮及控制中心聯絡，查詢還未處理案件的最新情況。

我右邊臉仍火燙般痛楚，額角還有擦損及紅腫。

至於 Air，他軍裝外套衣袖已經被扯爛，於是他索性把外套脫下，這時才發現自己手睜流血，連藍色恤衫也染上血跡。

警車駛至北角消防局外停下，我們三人也沒有作聲，Air 和我以消毒藥水清洗傷口，貼上膠布。

小白向我們道：「洗唔洗睇醫生？」

我輕輕搖頭，並望向 Air，他道：「如果我哋睇埋醫生，就少咗一架車做嘢。」

休息了十五分鐘，大家稍為回了一口氣，小白才取出之前在警署獲得案件資料，不斷在部份紙張上劃上交叉。

小白：「電台（指揮及控制中心）話好多『冇即時需要處理嘅事件』暫時唔洗做，因為屯門爆大鑊，涉及其他部門嘅已經轉介，有啲輕微打鬥、糾紛咁，因為太耐時間，要嘈都嘈完，要打都打完，報案人因為屯門事件而忙於買糧食……」

「等等……」我制止了小白：「唔洗做嘅唔好再講，我好亂，

138

聽唔入耳。」

小白發火:「你啱啱開工就亂?我今朝七點做到而家呀,亂?我都好混亂呀!」

我認識小白十年,從未見過他發怒:「對唔住!辛苦你,我機場落機方耐,完全唔清楚而家個形勢,唔好咁燥。」

小白呼了一口氣:「總之而家出面仲有七單刑事案件未做,頭先間超市係其中一單,開咗老笠,不過已經係下畫一點半。即係話間超市足足俾人洗劫咗成個半鐘頭……」

小白脫下電單車保護衣:「至於出面……唉……死咗好多伙記!」

我突然感覺到一股幽冷的風由褲管開始,一路向上攝入身體。

小白繼續:「屯門公路洩漏生化物,好多喺現場做嘢嘅伙記,仲有消防、救護,其他司機乘客,加加埋埋之少死咗二百幾人,仲有炒咗兩架飛行服務隊直升機,好多屍體仲喺現場。我頭先喺機場,就係因為好多人怕死,全家人走,人車爭路,好多交通意外。而家入機場方向已經封鎖咗,收到風一陣會禁止所有海陸空出入境,我諗係因為防止感染咗嘅人出境,免得感染全世界……」

當聽到「全世界」三個字時,我呆了……

「仲有樣就係,香港好快就會宵禁,就好似 1967 年暴動之後……」小白說話語氣之沉重,令人不寒而慄。

當然我老早已經在工作群組得知有關宵禁一事,但如令出於小白口中,使我倒抽一口涼氣。

小白再接了電話，是 Car 1 同事來電，小白又在紙上抄下了約二十個人名及 ID 號碼。

小白再道：「嗱，而家咁嘅環境，有冇命到收工都未知，我提議……」

對於前線工作，都是由小白安排較好，Air 再加上我的前線工作，也不及小白一半。

我們用了一個小時，把餘下要處理的案件初步完成，經過我的遊說之下，打鬥的和解，傷人案的受害人另約日子取口供，而爆竊及盜竊的案件，也只是用手機在案發現場拍照而已。

這樣的處理方式，相信是史無前例的一次。

到了下午五時許，我們再次返回警署，各自梳洗及換上新衣服，這才發現原來身上多處沾有楜椒噴霧。

我在灰色長袖衫外加上一件黑色連帽子拉鏈背心，再換上軍綠色褲，基本上多帶來的一套衣服已經用上了。

離開更衣室時，看見七、八個同僚在更衣，有些甚至連防暴裝也沒有脫下，便在長櫈上睡覺。我曾經和其中一名駐守同一隊，他以極為鄙視的目光瞪著我，相信是認為我只是匿藏在環頭的膽小鬼。

我們再到報案室，看見副指揮官、小督察、Car 1 的綾波麗及輔警 A1X7，還有數名穿著防暴裝看來是剛剛收工的同僚。

他們圍站在值日官枱頭，看著副指揮官手中的平板電腦，內容是今早屯門公路的交通意外引致洩漏生化物一事，大家也看得入神，我甚至是首次真真正正看到有關「新界西地區特別事故」的相關報導。

所播放的是保安局局長及衛生防護中心官員的記者會，內容是向公眾公布交通意外現場死傷人數超過一千人！

一千人！多麼可怕的數據！

而所洩漏的生化武器，初步已經證實有 VX 毒氣！

VX 毒氣？好像在那裏聽過。

還有一種幾乎可以肯定的傳染病毒，是世界衛生組織已經宣布滅絕的——

天花！

「唉……」

「大鑊啦！」

「今次真係死的……」

看到這裏，在報案室的眾人不其然嘆了一口氣。報導還說只要待衛生防護中心反復測試之後，便可以百份百證實是天花病毒。

此時報導突然終斷，轉而直播保安局局長記者會。

LIVE！

「開始得啦？」保安局局長再道：「我諗長話短說啦，有關『新界西地區特別事故』最新嘅情況……警方、民安隊，解放軍駐港部隊已經好成功咁疏散咗超過二十八萬屯門居民，疏散行動仍然進行緊，今次係安全、秩序很好嘅疏散行動。至於有害生化物，已經證實係 VX 神經毒氣，同埋天花病毒，我重複一次，係 VX 神經毒氣同埋天花病毒。其中神經毒氣嘅殺傷力好強；而

天花病我諗大家都聽過，呢種病毒曾經係一種死亡率好高嘅傳染病，已經絕跡咗好多年，甚至乎，我哋人類已經冇儲備『天花』疫苗……」

記者會現場一陣騷動……

「局長……」

「局長，我……」

「局長，咁係咪……」

保安局局長：「大家俾我講埋先，所以我哋會因應疫症而作出相關安排……」

之後保安局長退開了，由衞生防護中心總監接上：「有鑑於香港現正被破壞力強嘅化學氣體污染，以及受到死亡率甚高嘅傳染病影響，衞生署宣布，由現在開始，對所有出入境作出有限度限制……根據香港法例第 599 章《預防及疾病控制條例》作出嘅最新安排……」

衞生防護中心總監呼了一口氣：「為防止任何疾病傳入香港、或者喺香港蔓延，及從香港向地外傳播，行政長官會同行政會議通過修訂《預防及控制疾病規例》（第 599 章）有關公共衞生緊急情況規例，衞生局局長亦根據該條例修訂，以延續及加強政府採取疫情防控措施的相關法律。該項修訂規例即時生效並將於今日稍後刊憲。緊急規例包括拒絕任何人進入香港免受感染，以及對香港可能受感染嘅人限制出境……簡單啲講，即係全香港所有出入境嘅關口，包括海、陸、空任何途徑已經關閉，措施唔包括受權人士，呢度係指軍隊、政府人員及其他衞生署受權人士。」

接著有另一名男子接上：「為咗配合衞生局相關條例，行政長

官宣布由而家開始一連三日，全香港……係全香港實施宵禁，根據香港法例第 245 章公安條例第 31 條，除非有警務處處長發出嘅許可證，否則，任何人由每日晚上六時，至早上六時，呢十二個小時裏面禁止外出，而紀律部隊，駐港解放軍，衛生署醫務人員等，因為佢哋要執勤，上落班咁所以例外。呢個宵禁安排，係有助防止傳染病蔓延，以及有助警察喺人手不足之下有限度維持治安，今晚因為係第一日宵禁，好多交通工具未必可以趕及晚上六點前應付所有收工嘅市民，所以市民可以喺最遲八時三十分返到處所。而行政長官同時亦引用香港法例第 241 章《緊急情況規例條例》……」

畫面停頓了。

副指揮官：「冇網絡……」

「頂！」這個「頂」字是大家異口同聲說的。

之後所有人各自四散，部份同僚在辛苦一天後，立刻回家，而我則向小督察報告有關在超市一事。

小督察似乎仍然未清楚自己的崗位是什麼，反而副指揮官要求我們紀錄清楚事件，武器使用過程，至於超市現場市民的投訴反而沒有，可能是傷者因自己也是洗劫者關係吧。

我把小白提供的監察鏡頭光碟截圖了四幅東大街傷人案疑犯的照片，並大量列印，到現階段為止，那是最清楚的照片。

大約下午五時四十分，我們 Car 2 再臨東大街，因為種種跡象顯示，疑犯對東大街一帶地形十分熟悉，甚至鄰近的西灣河也可能是他的活躍地區。

有見及此，我打算先把通緝疑犯的單張在東大街派發，若幸運地立刻蒐集到有用情報，就不用把單張派滙至更遠的地方。

再臨東大街，氣氛已經變得死寂，大部份店鋪已經關門休息，唯獨是店員 A 工作的台式飲品店門外聚集了一些人。

「簽名啦各位街坊，垃圾婆今朝俾白粉佬打劫，到而家都冇警察嚟調查，我哋再唔做嘢，下一個遇害嘅可能係你屋企人……」手持揚聲器的店員 A 在呼籲。

「我哋會喺入夜之後，張整條東大街封鎖，凡係出入嘅人都要登記，警方一日唔派飛虎隊嚟，我哋就要靠自己。加入啦，年輕人……」另一名身穿便利店制服的男子也在發聲，他眼前有數名正在吃冰淇淋的小學生。

原來店員 A 因為東大街罪案頻生，兩天來多次向警方求助要求派飛虎隊巡邏，一日不見她，竟然神推鬼撞般已經變成街坊們的發言人。

台式飲品店外甚至發起了簽名運動，目的是給警務處處長一些壓力，我甚至看見記者得巴也在採訪。

店員 A 一看到我後，便向我揮手，我立刻迴避，並在各大廈管理處張貼疑犯照片，各街方議論分分。經我向管理員及街坊收集情報後，得知中午時分，東大街曾經發生爭奪瓶裝水大戰。

中午時分，因為「新界西地區特別事故」影響，謠言滿天飛，弄得下至學校停課上至世界末日也有。其中一個說法是水源污染，說什麼有害物質已經進入了各主要抽水站，所有自來水均受污染，不能飲用。

一傳十，十傳百，一句說話不足一小時已經轉變為超市瓶裝水爭奪戰。市民爭奪食水，店員 A 自告奮勇，在超市力阻市民瘋狂搶購食水，其三寸不爛之舌亦深深打動不少街坊，漸漸開始聚集了另外一些人，合力阻止謠言散布及保持超市食水存貨量。

因為保衞東大街有功，店員 A 工作的台式飲品店引起傳媒採訪，街坊們甚至撐起太陽傘，放置枱櫈，舉辦簽名運動，要求警方加派警力及盡早破案。

我在各大廈張貼單張後，時間已經過了晚上六時，亦即是說，第一天的宵禁開始。只見街坊們合力以紅白色封鎖膠帶，由電車總站起，真的把整條筲箕灣東大街封鎖，而電車總站則成為其中一個主要出入口。

自從在報案室看到新聞報導之後，流動電訊便沒有服務，電力供應也不甚穩定，有人說是因為屯門發電廠所有員工已經疏散，其使用天然氣發電的設施也相繼停工，連帶影響全港接近七成的電力。

我聽回來的這個說法，均沒有出處指名是出自何人嘴巴，也沒有任何白紙黑字的紀錄。這樣的「有人說」當中的「有人」是誰，根本無從考究。這其實也可以說是謠言之一。

更有謠言傳出因為香港成為疫埠，不出三小時後便會全港戒嚴，停工停市停課，警察會退居為民警，照顧疏散出來的屯門居民。而日常的保安巡邏工作，會由解放軍駐港部隊接手。

這個謠言，身為警察的我也不敢百份百否決，而事實上，駐港部隊已經參與了疏散及搜救行動，那是從已經工作了十個小時的小白親口告訴我的。

要妥善處理數十萬突然多了出來的市民，怎樣才能夠讓他們有處所棲身，似乎是一個沒有數十萬月薪也答不上的問題。這批以半走難形式疏散出來的人，也未必是沒有受到感染，單就由他們離開交通工具開始，也不知道要經過多少清洗程序。

東大街封鎖期間，仍然有市民進出，保安局說好的宵禁，第一天會有兩小時三十分鐘的緩衝而彈性處理，除了部份店舖仍然

145

未落閘之外，整條東大街，已經像深夜時份。

正當我們離開之際，警車剛駛離電車總站時，突然「啪啪」聲響起，附近的所有街燈熄滅。過了一會，並開始有街坊探頭出窗外⋯⋯

軋⋯⋯軋⋯⋯

軋⋯⋯軋⋯⋯軋⋯⋯軋⋯⋯

「軍隊呀⋯⋯」

不知道什麼人嗌了一聲，我抬頭向天空看去⋯⋯

軋⋯⋯軋⋯⋯軋⋯⋯軋⋯⋯軋⋯⋯軋⋯⋯軋⋯⋯軋⋯⋯

是直升機⋯⋯

飛得很低，那不是飛行服務隊的直升機。

駐港部隊⋯⋯

真的接手警察工作？

「組長同人打交呀⋯⋯」一把近乎沙啞的男子聲音，由遠處以破喉嚨的聲調嗌出。

「吓！邊度呀？」

「打組長？咁大膽！」

「郁佢⋯⋯」

「又話開始登記？咁點呀？」

「咁......唉，唔理啦！」一名魚販外表的肥胖男子，掉下封鎖帶，也趕去了湊熱鬧。

吶喊聲此起彼落之際，一名八、九歲的男童拍打車窗，我打開車門，對方道：「阿 Sir，報警呀，組長喺上面同人打交......」

身旁的小白道：「呢度歸柴灣嘛，叫柴灣啲伙記做啦，仲嫌唔夠多嘢做咩，我哋北角車嚟㗎嘛......」

我其實是很認同小白的，但見街坊群情凶湧，若不及時干涉，可能會演變得嚴重，千萬不要搞出人命！

「會唔會有 EU Car 呀？」Air 問。

小白怒氣沖沖：「仲邊度有 EU 呀，你咪係囉！」

「上去睇吓啦，好近啫。」我一馬當先，沿金華街隨數名街坊跑上到阿公岩道，。

跑至明華大廈對開時，街坊們圍繞在一起，人群中正是店員 A，她雙手被一條麻繩反綁。

街坊說：「組長，仲乜俾人綁住，又話同人打交？」

「佢何止想打我，直情想雞姦我添呀！」店員 A 左擰右擰，豐乳左右搖晃利害。

街坊們合力把麻繩鬆開，店員 A 呼吸急促：「佢想雞姦我，我唔肯，佢想推我出馬路......」

雞姦？

我問：「你唔係喺舖頭咩，點會喺度嘅？」

店員 A 見我主動問她，霎時變得鵪鶉：「頭先有人叫十杯奶茶，話送嚟明華大廈，但我一出升降機樓就覺得有人跟住我，但之後又冇咗，我再行到呢度，又發覺對面馬路個涼亭有個人望住自己，嗰個人身型好熟。」

我再問：「即係有人扮叫外賣而想襲擊你啦。」

Air 亦道：「阿姐，你話佢想雞姦你，咁佢有冇……」

店員 A 雙手放在後，俯下身跪在地上，翹起臀部，向 Air 移動：「佢咁樣反手綁住我又撳我落地仲唔係想雞姦呀？如果唔係雞姦雙手綁前咪得囉……哼，好似咁樣……」說話後店員 A 又改了一個雙手舉起，兩膝蓋緊合，像忍尿的姿勢。

我不清楚雞姦與否跟雙手綁在前面抑或後面有什麼關係，反正店員 A 現在的樣子十分滑稽好笑。

「組長咪玩啦！」

「組長有冇受傷？」

他們居然稱呼店員 A 為組長。

我問店員 A：「有冇唔見嘢呀？」

店員 A 從褲袋取出錢包翻看，我再道：「如果個銀包仲喺褲袋度就即係你冇唔見嘢……」

「三張五百、兩張廿蚊、八達通……」店員 A 很認真地點算：「咁冇啦，係倒瀉咗十杯奶茶，全部唔要得……」

我問：「咁頭先有冇其他人經過呀？」

店員A在撥弄Bar帶：「冇……冇呀，得個色狼同我兩個，好彩我平時出入都左望右望好小心，見佢一推我落地就夾緊對腳，同埋咁啱你哋又上來呢。」

接著她又突然尖叫：「幣！」

「咁大聲！嚇死人咩！」小白已經按耐不住。

店員A一馬當先跑下去：「夠鐘戒嚴呀，我哋快快趣趣埋位……」

Air嘗試糾正：「唔係戒嚴呀，唔好亂講呀！」

Air的話他們沒有理會。

「快啲啦！組長話要登記人名呀……」魚販邊跑邊道。

魚販說話刺激了我腦神經，我抓到一些空泛的畫面……

我知道這刻要集中精神，只有給我多一點時間，我就可以把這個空泛的畫面握得更緊，就像有魚兒吃鈎，慢慢收回魚絲……

我嘗試禁上眼睛集中……

腦海出現魚販剛才的說話：快啲啦！組長話要登記人名呀……

登記……

登記人名！

對了！東大街要封鎖，出入要登記人名！

即是說，他們所謂「戒嚴」，是自己組織一隊人來管理東大街的治安？

OK！但那又怎樣……

不是这些，要再收緊一些，再推前重溫眾人的對話……

店員 A 說有人想雞姦她，並被麻繩反綁……

沿途沒有其他路人，只有「色狼」跟她一共兩個人，幸好我們上到去現場。

「色狼」……

店員 A……

兩個人！

即是說冇第三者！

啊！原來是這樣嗎？先假設店員 A 遇襲當時沒有第三者在場，那麼……

那麼我們是怎樣知道店員 A 被襲擊的呢？

想起了，當時有一把聲音近乎沙啞的男子喊出：組長同人打交呀……

那把聲音，話說回來很是做作，似乎是刻意把嗓子壓低。又假設那男子就是剛才趕赴阿公岩道現場的其中一個人，如果他不是剛巧在阿公岩道經過，而是根本已經在現場的話，那麼，這個人就只會是店員 A 口中的「色狼」。

我深呼吸了一口氣，心裏感覺到又回到兩天前探員阿奶遇刺的那天。

好了，若「色狼」全心只想打劫或者非禮店員 A，因為事敗了，所以逃跑，但是看到電車站頭封鎖，怕登記人名時表露了身份。為了要返回東大街內，唯有大聲說出店員 A 跟人打架，待電車站頭封鎖鬆懈，便立刻趁機會返回封鎖區內。

但是……有些少技術上的糾纏。

首先店員 A 錢包好端端的，賊人相信不是為錢而來，亦更加不會只為非禮或「雞姦」。站在男人角度，店員 A 簡直是魔鬼身材代表，若我要非禮店員 A，第一時間會捏她胸部、且是 100% 會這樣做，而不是什麼撳住她臀部想「雞姦」她之類。

若然我推算正確，店員 A 真是要殺雞還神，因為她剛才只是生死一線間，賊人根本就是要取她性命或者要傷害她。

扮作叫外賣而要去計劃加害店員 A 的人，只有是東大街內活動的一個人。因為東大街已經封鎖，疑犯唯有製造混亂令自己能夠返回街內。

店員 A 究竟得罪了什麼人？

我想起那晚在台式飲品內看錄影片段時在店外偷窺的人……

東大街傷人案疑犯？

難道店員 A 是下一個目標？

「探員 J！」是記者得巴，他在金華街城隍廟前把我截停，原來在我思考期間，店員 A 他們已經遠去了。

小白道：「嘩，咁多街坊識你嘅，搵到食喎，頭先條女仲好大……」

小白說話帶有對店員 A 冒犯性，我沒有理會他。

得巴從袋中取出平板電腦，吞下口水：「兩樣嘢……」

得巴用平板展示一些舊剪報：「我查過筲箕灣近幾十年嚟嘅罪案，其中有單係涉及光天化日性虐待案，但警方竟然不了了之，我問過十年前喺金華街街市賣菜嘅姨媽，佢話單嘢係發生喺筲箕灣巴士總站。」

噗！噗！

巴士總站？

不得了……

噗！噗！

我的……背包呢？

請不要再說……

拜託！

無奈得巴繼續說下去：「呢單性虐待案嘅受害人唔願意作供，疑犯方被起訴，但之後幾年內疑犯都涉及過傷人案，手法仲好凶殘，但係佢真係好好彩，多次證據不足方被起訴。咁會唔會係佢反社會傾向而令佢又出番嚟犯案呢？」

夠了！

「講夠未呀！第二樣呢？」我再控制不了，喝止了得巴。

得巴很愕然道：「俾料你都要鬧呀，唔洗咁呀？」

噗！噗！

要抽離......

思想逆轉......

逆轉......

「第二樣嘢，你睇......」得巴在平板電腦中開啓瀏覽器，去到我們曾經留言的討論區。

「又上到網咩？」Air 立刻翻看自己手機，自從我們由台灣回港後，流動網絡極度不穩定。

得巴翻看「血跡遍佈東大街，兇手是誰來猜猜？」的題目，找到了一個留言給我看......

內容如下：

頭先組長喺明華大廈遇襲，但其實除了組長及疑犯，根本冇第三者喺現場。我哋一班街坊被一個表面喺組員嘅人引導去到現場，但事後大家都冇印象呢個組員係邊個。

不過，呢個人好成功咁就避開登記而安然咁返番入東大街。佢好聰明，借用咗組長嘅號招力，不過，愈做得多，就愈容易俾人掀開底牌。

如果呢個人就係東大街傷人案嘅疑犯，咁我就喺呢度下戰書！

留言完了，留言時間是 1842，即是數分鐘前。

而留言處名是……

少年ㄚ？

第一部完

…待續……

第二部

《露宿者大將所說的、東大街治安關注組、

少年團、伽利略的法則》

09

這個稱為少年 Y 的人，居然跟我的想法相同，出現這樣的情況，可以有兩種說法。首先，少年 Y 的「調查」方向跟我一致，他也許是警察，也可能只是湊熱鬧的市民。

另外的情況是，少年 Y 正在轉移視線，企圖干擾我或者得巴的調查方向，他把一些出人意表但說得上合乎邏輯的推論說出，務求做到在討論區上牽著眾人的鼻子走，而目標當然是把東大街傷人案的疑犯定位在「東大街之內」。

假設真正的疑犯是活躍在「東大街之外」的話，而網民（包括我及得巴）也會誤墮進少年 Y 的推測。

那麼我們就中了他的圈套，一群人傻更更在東大街內盲捉賊之餘，在因利乘便下，還會令到真正疑犯逍遙法外，只會有更多時間準備干犯下一宗案件。

但實際上是，我的推測也跟他相同，這又怎樣去解釋？

少年 Y……

不不不……不要太複雜，我要有自己的作風，任何案件，先由最簡單方向出發，我這就來個簡單的推測。

疑犯想傷害店員 A，以騙她到阿公岩道，正想傷害她時因為「某原因」而事敗，疑犯為了要「趕及」返回東大街，而誘導在東大街封鎖出入口的街坊離開崗位，之後疑犯成功返回東大街⋯⋯

自以為神不知鬼不覺，但是居然被我及少年 Y 識破。當然這樣的推理要有一些必需原素，前設是我認為店員 A 怎樣也不是被劫財或者劫色。

現階段為止，先跟少年 Y 聯絡，試圖跟他合作為妙。

我向得巴道：「有冇 PM 過少年 Y？」

得巴：「冇，不過如果可以招攬到佢，對抽出疑犯會好有幫助。」

最後我們決定，先由得巴聯絡上少年 Y，最好是能夠見到他真人，要不然，得到對方手機號碼以訊息溝通也可。

別過得巴後，我和 Air 走到電車總站，希望再進一步得到更多線索，而小白則不耐煩地在警車上等候。

居民組織原來已經把封鎖線退後五十公尺，目的是為了不阻礙電車運作，政府宣布宵禁之後，已經有近十架電車停泊在電車站頭。

居民組織在路邊設立一個登記處，聚集了六個男女，所謂登記處其實是一些簡單舊桌椅傢俱，而看似領頭的，就是剛才被誘導離開崗位的魚販。

我走上前：「已經開始宵禁，你哋仲要喺度幾耐？」

Air 就站在我身旁，對方相信也知道我是警察。

漁販上下打量我:「你係警察呀?想知咩呀?」

Air 看不過眼:「唔係想知啲咩,係六點後已經開始宵禁,你哋唔應該再留喺街度,更加唔可以擅自將條街封鎖。」

Air 說話簡單直接,清楚且堅定地給對方發出了明確的訊息,但是那個中年魚販,不知道是真蠢或是假傻,他就是給人一副愛理不理的態度,聽完 Air 說話後,他依舊坐回椅子上,拿著他的簿冊。

我和 Air 對望了一眼,也不知道好嬲或是好笑,不過眼前這本簿冊,說不定登記了疑犯的出入紀錄,或許能夠在紀錄之中,抽出疑犯!

「可唔可以睇下本簿?」Air 比我還要心急。

但是魚販雙手把簿冊收緊身邊:「點解要俾你睇呢?」

「睇吓都唔得?」Air 語氣開始暴燥。

魚販取起一個咕呢勾:「警察大晒呀……」

Air 年少氣盛,我把他輕輕一拉,之後向漁販道:「我識得你哋組長,可唔可以通融吓……」

我居然也稱呼店員 A 為組長。

魚販放下咕呢勾,和身邊一名穿上圍裙的女子說話,過了一會,魚販道:「組長唔得閒,如果你真係識組長咁你就自己打電話俾佢。」

這個魚販……好囂張。

呠⋯⋯呠⋯⋯

是小白，他透個汽車警號催促我們。

我取出手機，但又再次沒有網絡訊號，光有店員 A 的聯絡電話也沒有用。

「咁我自己入去搵佢！」說話後我踏進入封鎖區。

不只魚販，加加埋埋居然有五個人擋住我去路。

我開始有火：「玩還玩，你哋唔好咁過份呀吓！」

圍裙女子道：「邊個玩呀，知唔知今朝到而家我哋報過幾多次警呀，你哋警察一次都冇嚟過呀，唔係組長喺度主持大局，呢條街已經七國咁亂呀，咩呀！而家又想攞彩呀，就憑你？」

Air 推開我上前：「咁你知唔知大部份警察入咗屯門做嘢呀，你估得你哋報警呀，成班大人喺超市搶水，係你哋咁白癡先做得出，仲好意思報警⋯⋯」

「你講咩呀，我要投訴你，43X0 呀⋯⋯」

「投你老母，係 A3X0 呀，寫清楚呀⋯⋯」

我半推半拉把 Air 帶離開，之後我們在整條東大街外圍行了一轉，發現除了電車站入口外，所有橫街小巷也有封鎖膠帶，亦有人駐守。

他們所謂封鎖，居然真的做到這樣認真，若我再堅持進入東大街，必然會演化成流血衝突，同時也難保能夠制止他們。

畢竟我們只有三個警力而已。

在小白多番要求下，我們返回警車上，到了晚上七點半，是我們用膳時間，即是全個北角警區由綾波麗的 Car 1 支撐著。

我們去到英皇道，原來已經再沒有餐廳營業，當然北角警署的餐廳也因為當值警員大減，無利可圖，早在我們開工前已經關門。

小白甚至駕駛警車回家吃飯，故我也取回座駕，順道回家，Air 則感到無聊，也跟隨著我。

我就住在筲箕灣道一所大廈中，女友偶爾會來我家過夜，但也不是我要求的，她每次出現，均代表她跟男朋友吵架而不快。

我並不特別抗拒現在的關係，既有穩定的伴侶，也不用費心於結婚之類，總之，做人少一件煩事會來得愉快。

不必要的事，就不要上身。

我回家整理了背包，再把一套乾淨的衣服帶上，之後便在沙發小睡，並著 Air 可以隨便翻弄冰箱的速食點心等。

啊！又做夢了！

怎會又是那個夢……

居然又由上國術班，「穿上」、「回手」這兩招練得不好，師傅罰我留堂，直至練到他滿意為止。回家的時候已經過了晚飯時間，必然會給母親大罵一頓。另外又再次遇上同校的四眼肥仔及小個子二人，在夢境中仍然是說不出他的名字。

天橋上——

我：「咦，條橋起好咗嘅？」

小個子：「仲講乜呀，跑啦，再唔跑條橋變色㗎啦！」

變色？

等等，應該漏了一句，在我和小個子說話之間，應該還有四眼肥仔的說話，那句話是：係喎，返學嗰陣都唔覺嘅！

啊！奇怪？

我居然在夢境中抽離了，我居然在懷疑自己的夢境，一於先繼續看看事情發展才作打算。

四眼肥仔跳上天橋欄杆跑，接著是小個子，我害怕……

不行，就是因為我害怕沒有跟上他們，硬巴巴的留在原地，才令到母親找到了我，扭我耳朵。

對了！若果，我可以控制夢境的話……

試試看！

我爬上欄杆，站了起來，開步跑……

成功了！我居然能夠控制夢境，只要跟上他們，就不會被母親責罵。

天橋真的已經築好，我成功跑了過去，當我轉過頭一看，是母親，她臉上沒有了平時的惡相，取而代之，是一臉慈祥。

突然，身後傳來急促的呼吸聲，愈來愈逼近：「點解你仲要跟住嚟……」

是男子聲音，我回頭一看，沒有人！

但是，地上有三副棺木，棺木沒有蓋，其中兩副裏頭躺著的不是別人，正是四眼肥仔及小個子。他們穿上壽衣，臉色蒼白，頭戴上扑帽，交叉雙手搭在腹部。

無形的呼吸聲再道：「最後一副棺材留番俾你。」

「唔好呀……」我高呼，想提腳跑，但做不到：「阿媽……救我呀……」

母親出現：「叫咗你返屋企食飯啦，而家搞成咁，點解你要咁多事呀？」

點解你要咁多事呀？

我右手使勁向後一揮：「走開！」

背包！

只要拿到背包的話，我就可以……

啊！找到背包了！

「師傅！」

師傅？

「師傅你做咩呀？」

我？我做什麼了？

「師傅，你係咪發夢呀？」是 Air 的聲音。

我睜開了雙眼，看見 Air 居然手按槍柄。

「你做咩呀？」我伸出右手指著 Air。

但居然看到自己右手拿著一把菜刀，左手則抓緊自己背包！

Air 驚訝道：「師傅，你搞咩呀，瞓瞓吓突然起身搶走把菜刀，真係俾你嚇死呀。」

菜刀嘛⋯⋯

我把手上菜刀放在茶几上，看看手錶，原來只睡了十五分鐘，剛才的夢境，真她媽的恐怖。

我閉上眼睛，鬆了一口氣，太疲倦，必定是太疲倦，這兩天沒有好好休息之故。

「你拎把菜刀做咩呀？」我問。

Air 這才把按著槍柄的手放下：「我想切午餐肉呀，但係你廚房得把菜刀呀，正想走嚟問你有冇生果刀，你就突然衝埋嚟好快咁一嘢奪走把刀，手法仲好熟練。」

「Sorry，發夢啫。」我不作太多解釋。

Air 仍然戰戰克克地道：「發夢？師傅，你冇事嘛？」

我也抹了一把汗：「冇⋯⋯」

不知從何時起，Air 稱呼我為師傅。

Air 皺起眉頭：「唉！真係一人癲一次，呢兩日真係好奇怪。」

「等等⋯⋯你話咩一人癲一次呀？咩意思呀。」我從 Air 的說話聽出什麼似的。

Air 坐了下來:「尋晚喺大安森林公園,我哋睇緊嗰齣《異犬人生》嘅時候,曹柏條友突然點香拜狗仔,我當時覺得佢哋因為拍戲而虐待隻狗,嬲到踢爛咗公園個垃圾桶。得巴都係,佢睇睇吓突然轉身去咗踢樹,一路踢一路鬧,好似失咗理性咁。」

回想起昨晚在台北的情況,由走入大安森林公園開始,就渾身不自在,再回看 Air 及得巴二人的行為,似乎有過份激動之處。

那麼我呢?當其時我也曾經差點要爆發,究竟問題出在那裏?這樣又可能再要推前一點,是了,由我與得巴踏進小新宿工作室開始,就已經有點不妥當,有點……

有點不真實!

想到這裏,我立刻找出有關去台灣的東西,有些消費的統一發票夾在銀包中,而日子也是昨天的,包括我們在林森北路購買珍珠奶茶的發票。

Air 接過我手中的發票:「師傅,你唔係懷疑自己冇去過台灣呀?咪傻啦,點會咁迷離呀,只係自從我哋喺阿公岩道見到疑犯升起嗰一刻開始,好多嘢變得古怪,變得唔合邏輯啫。」

是想得太多了之故?

我們草草吃過即食麵,便駕車返回北角警署會合小白,但在停車場居然又遇上屯門的兩個軍裝警員——四眼新丁及趕收工。

趕收工正在抽煙,但那個身份是犯人的老童孖枝,居然還坐在警車上。

我好奇:「師兄,唔係嘛,你哋仲未交犯呀?八點幾囉喎!」

趕收工毫無生氣的道:「值日官話唔識開電腦做收犯程序喎,

叫我等等先，佢用階級壓我，我仲有咩好講。」

「咁你哋係咪住屯門㗎，屋企人冇事呀？」Air 亦關心他們。

四眼新丁道：「我同佢都係住屯門嘅，不過屋企人冇事，一早已經安排入住咗愛蝶灣。」

「愛蝶灣？嘩！嗰度好方便喎！」Air 道

四眼新丁續道：「聽講政府出聲，啲大財團好慷慨，供應好多吉單位，早走嘅居民可以住私人樓，遲走嘅就要住政府樓。」

此時孖枝又抬起頭來：「阿 Sir，整支煙仔食吓先啦。」

Air 道：「政府建築物範圍食乜嘢煙呀，告你吖嘩！」

孖枝垂下頭：「咩事啫，又冇煙食，又冇飯食，做犯做到我咁樣真係折墮囉！」

「你哋未食飯嘅咩？」我問。

趕收工搖頭：「師兄，射住，幫幫忙，搵案件主管叫佢俾個犯保釋，否則我哋真係唔知等到幾時。」

我真的額上冒汗：「我……我盡力……」

雖然起初因為趕收工的說話而覺得他為人自私、懶散及不負責任，但如今他們竟然遲了四個小時仍未收工，可以算是十分盡責了。

我和 Air 走到報案室，看到副指揮官及小白在看新聞，而小督察則在電腦屏前發呆。

我走上前：「阿 Sir，屯門個犯你仲唔收？嗰兩個伙記返早更㗎？」

「我……唔係咁識收犯程序，不過總部出咗宵禁期間唔可以有任何犯人覊留喺警署。」小督察解釋。

我惱羞成怒：「咁你叫屯門兩個伙記點樣呀？攬住個犯唔洗收工呀？」

我一向無視階級，對小督察的措詞十分嚴厲，就這樣，我終於找到了負責孖枝案的那組人員，小督察把現時北角警署的情況告之，對方卒之給予孖枝保釋，之後，我協助小督察在電腦系統上的保釋程序。

一小時後，孖枝回復自由身。

剩下的屯門二人組，他們情況依然迷茫。副指揮官撥打了一輪電話之後，向屯門二人道：「而家你嗰隊啲伙記部份收咗工，部份仲做緊嘢，佢哋分佈喺唔同警區，都係做緊路障又或者幫手安排災民等候入住臨時房屋。至於你哋個幫辦，暫時失蹤咗，你哋有睇新聞都知，大欖洩漏現場死咗好多伙記……」

現場一片沉寂，雖然我認識的人甚少駐守新界北區，但心情到很沉重。

副指揮官再道：「噂，咁樣，而家屯門警署已經返唔到去，我問過其他環頭，大部份啲人手都調到七國咁亂，而家喺機場北大嶼山公路 stand by 嘅，居然係東九龍兩架 EU 車，我諗至少要宵禁完咗，等啲屯門災民安頓好，人手先會鬆番少少，到時候先再執番啲位。」

趕收工道：「咁阿 Sir，我哋收工交裝備去邊呀？聽日又去邊開工呢？」

副指揮官取出更紙：「你哋而家收工先，聽日下晝 1500 返嚟呢度落正簿開工，我會將你哋兩個嘅事同新界北指揮官講，暫時借調你哋嚟北角，OK？轉頭你哋可以將裝備暫時擺喺呢度嘅槍房。」

對於副指揮官這樣的安排，真是聞所未聞，不過，屯門區兩間警署包括屯門警署及青山警署，均在疫區之內，所有慶幸仍然生存的員工，不論是文員或警察，也不能給他們放長假，所以這樣的安排，似乎是最好的，加上二人兩個家庭也入住了附近的愛蝶灣，總比跟我同組的 Peter 及祥哥他們走到大埔開工好。

趁有空檔，我返回辦公室，將一份醫療報告打開閱讀。報告很詳盡，是關於第三宗案件 53 歲的受害人李向轉。

她頭部有三處傷口，均是由沉重的硬物造成，其中一次重擊使到受害人臉頰骨爆裂。另外腹部共有六處傷口，是一些鋒利而幼細的利器，很可能是尖銳的生果刀。

但是，報告最出人意表的是指出，能夠以「一人之力」造成傷者頭部及腹部同時重創的機會很微。

啊！難道說……

根據資料顯示，受害人是遇襲之後才倒在地上，故先排除傷者是躺下遇襲的可能性。剔除這點，即是傷者遇襲的時候是站立着。

頭部及腹部傷口的最近距離是 30 厘米，就該兩處傷口情況來看，利器進入肌肉的角度是相同的，行兇者要在襲擊對方的時候，刻意將持武器的手上下平衡移動，才能達到這同等角度，如果是這樣做的話就太違反自然了。

所以，這份報告要指出的，行凶者可能多於一個人……

兩個人！

我心跳突然加速，太令人震驚了，由我接手調查傷人案起，完全沒有丁點懷疑過犯案者有兩個人。

這看似一個瘋子在無差別地亂刺，原來是名叫阿嘉的 40 歲男子在實行他的反社會復仇大計。但來到這一刻，居然有人告訴我之前的想法錯誤了，又或者是中了對方的詭計。

所謂疑犯，居然有兩個？除了阿嘉之外，還會有什麼同謀？是導演曹柏？林秋之？

抑或是少年 Y？

少年 Y......

我致電得巴，打算詢問他聯絡上少年 Y 沒有，但給他收了線，過了不久，通訊軟件收到一個群組邀請......

群組名稱：抽絲剝繭

得巴 加入群組

你 加入群組

+852 67x7 xxxx 加入群組

（這個號碼 67x7 xxxx 是誰？）

得巴：人齊！

我：？

67x7 xxxx：我係少年 Y！

（果然是他！叫少年 Y 的！）

得巴：另一個係探員 J，你亦都可以喺討論區見到佢嘅留言。

少年 Y：我喺入面，你哋喺出面，鬥快抽出疑犯。

我：你係指你喺東大街入面調查，而我哋就係東大街以外調查？

少年 Y：係，因為唔可以中晒疑犯嘅詭計，組長遇襲可能都係圈套。

得巴：少年 Y，不如大家三個人出嚟從詳計議。

得巴：最好係而家。

少年 Y：暫時冇需要，我習慣一個人行動。

（很直接，說話亦沒什麼技巧可言。）

我：少年 Y，你係咪警察？當咗差幾多年？

（超過 30 秒沒有人發言。）

少年 Y：探員 J，你其實係想問我幾多歲，係咪？

（這個少年 Y，有點小聰明。）

少年 Y：我 24 歲，但唔係警察。

（說謊！他猶豫了很久才回答。）

我：亦都有人話疑犯其實有兩個，少年 Y，你點睇？

得巴：兩個？誰說？

少年 Y：冇可能！

（這麼快否定，明顯在轉移視線。）

少年 Y：冇共犯先可以守到秘密，如果疑犯要完美犯罪的話。

得巴：完美犯罪？你係咪睇得偵探小說多？

少年 Y：只有獨行賊，先可以獨攬賊臟，又只有獨行賊，先可以稱得上完美犯罪，神不知鬼不覺。

少年 Y：如果疑犯係按照《異犬人生》劇本犯案的話！

得巴：好，分頭行事，保持聯絡。

我立刻翻看討論區之前內容，回到張貼台灣「萬華案」新聞的留言……

留言者居然是……

少年 Y ！

原來早在我之前，他就已經留意到這個關乎《異犬人生》的新聞，不……實情是，我現在的調查方向，不論導演曹柏所說的阿嘉一事，抑或是現在張貼在東大街的疑犯照片，全部都是靠少年 Y 才能得到。

我感覺到一種說不出的挫敗感，原來從頭到尾，不是疑犯牽動我走，而是少年 Y 用他無形的手，牽著我鼻子走。

直至再次和小白他們離開警署，我心情也忐忑不安。一出閘口，便被屯門二人組截停：「師兄，車埋我哋返屋企得唔得呀？我哋著住軍裝又冇槍，又冇車搭，好唔方便呀。」

原來屯門二人的裝備已經暫存北角槍房，但因為沒有便服，逼不得已才穿制服下班。

他們上了警車之後，我們便接到指揮中心呼叫：「Car 2 做單老笠，筲箕灣東大街近電車站，報案人係個速遞公司職員，佢話有幾個人搶佢個郵包。」

「你老味呀！乜嘢都叫 Car 2！」小白把車停下，取起通訊機：「東大街歸柴灣嘛，你叫柴灣啲伙記做啦！」

指揮中心：「柴灣伙記已經喺東大街處理緊，群情兇擁，要求支援。」

小白：「咁你叫 Car 1 唔得咩？最麻煩嘅 Call 就叫 Car 2 做。」

指揮中心：「Car 1 早喺半個鐘前已經做緊單跳樓，而家我指示你立即去東大街支援，你係咪唔去？」

「冷靜啲……」我輕輕拍打小白右肩，但小白使勁甩開。

二人居然在警察頻度舌劍唇槍，簡直大開眼界。自從返回香港之後，很多事情已經不能用正常思考方式去處理。

駛至東大街，我向屯門二人組說：「你哋冇槍，唔好落車啦，我哋盡快搞掂就車你哋返屋企。」

「好……咳……咳……咳咳……唔該師兄……」趕收工以手掩蓋嘴巴道。

「你唔精神喎，病呀？」四眼新丁坐開了一格。

趕收工很勉強道：「咳……好似……有啲作感冒……」

「感冒？唔咳你戴口罩，戴口罩……」小白立刻跳下車。

之後我、Air 及小白三人走向東大街口。

「都唔知叫埋啲咩人上車，係咁咳，都唔知有冇傳染病……」
小白喃喃自語，似乎十分不滿。

Air：「呢個時候送速遞？搞咩呀？」

一架速遞公司的貨 van 停泊在東大街口，而街頭亦出現了一堆
人，他們拉拉扯扯，另一邊的電車站，兩個軍裝警員正和另一
班人交涉。

「放手！」居然又是那個胖魚販。

另一名身穿紅色服裝的男子向我們揮手：「阿 Sir，佢哋搶我嘢
呀！」

「真係火都嚟，宵禁，宵禁，宵條鐵咩，會有人咁聽話咩！」
小白的怒火已經逼了出來。

小白上前站在封鎖線外：「嗱！各位，已經宵禁咗三個鐘頭啦，
有乜嘢留番聽日先搞，幫幫忙，好冇！」

一名年約六十歲的男子道：「阿 Sir，我做藥行嘅，個速遞係送
嚟俾我架，呢張我身份證（手持 ID Card），但係呢班人唔肯俾
我收，仲要搶走……喂！有警察喺度，你哋好放手啦！」

原來是東大街內一間藥行的店東，名字忘記了，但我曾經拘捕

他賣假藥。

速遞員緊抱著包裝破爛的一箱東西：「你哋唔好再搶，我而家唔派呀，阿 Sir，件貨喺公司嘅，我而家唔派件住，要攞番走……」

魚販：「走私疫苗仲咁大聲？」

疫 苗 ？

難道是……

乍聽到疫苗二字，小白突然一手抓住紙盒：「全部停手！」

那個賣假藥的店東道：「阿 Sir，拉晒佢哋啱嘞！」

魚販嘗試推開小白：「走開呀……」

突然，站在身旁的 Air 一腳把一個用於道路工程且纏上封鎖帶的雪糕筒踢上半空：「頂你，忍咗你班人好耐！」

雪糕筒還未落地，Air 已經伸出雙手，踎底扯斷紅色的封鎖帶。

啪啪！

但是……

隨即有一支木棍出現……

正正擊打在 Air 的手背上……

「呀……」

…待續……

正直、誠實、不畏懼、不徇私，似乎是警察應該有的承諾。

但老實說，入職九年，我基本上沒有一項能夠做到，前輩所教導我的，雖然也有涵蓋上述各點，然而，多年來放在我口袋裏的座右銘，是只要能夠達到目的，根本「不需要過人，亦不需過自己」。

我會為了要加入心儀部門而卑躬屈膝，也會因為釘死被告而教導受害人在法庭作供時如何七情上臉，亦曾經為了破案而闖入邊境禁區邊防，再夾硬帶走疑犯經沙頭角中英街回香港。我在警察投訴科有大量被投訴檔案，每每也逢凶化吉安然避過。上級對我有讚揚也有批評，但我就是用自己獨有的方式，在這個部門中打滾。

所以，我絕對是個不稱職的警察，上司的眼中釘，但同時亦是朋輩間的麻煩友，後輩們的偶像，十分複雜。不過，我是會無所不用其極，為了破案而……

不 惜 一 切 ！

Air 右手背被木棍擊中，我還聽到骨頭「咯咯」作響。

「行開，你襲警……」小白轉身，左手推開手持木棍的人，後者居然是一名不足十歲的男童。

男童蹕倒地上，立刻有一名女童扶起他，之後男童像瘋了一樣，走上前雙拳亂揮打在小白身上。

原本還在爭奪疫苗的街坊，有數名衝了過來，Air 左手不斷揮動，似乎是要抵消傷口的痛楚，但突然一個拳頭已經到了他面

前......

啪！啪！

Air 拔出伸縮警棍，朝天一揮，擊中一名男子的下巴，我還看見有些血花在四賤，此時，我已經走到小白身旁，雙手抱起男童：「傻咗呀你，有冇家長喺度......」

話未說畢，男童一腳踢仲我的......

嘩......

踢中......我下體......

一陣火燙的痛楚由下體散開，我退開了幾步，一時間，我痛得跪了下來。

他媽的......男人最痛！我眼前出現短暫的叠影，十秒過後，有兩人從後拉我走......

是趕收工及四眼新丁，二人一拉便直接拉我走至警車旁，並開啓車門，推我上車。

「警察打人呀......」

「去同首領講呀，警察打細路呀......」

「影低去，影低去......」

「咦，藥行個老嘢拎走咗盒疫苗呀......」

「追佢啦......」

休息一會之後，我再打開車門，看到部份人走到一間店舖之前，不停用手拍打捲閘：「開門，開門呀老嚟！」

屯門二子亦加入了混戰，再加上原本已經與商販們發生衝突的 Air 及小白，東大街上一小段路面情況立立亂。小白居然一人對付幾個街坊，而其中有些更拿著雜物當武器。

如果再演變下去，我真的會開槍自保。我手按配槍，拇指鬆開了槍袋鈕扣，正想拔槍之際，突然聽到「啪啪」兩聲……

嗖——

乒！乒！

背後一股氣流擦肩掠過……

嗖——

乒！乒！

有金屬跌落地面的聲音。

兩彈黃色煙霧旋轉式直飛向前端，並落在距離我六米前的馬路上。

「嘩……」

「乜嘢嚟㗎……」

黃煙落到地面後立刻擴散，這一種煙我不太熟悉，但是當然也有嗅過，早在今天下午，在北角警署停車場，就出現過為數不少。

這些黃色煙，其實是防暴隊所用的⋯⋯

催淚彈！

在沒有衝鋒隊的支援下，全個北角區只有兩部巡邏車，分別是綾波麗的 Car 1，與及我們的 Car 2。若然綾波麗正在處理一宗墮樓事件，難道來支援的是柴灣軍裝？

我用衣服掩蓋鼻子，跑到電車站，而小白和Air亦已經成功突圍，並極速退回警車上。

再看清楚，原來在我上車之前，車上已經有其他人在，那是老早已經在處理糾紛的柴灣兩名軍裝警員。

我望出車外，街坊們也立即跑進街內躲避，遠離街口。

「班人癲晒呀，有兩次我爭啲開槍。」Air 取出水壺，不斷倒水擦臉。

「嘩，師兄，乜你哋東區咁惡撈嘅。」趕收工正連連回氣。

「關咩事呀，而家屯門都唔知會演變成點，我諗其他警區都差唔多⋯⋯」我整理一下衣服，除了衣袖破損，肌肉有些疼痛，沒有什麼大礙。

其他人檢查身體，也只有輕微擦損，唯獨是 Air 的左手背又紅又腫，傷得不輕。

他從腰包取出救傷繃帶，我幫他把左手緊縛：「去醫院！」

「唔洗，頂得住。」Air 肯定地道。

小白道：「俾你去到醫院，冇八個鐘頭你咪洗旨意睇到醫生呀，

而家全香港兵慌馬亂，淨係招呼屯門啲傷者都唔夠做，walk in 急症室嗰啲人只有無了期咁等。」

小白的分析不無道理，「新界西地區特別事故」傷者眾多，送到全港醫院分批搶救是必然的處理方法。莫說是 walk in，其他非屯門事故的求診者，想必定也是只有等待。

談到這裏，車外黃煙開始散開，東大街電車站入口的紅色封鎖帶隨風飄揚，在能見度回復之際，一個人影由遠至近走至，此人手中正持著一支寸半口徑大口槍，背上一個黑色郵差袋，肩膀亦掛上了另一支大口槍。

此槍能同時兼容多種類別彈頭，剛才連發數顆並擊退街坊們的，便是催淚彈。

此人相距我們大約十五米，我只可以猜測，對方是一名男子。他身上穿上一款連身的藍色蛤姆衣，腰間有配槍，還戴上一副透明工業用眼罩之，頸部及口鼻包住了一條紅色頸巾。

此時此刻，在這個猶如戰場之地，出現這身打扮造型的人，真是詭異。我立刻聯想到某些自稱為神而戰爭的組織，他們所穿著服飾大同小異。

眾人也看得入神，這個不知道是誰的來者，以熟練的手法把一眾街坊驅趕，目的明顯是幫助我們脫困，所以，這個人，95%以上是警察。

還有，他想必是那個叫化療的槍械室警員，只有他才會穿着藍色夾姆衣，以及在這種情況之下發射催淚彈。

化療曾跨越封鎖線，進入東大街，基於他曾經神經失常地攻打警署，至今所做的一切，絕對可以以多項非法使用槍械等相關罪名而作出拘捕。當然，這只是個正規做法，我相信車上的人

包括我，也不想與手持兩把大口槍的化療正面交鋒。

況且，化療正在為我們解困，否則，在數十個街坊圍攻之下，我們真的很難保證不會使用槍械，到時，必定要有人傷亡！

正如副指揮官所說，千萬不要向化療作出拘捕，他向東，我們向西。如今這個正走在東大街的危險人物，還是留待給特警去處理。

嘭！嘭！

化療高舉兩枝大口槍朝天發射，兩束黃煙猶如煙火般在夜空竄出，他大踏步直走進東大街，經過賣假藥的藥行前，他用大口槍指著店外的一團黑影。

「仲玩？立即返屋企！」化療喝令，他聲音聽起來很沉。

黑影站起來，原來是剛才用木棍打 Air 的男童，他哭叫著跑向我們警車，此時坐近車門邊的 Air 開啓車門，把男童一抱上車。

小白配合動作，隨即啓動車子，我們駛至筲箕灣巴士總站停下來。

「嘩，你瀨尿呀，好『壓』呀⋯⋯」Air 抱起男童落車。

小白：「唔怪得咁臭啦，嘅仔，頭先你有冇份打我呀？」

男童只管哭泣，兩行鼻涕流至口唇，Air 以紙巾抹去他臉上淚水：「你住邊㗎？你阿媽呢？」

男童不停抽搐着：「阿媽⋯⋯做清潔⋯⋯去咗返工⋯⋯」

Air 再問：「你住邊呀？」

男童害怕地說:「明華大廈......對唔住呀叔叔,頭先用棍打你嗰個係我呀......」

「啊!襲警,你死啦,捉你去坐監。」一名守柴灣的軍裝警員道。

「唔好呀,阿 Sir,俾阿媽知道實打死我......」受到坐監所恫嚇,男童哭得便利害。

Air 道:「唔好嚇佢啦,佢父母冇時間照顧佢,佢先出街玩啫,佢都係俾東大街嗰啲大人教壞咗嘅啫,師兄,不如送返屋企啦。」

小白瞪了 Air 一眼,毫無表示,反而柴灣的一個軍裝道:「我哋送佢啦,我哋有私家車。」

最後,男童哭喪著臉被柴灣二人以私家車載走。

軍裝以私家車作巡邏,我確曾聽一些前輩說過,都是歷史,現在居然出現我眼前,只可以說,因為屯門突發事故的影響,漸漸地,看似天荒夜談的事也真實地發生了。

「我真係唔明你,頭先條嘅仔用棍打你,連我都想打佢,而家啲小學生粗口爛舌,唔使對佢咁好㗎!」小白老早已經很不滿,由接載屯門二人上車開始,先給說話我聽,到現在再埋怨 Air。

我也開始看不過眼:「小白,受傷嗰個都冇出聲啦,你仲咁嬲做咩啫!」

小白在路中心急煞,車子急停,眾人立刻傾前。

「我開咗工超過十二個鐘呀,抖都冇抖過呀,你哋狗屎垃圾嘢都攬上身,咁叻,喺車俾你揸呀!」小白認真了,他把手套脫下,使勁掉在軚盤上,且目露凶光向我發炮。

「一人少句啦⋯⋯」Air 道。

「你咁勞氣仲乜啫，唔想撳咪灣埋一邊囉，過多三個鐘收工啦！」我一向 EQ 底，控制不了情緒。

小白沉默了一會，右手從衣袋取出一張紙：「你知唔知自己講緊乜嘢呀？要到聽朝八點九先收工呀？睇吓更紙啦，拾吓拾吓咁！」

Air 立刻翻開更紙：「聽朝？唔係呀，收買人命咩！」

那是副指揮官以手改之後的更紙影印本，上面列明北角警署、Car 1 及 Car 2 人員的工作時間⋯⋯

我們的更份⋯⋯

居然由今天下午 1500 開始，至明天早上 0845！

天！我⋯⋯我⋯⋯

「唔係呀，做成十九個鐘？唔洗瞓覺呀！邊個編更㗎！」我忍受夠了，做夢也想不到居然工作十九幾個小時。

同時也回想起副指揮官曾說過：總之盡力頂到收工，到下更接咗就掂啦，今晚有得抖就抖吓。

老天！我一廂情願以為較後凌晨時間便可以收工，返夜更的同僚會接替，看來是我太天真之過。

「咦，咁你老細又叫我哋返聽日下晝返三點嘅？」趕收工好奇問。

小白道：「有冇聽錯呀？係咪深夜三點呀？」

「吓，唔係咁玩我呀？咁要快啲返去瞓先……」趕收工給小白嚇破膽，立刻哀求小白載他們回愛蝶灣。

別過二人後，我和小白因為之前的一些爭吵而還沒有釋懷，好一陣子沒有說話。我不清楚小白為何會這麼長時間工作，但我知他一向是上級眼中的好幫手，聽教聽話，跟我那些作風完全沾不上邊。

小白把警車停泊在清靜的街角，爭取時間休息，而我則取出手機。

進入抽絲剝繭群組……

居然有超過六十個訊息，得巴與少年 Y 斷斷續續談了兩小時，內容太多，需要消化。

首先是少年 Y 說出調查進度，大部份是我未曾調查過的人，包括報案人及受害人的家庭成員。

少年 Y 所謂的調查方法是跟蹤這些人，記下他們接觸過什麼人，之後再跟蹤那批人……他的理論是，報案人是最可疑的，街上這麼多人，為何偏偏是報案人發現案件？所以少年 Y 會把三宗案的報案人列為首要調查對象。

另外，受害人的家庭成員也會被視為可疑人士，根據少年 Y 推論，一個人之所以受害，涉及利益衝突的會佔上 75%，而與家人有所不和而被家人動殺機的案件，每五年平均有 6.7 宗。

我不清楚少年 Y 的數據來源，也許是在網絡上胡亂找到，但是謀殺親父母或伴侶的新聞，久不久就會在新聞中看到。

的士司機、十七歲女學生及清潔女工的家庭成員加起來有八個，再加上三宗案件的報案人，要短時間內在十一人身上得到線索，

簡直談何容易，更不要說十一個人會再接觸的其他人了。

所以，少年Y所說的調查方法，我相信沒有七個人的小組，用上一個月的時間，根本不可能完成。

我不清楚他這樣說的目的，少年Y似乎很聰明，會想方法盡快混入我們，務求在最短時間得到我們的信任。雖然逃不出我法眼，但由得巴回應的留言可以看出，他似乎對少年Y甚有好感。

至少，他會把剛才在東大街遇見我時的照片，傳給少年Y看，有一張甚至影到我跪在地上，雙手保護頭的狼狽相。

多事的得巴……

我開始留言：少年Y，你有幾多個人幫你手調查？

少年Y：只有我一個。

（還在裝傻！）

得巴：高效率！

我：咁短時間你邊跟到咁多人？

少年Y：你係想話我講大話係咪？

少年Y：跟蹤唔一定要跟個真人，其實只要跟蹤佢手機通話紀錄同埋上互聯網紀錄就得。

我有點吃驚：你居然查到佢哋電話號碼？

得巴：手機號碼我俾佢嘅，我知道你身為警察唔會透露，所以我都唔預你會講，我係用自己方法查嘅。

少年 Y：之後我用我嘅方法查，點樣查我唔會講，甚至要使錢，犯法嘢我諗你（探員 J）都唔想知，你就當我係駭客。

（少年 Y 真厲害，若他真是駭客，便很難對付。）

三人良久沒有留言⋯⋯

少年 Y：有料到，稍等⋯⋯

得巴：位置？

（過了三分鐘左右。）

少年 Y：金華街公廁，三行佬！

（三行佬？是指水喉匠吧！本名張華生的水喉匠，在金華街小攤檔經營水電維修，第二宗案件中十七歲女學生遇襲，疑犯曾經和受害人在水喉匠的攤檔糾纏。）

得巴：咩環境？

我：安全？

少年 Y：三行佬喺廁所磨刀⋯⋯

得巴：小心斬埋你，你試吓可唔可次趁佢磨刀，去佢攤檔睇下有冇兇器。

少年 Y：OK！

太危險了，我曾經見識過水喉匠如何野蠻及不講理，假如少年 Y 不是疑犯的話⋯⋯

這個得巴，太過份了！

我沒有要求小白載我去金華街，幸好警車停泊在北角警署附近，我才可駕駛我的私家車，火速駛向金華街。沿途再沒有少年 Y 的留言，希望他不要遇險才好。

到了金華街，我站在城隍廟旁公園內觀察，水喉匠的攤檔一片凌亂，也看不見他本人或者少年 Y。

十七歲女學生曾嘉惠在一個星期前就是在這裏遇害，她被疑犯從後扼頸，繼而用刀割開嘴角，案發後翌日的新聞還大肆渲染小丑式行刑，說是邪教對違反教規的教徒執行會規。

眼前是 24 小時的快餐店，當然現在已經沒有營業，快餐店隔壁是兩層高的金華街公廁，打從接手傷人案之後，我便已經到這裏走過，因為如果這裏有監察鏡頭，83% 以上能夠拍攝到疑犯的臉貌。可惜的是，這裏和相連的垃圾收集站，也沒有安裝鏡頭。

我也不時留意右面東大街的狀況，生怕再次殺出持大口槍的化療。

大約過了十分鐘，附近完全沒有動靜，東大街也水靜河飛，街坊們想必是給化療嚇怕，紛紛回家匿藏起來。

我曾想撥打少年 Y 的電話，但又怕他正在公廁內，手機聆聲可能會對他在不利，甚至會暴露在刀鋒之下。

正當我想走上公廁之際，突然公廁有人高聲叫：「咪走！」

接著公廁傳出落樓梯的腳步聲，同時，水喉匠的攤檔竄出一個人，此人轉身便往明華大廈的升降機大樓跑。

「偷嘢！留意咗你好耐啦！」男子聲音再從公廁傳出，緊接著一名男子由公廁衝出來。

「偷嘢呀……」衝出來的原來是水喉匠。

那麼，他所說偷東西的會是……

我隨即也向升降機大樓跑去，而從水喉匠攤檔竄出來的人，背上一個黑色背包……

與及穿上……

黑色連帽外套！

難道是少年Ｙ？

偷竊者直跑進升降機大樓的樓梯間，水喉匠緊隨偷竊者，我則走在最後。

走至中途，也不知幾多樓，我停了下來。水喉匠轉身向我呼喝：「喂，你仲碌葛咁企喺度仲咩呀！」

等等……

有些不對勁。

「仲唔追，政府冇糧出呀！」水喉匠一向粗聲粗氣。

我停下腳步：「我唔追呀，吹呀，而家打你工咩？」

說話令水喉匠怔了一下，他誓想不到上次給他喪罵的我，會一百八十度轉變。

其實，我是不想再追那偷竊賊，首先，他跑得快，我根本沒法子追上他，情況就如上次在西灣河站的列車上追逐一樣。其二，是我感覺到不安，我總是覺得，眼前發生的事，是一個圈套，是引領我走進困境。

說不定，少年 Y 及水喉匠二人就是東大街傷人案的真正犯人。

第三宗案件的法醫報告曾經指出，犯案者不只一人......

「咁夠膽......你好嘢！」水喉匠似乎被我的舉動打亂了陣腳，他邊走邊罵，放棄追捕偷竊賊，他沿樓梯離開了。

我取出手機，有數個未閱讀訊息，其中有些是 Air 問我是否要幫助。

我再進入抽絲剝繭群組......

得巴：少年 Y，成唔成功？

（得巴，只會在指手畫腳）

少年 Y：我見到你（探員 J），幫我拖延三行佬。

（這訊息時間來看，就是我在城隍廟公園的時候，看來偷竊賊就是少年 Y，他居然成功偷了水喉匠的東西。）

我：我已經離開咗，你喺邊度？係咪有嘢交俾我？

少年 Y：你好聰明，我偷咗一批架生，留俾你拎去掃指模。

我：你親手交俾我，位置喺邊？

（我知道少年 Y 不想露面。）

186

少年Ｙ：我知道你仲係唔信我，由始至終你都覺得我係疑犯。

（居然又給他識破了。）

我：當然唔會，我只係怕兇器如果處理唔好，會破壞證據。

得巴：探員Ｊ唔會咁嘅，雖然佢個樣真係好衰。

少年Ｙ：算罷啦，袋架生我擺咗喺明華上面涼亭，左手邊花糟，快啲去拎。

我沒有回應，慢慢踱步走向阿公岩道，邊走邊打量四周圍環境，老是覺得少年Ｙ匿藏在某一角落，監視著我。

當走至涼亭，看到其中一個花糟，真的有一個環保袋，我再次視察四周，發覺安全之下，打開環保袋一看......

是一些如扳手、電鑽、鋸片等工具，我把環保袋拿起，沿路離開。走不夠兩步，我停了下來，同時雙眼盡量在不移動頭顱之情況下，望向右邊。

蹼！蹼！

啊......有人！

蹼！蹼！

在距離我約二十米的沙井上，蹲著一個人！

蹼！蹼！蹼！蹼！蹼！蹼！蹼！蹼！

因為沒有街燈關係，若不是靠大廈低層住戶的微弱燈光，我根本不會察覺。

蹼！蹼！蹼！蹼！蹼！蹼！蹼！蹼！

而最令我感到心寒的，是那個沙井之上，正正有一條沿護土牆而建築的排水渠，此刻，東大街傷人案疑犯反地心引力向上升的一幕，再次浮現在我腦海之中。

疑犯嘛，還捉不到你……

我一閃身，走進涼亭以石柱作遮掩，拔出配槍：「警察！咪耐，舉高雙手！」

叫少年 Y 的，引領我墮進你的圈套，還想偷襲我？我可不是探員阿奶，更加不會是那個叫店員 A 的純巨乳！

我再次口頭警告：「舉高雙手！慢慢企起身！」

啪！啪！

啪！啪！啪！啪！

有住戶立即關上窗戶，似乎被我的警告聲音嚇怕。

蹲在沙井上的人緩緩站起來，對方看來不高，因距離遠光線有所不足，一下子，我還看不清楚他是否少年 Y。

對方踏下一步，朝我走過來。

我道：「停低，叫你雙手舉高呀！」

對方沒有理會，右手拖著一大袋東西，跟地面磨擦出刺耳的聲音。

我見對方走得慢，便急促跑過馬路，在一個牆角戒備。對方由

遠至近，慢慢橫過馬路，走到距離我十米之外停下，此刻我漸漸看到他容貌。

接著，從這人身上傳來微弱的歌聲⋯⋯

哈姆，哈姆，哈姆，

哈姆。

哈姆，哈姆，哈姆，

哈姆，哈姆！

和我高飛，理想滿心，哈姆共你。

無際天邊，放膽去飛，哈姆伴你。

心裏完全無牽掛，吃粒種子煩盡棄。

和我高飛，放心歡笑，樂就是美！

哈姆⋯⋯

太郎？

⋯待續⋯⋯

11

哈姆太郎？

此人，究竟想幹什麼？

這是日本兒童動畫《哈姆太郎》的香港版主題曲，歌聲源自男子手中的一部電話。

此刻我幾乎可以肯定，眼前的人並不是少年 Y，這個人雖然同樣穿上連帽子的衣服，但穿得厚厚實實，外衣沒有十件，也有八件，跟剛才在攤檔偷竊的少年 Y 外形有所出入。

單憑他衣衫襤褸的外表推測，他是一名年過 75 歲，靠拾荒為生的露宿者。其輪廓也跟之前在店員 A 飲品店中，所看到片段中的男子相似。

假設錄影片段中人和在西灣河站追捕的是不同人，那麼，他只是巧合地經過店員 A 的台式飲品店？而那天在店內 LIVE 看到的假設就是少年 Y，那麼他的目的會是……

「唔好行住，答我問題先。」我的配槍仍舊指向露宿者，因為他的左手老是插入衣袋之內。

對方抬起頭，在微弱燈光之下，隱約可以看到一雙炯炯有神的眼睛，但是他滿臉的皺紋直接告訴我，他的實際年齡可能更高。

老人慢慢伸出左手的同時，我右手食指已經扣著板機，只要對方左手拿出是類似手槍的物體，我會毫不猶豫地拉下板機！

最後，他取出來的，只是一部手機。

「喔！」老人向我喝了一聲，左手上上下下的揮動，似乎有東西要我看。

我收起配槍，慢慢走上前，期間也不斷打量老人，經驗告訴我，類似他這種打扮的露宿者，90% 以上有精神分裂！

老人的手很髒，手指甲既長且黑，那部超舊款的智能手機，四邊凹凸不平，若非事出突然，我根本不會去理會他。

他展示給我看的手機顯示屏，看到了一個表示「PLAY」的三角形，之後他按了一下去。

畫面黑漆漆的，隱約聽到有些相信是人走路時的聲音，也有些微黃光，依地形來看，是筲箕灣巴士總站。

老人間中會對著我笑，又再看回手機，也會不斷眨眼，似乎感覺到此時此地遇上我，對他而言，是一件很過癮的事情。

我繼續留意手機播放，畫面轉到一個像是公園之內，可以看到石櫈，圍欄及花草等等，但鏡頭不知為何十分不穩，亦開始有呼吸聲……

「嘎……嘎……」

「嘎……嘎……」

「嘎……嘎……」

我看著老人，他笑道：「嘻嘻！對住靚女……」

夠了，雖然片段內容有限，但是以老人的說話，加上片段中的急促呼吸聲，我也大概知道片段的主題是什麼。

這個老人，85% 是在自慰，是對著一名他稱之為「靚女」在自慰，餘下的 15%，仍然是他自慰，但是，可能是什麼也沒有的情況之下，完全憑空想像的「性幻想」。

「無聊……」我取起地上的環保袋，那是少年 Y 留給我的工具，之後拂袖而去：「啲人黐晒線……」

「唔……做咩……」突然短片傳來女子聲音！

我轉身一手使勁的奪取過手機：「你唔係強姦埋條女呀！」

老人手機被我搶去，立刻企圖奪回：「大將你都敢郁……」

我被他搞到看不清楚畫面，於是索性跑了開去，並喝止他：「如果我發現到有非禮或者強姦，即刻拉你！」

老人雙手舉起，跪在地上：「投降，我宣布無條件投降！」

老人的舉動令人難以捉摸，正如我剛才所推算，此類露宿者，90% 以上有精神分裂。

我在片段上移動時間軸，手機再畫面傳來女子叫聲：「唔……做咩……」

之後是微弱的「唔唔」聲，少女似乎被人掩蓋著嘴巴，也有凌亂的腳步聲。

有多於一人的腳步聲！

按照此片段的拍攝者角度來看，聲音源自公園之外……

而拍攝者正身處在……

金華街公園！

噗！噗！

噗！噗！

心臟竟突然急促跳動！

手機中畫面是第二宗傷人案的現場！

十七歲少女……

我凝神觀注地看，沒有了女子聲音，而凌亂腳步聲開始遠去，之後「呼吟嗶吟」「霹礫啪嘞」之聲此起彼落。

突然畫面變亮，鏡頭視點落在城隍廟外及明華大廈升降機大樓，視點又再降低，拍攝者明顯地跍了下來。

「喂！手震震影乜嘢呀……」我氣憤地道。

雖然畫質很差，但幸好明華大廈升降機大樓外光線充足，可以看到有兩個人在糾纏，而糾纏的地點，正正是水喉匠的攤檔外！

糾纏時間很短，及後一個人從畫面消失，另一個人則走了一段路後，最終也伏在地上。

天！這片段是第二宗傷人案的作案過程，是至今為止，唯一錄影到疑犯的片段。

「係咪你影㗎？」我問老人。

老人仍然跪在地上，只是沒有舉手，改為雙手放在背後：「唔好殺我，天皇萬歲！」

老人給我的答案很清晰，即是「問嚟都多餘」！

我重複播放片段，由頭開始，再看一遍。看至二人在水喉匠攤檔糾纏時，我取出自己的手機，在畫面上拍了照片，之後放大……

看到了！

這個便是……

疑 犯 ！

受害人脖子，被疑犯以右手緊扼著！

接手調查傷人案至今，我看過很多懷疑是疑犯的照片、錄影片段，甚至也可能追捕過「他」，但之前所接觸的不論是資料及情報，也不及這次來得重要。

原因有兩點，首先，老人提供的影片，的確是曾嘉惠遇害的錄影，片中她的衣著，和我手頭上的口供及當時處理的軍裝警員所述一致。

另外是，片中疑犯是以右手從後扼住受害人，這樣亦相等於，疑犯持刀的手是……

左 手 ！

我們平常提筆、拿筷子、拿刀切肉的手，均稱為「強手」；而視力較好的一隻眼睛，稱為「強眼」。假設一個人強手是右手，他便會用右手寫字、持刀切菜、拿乒乓球拍打乒乓球等，若果這人是警察，更會右手拔槍，扣板機射擊。

所以，這時候畫面出現這種情況，說明的只有一件事：若果疑

犯以右手捆著受害人，他便是左手持刀，在受害人嘴巴兩端橫切，殘酷地把對方切出一副小丑嘴來。

這個發現非同小可，因為正如之前所提及，以右手作強手的人佔大多數，相反以左手作強手的人，數目遠低於右手。

即是，現在已經可以把範圍收窄，對日後調查十分有用。

左手嘛⋯⋯

雖然這發現已經令人十分鼓舞，然而，拍攝到二人的糾纏時間其實只有三秒，而且大部份時間疑犯被受害人（十七歲女學生曾嘉惠）阻擋。疑犯作案後，便消失於畫面，原因是拍攝者當時是跍在公園出入口，遠距離拍攝。因此形成畫面左邊是城隍廟圍牆，右邊佔畫面三分二是停泊在廟外的貨車。

因而片段就像是在一條長走廊拍攝，二人糾纏之處，是走廊盡頭，所以疑犯作案後，因為有受害人阻擋著他，沒有入鏡，及後他必定在貨車的遮擋之下離開現場。

受害人遇襲後走回頭路，向拍攝者方向跌跌撞撞地走，最後便倒在地上。而拍攝者相信是害怕，立刻溜了，也終止了拍攝。

片段不長，但最珍貴的動作拍攝到了，我再查看這部手機，沒有其他相關片段。

這個老人，想不到會給我這份厚禮，可能也要多謝少年Y⋯⋯

少年Y？對了⋯⋯

我走上前跍低：「阿伯，頭先你有冇見到放低袋嘢（指著環保袋）嗰個人呀？」

老人又眨眼睛：「你話哈姆？」

我疑惑：「哈姆？」

老人伸出舌頭，手搣腳底「好痕……哈姆走咗啦，你一嚟，佢一走。」

什麼？老人稱少年 Y 為「哈姆」。

「阿伯，咁片段（指著手機）入面嗰個人，係咪哈姆呀？」我追問，希望老人能答到些什麼來。

「防空洞有放射性物質……」老人說。

我有點洩氣，這個老人可能還有短片，需要慢慢來。

我取出一百元給老人，他毫不客氣地收下：「你想知乜？」

見錢突然清醒？

我問：「我想知短片係咪你拍？」

老人問非所答：「唔係偷㗎，係哈姆送俾我㗎……」

啊！我真想打自己後腦，老人可能是聽力衰退，俗稱「撞聾」，他知道我是警察，以為我問他手機是否偷竊得來。

這時候坐在涼亭之下，老人看來年紀更老，額頭皺紋已經無可再皺。

我把聲線提高：「阿伯，你叫咩名？幾多歲？」

老人在袋裏取出一張樣子不是他的身份證，相信他是不知道在

那裏拾回來的。

「阿伯，寫低你個名呀。」我把簿及筆交給他，接著他寫出「大將」。

大將道：「哈姆個百厭仔偷咗三行佬嘢（指著環保袋），好俾返人，三行佬收埋好多刀，會報仇㗎！」

「等等，你話三行佬會報仇？點解咁講？」我問。

露宿者大將道：「死咗好多年啦，死剩三行佬一個乍，有一次……我撿咗佢個嘜仔，佢拎把刀『行』住我……」

死剩他一個？復仇？反社會傾向？

我追問：「大將，你仲知三行佬乜嘢？」

大將說：「我唔知乜嘢三行佬……十年前左右，筲箕灣仲係俾啲日本仔佔據……」

這樣的開場白，真不敢想像可信程度有多少。

大將：「嗰陣時，東大街一帶仲係好多小販、好多馬車行緊啊，我爸嗰陣可能有兩十八歲，已經喺阿公岩開咗間洋行，仲秘密賣緊一啲軍用頭盔，仲有 BB 仔避彈衣……」

我忍不住問：「BB 仔避彈衣？你係咪想講 BB 彈呀？」

「唔好嘈！知唔知阿公岩死幾多人呀？日本仔一上岸就用刀用槍，老妹就係俾啲蘿蔔頭用刀拮死……」大將瞪大雙眼，目露凶光。

我連番道歉，之後他繼續：「嗰陣時，有個三行佬，一家五口，

兩公婆、一扎仔、一扎女，同埋外母住在阿公岩村。有一日，三行佬去開工，有三個賊佬來打劫佢屋企，嗰陣時剩係啲老人家同埋兩細路喺度，仲俾三個賊佬用繩索綁住雙手……」

此時大將把雙手放在後腰：「咁樣呀，後生仔……」

同時也可以看見，他其實也很瘦，外套之下，居然纏滿了塑膠空水瓶在腰間，難怪外表看來是擁擁腫腫的。

大將續道：「蘿蔔頭一上岸就亂咁開槍，追住啲細蚊仔呀，捉走啲女人呀，一路追……追住去。之後個女人撞到屋企，con到嗰三個青年仔，咁呀打打打……個女人舊底落田呀嘛，又高大又好力，佢拎住碌竹係咁搏，搏到啲賊佬流血，又驚咪走。啲青年仔錯手用刀殺死個女人嘩，又打翻個火水爐，著火囉。」

聽到我一頭霧水，大將的說話很難聽得清楚，粵語夾雜類似是客家口音，要自行重新組合。

「三行佬聽到屋企火燭，撞去看到鐵閘鎖，可能係啲青年仔怕肥婆追出來包仇，用單車鎖頭鎖緊間屋，三行佬向啲街坊求救，但隻隻都狂，狂咪冇人去幫手，企到睇囉！三行佬好在有工具喎，搏命入屋，背脊燒傷晒，消防員到咗救火嘩，一家人四扎燒死嘩……」

我很想安排一個翻譯，大將所說的話，文不貫通，上不接下，中間夾雜大量不知是圍頭話抑或是客家話的語言，必需要把無意義的刪除，增補連接詞，再用手機軟件翻譯，才能明白意思。

但此刻我只能用心去重組案情……

先撇除關乎日本人上岸的內容，尤其是什麼 BB 仔避彈衣之類，得出的內容是……大將說出可能是發生在十年前的謀殺及縱火案，案中一家五口，男主人做裝修為生，一天家中遇劫！三個

青年入屋行劫不遂，把女主人殺死，再縱火燒屋，男主人回家
撲火，但其鄰居因為害怕而沒施援手，事後證實屋內四人罹難，
而男主人......

便是城隍廟外水電維修攤檔的......

水喉匠——張華生！

可怕！十分冷血兼且殘酷的犯案手法！

十年前我仍未入職，也沒有對這宗慘案留有深刻印象，但當然，
前設的是，我要相信露宿者大將所說的話。

大將的出現是意外，除了得到一些舊日案件資料，重要的是對
水喉匠認識增加了，如大將所言，相信他是因為經歷過這種
......

怎麼形容好？

切膚之痛？慘絕人寰？

通通也不是。

我閉上眼睛，幻想著火災現場、鎖鏈、鐵閘、屍體、小童......

水喉匠......

受害人不是自己，根本無法想像那種感受，根本想像不到當鐵
閘打開時，看到一具又一具家人的屍體時，會出現何種程度的
痛苦！看到年幼子女焦黑的屍體時，是如何內疚自己當時不在
他們身邊！

我嘗試過撿取大將的手機為證物，但遭到他強烈反對，說那是

哈姆的禮物，不會轉給別人。

直至現階段為止，疑犯最大的可能性是少年Y，甚至是有反社會傾向的水喉匠，但是，後者之所以令我懷疑，是因為少年Y。

是他偷取水喉匠工具要我搜證，更可能是他安排這個露宿者此時此地出現，刻意告訴我關於水喉匠的過去，而突顯水喉匠有潛在的犯罪意圖。

但是少年Y百密一疏，他勢想不到大將拍攝到疑犯犯罪的過程……

問題來了，若果在較後時間，大將把片段給少年Y觀看，若少年Y是疑犯，必然會刪除片段，甚至把手機銷毀。但若果少年Y不是疑犯，他很可能會把片段一事告訴我或得巴……

要怎樣辦才好？

若然少年Y把手機銷毀，東大街傷人案的唯一犯案片段便沒有了……

最後，我決定在大將手機上把片段刪除，把手機還給他，因為我想到，若他日再需要該片段為證物，可以把手機還原，之前刪除了的片段有80%以上可以還原，風險來得比不刪除並外洩給少年Y為少。

決定後，我用自己手機把片段重拍一次，之後拿著環保袋離開，當途經水喉匠攤檔時，想起他對人表現得惡形惡相，粗言穢語等，原來事出有因。

試問又有誰人能夠，在目睹至親受到如此這般的對待，仍然能夠毫不改變地活著？

至少我不能。

離開東大街後，我再次會合小白他們，簡單地把遇到大將一事告訴 Air。

宵禁後深夜，北角一帶零星地有一些途人，部份是不知道宵禁令的宅男，他們居然還想去網吧打機。也有些是其他政府或公營機構的員工，他們必需在這個時候上班下班。

除了這些人，見得最多便是消防車，他們的警笛從來沒有停下，整晚穿梭在北角街頭。

「喂！好似你個 friend 喎，仲揸車出街，警告吓佢好喎！」小白突然加速。

同時小白以車上揚聲器嗌出：「黑色電單車 XX 608 慢慢停埋一邊⋯⋯XX 608⋯⋯」

「師傅，係得巴喎！」Air 打開車窗高聲叫：「得巴⋯⋯」

得巴沒有理會，小白突然抽出慢線，踏油門加速，步步進逼，把得巴逼得駛至健康邨入口小路外停下。

「喂！」我喊道。

然而得巴沒有理會我，撇開電單車，急促跑入了向健康邨的小路，小白不知何處而來的爆發力，他下車後發先至，一會兒已經追上得巴，後者正想爬越鐵欄，進入公園，但被小白一手捉個正著。

「仲想走！」小白左手使勁按下得巴脖子，右手從腰間取出手銬。

電光火石之際，我出手抓緊小白右手：「等等，呢個人係我條針（我撒謊），等我問清楚先。」

註：針 = 線人，線人會在犯罪者身邊，但是會向警方報告來換取酬勞。

小白把我推開：「乜嘢針呀？針就可以違反宵禁令呀？識得你 Jimmy 哥就有特權呀？好地地方 Call 接休息吓都唔得，係要搞咁多嘢，你要查案留番收工去查啦，呢喫係軍車嚟㗎，軍車就做番軍裝嘢，你要查你自己揸 CID 車去查，咪再連累我！」

原來說到底，小白是不滿我太節外生枝。

得巴雙手緊抓住鐵欄：「俾佢走咗啦……」

我們循得巴視線看去，鐵欄內是一個公園，且四周圍有圍欄及鋼閘，正確點說，這裏是健康邨外的「交通安全城」，即是內裏設施是教導小童學習小心橫過馬路，以及留意交通燈號的地方。

「喏喏爬咗出去，我俾你哋玩死。」得巴看著小白在埋怨。

「你……」小白怒火中燒，劍拔弩張，竟然拔出伸縮警棍。

我立刻上前制止：「嗱，小白，俾吓面呀吓……」

小白再次推開我：「我而家 order 你拉佢違反宵禁令！」

「大 Sir 話唔好拉人返去喎……」Air 提醒。

「你收聲，未輪到你啲輔警出聲！」小白指著 Air，這次他是認真的了。

我示意得巴站在一旁，再向小白道：「你係咪企到咁硬呀？你憑咩 Order……」

未待我說完，小白道：「今朝開工時我已經接咗信，升咗級，我而家已經係沙展，Car 2 我話事，你拉唔拉？」

啊！難怪開工前，曾經聽過小督察說，我們當中有一位是沙展階級，當時我沒有在意，現在想起，Car 1 是綾波麗及輔警，原來這個沙展一直與我同車。

我走過 Air 身旁，低聲道：「電聯……」

之後我走向得巴，背著小白，向得巴道「即刻開車走！」

得巴立即反應，跳上電單車，而我亦坐上了車尾，二人驅車離開。

駛過小白身旁，他雖然怒瞪著我，但就沒有阻止，其實小白也已經十分俾面。

得巴立刻在附近尋找了一會，邊開車邊罵，最後我們駛上了寶馬山道才停下來。

得巴抽了口煙道：「之前同你提過，十年前筲箕灣巴士站發生嘅性虐待案……」

噗！噗！

心臟又……

「因為東大街傷人案關係，呢排我睇番好多呢類資料……」得巴遞給我一張剪報，我連看也沒看一眼，避了開去。

得巴道：「呢個男仔係受害人，我勉強算係識得佢，頭先喺公園走甩嗰個就係佢，我去個 friend 屋企，之後一落樓下就見到佢，佢可能都認得我，即刻踩單車走……」

噗！噗！噗！噗！

「我想同佢做編訪問，十年前佢冇向警察比口供，所以我想知佢而家會唔會講番出嚟……」

背……背包呢？

「佢個樣基本上冇變，資料顯示十年前佢十四歲，照算而家應該有二十四歲，不過，佢好瘦，仲係好學生 look，其實我以前久不久會喺學校見到佢，嗰陣我啱啱大學畢業，去咗佢間學校教書，間學校喺愛東邨！」

背包……在車裏……

糟！

「事發嗰日我去完旺角信和，坐巴士返筲箕灣，我坐咗喺上層車頭，車到咗太古城後，我起身落車，就見到佢坐咗喺左邊近窗口位置，仲玩緊手機，除咗佢，我記得上層只有兩三個人……」

為何？

「到咗第二日返到學校，校長講我哋有個學生俾人性侵犯，起初我以為係啲男同學非禮女同學，但原來唔係咁簡單。正確講，係一宗接近雞姦嘅案件，聽講個賊人拎條 J 出嚟喺個男學生臀部上邊磨擦直至射精……」

噗！噗！噗！噗！噗！噗！

204

噗！

噗！

噗！

「當時其實我唔係太關心，因為學校有部份學生好曳，我對佢哋方乜好感，我試過俾佢哋整爛咗部電話，掉咗入廁所。所以我做咗唔夠三個月就方做，只係知道，個男學生從此方再返學，而嗰單性侵案亦都拉唔到人……」

十年前……

筲箕灣巴士站發生男童被性侵案……

我右手不其然抓緊褲頭……

深呼吸……

不……要立刻分散注意力……

思想……

逆轉……

「直至我做咗記者，聽啲同行講，個男仔除咗俾人搞之外，仲打到個頭腫晒，背脊一條一條粗痕，喺俾皮帶揪打而成，仲有啲傷口流血，係俾皮帶扣剝開，諗起都恐怖……」

我右手沿褲頭向方移動，卒之……

找到了配槍！

「有份去採訪嘅行家話，個男仔事後係爬落巴士，啲衫褲全部係血咁爬去站長室，由站長報警⋯⋯呼⋯⋯恐怖⋯⋯」得巴閉上眼睛，呼了一口氣。

之後他問：「十年前⋯⋯你係咪已經係 CID 呀？有冇處理過呢單案呀？」

嗚⋯⋯

你為何老是要問我？

究竟我欠了你什麼？你為何老是要為難我？

得巴見我轉身過去，居然上前追問⋯⋯

真是他媽的死肥豬！

「喂！問你呀，呢單嘢你有冇印象呀？可能個受害人出嚟報仇呢？嘩！簡直高安兄弟啲電影劇情呀！」得巴居然帶著笑意。

又是報仇⋯⋯

先來個水喉匠，現在又來個⋯⋯

來個被性⋯⋯性侵者⋯⋯

媽媽⋯⋯

對不起，我⋯⋯

我上完武術班後走了去同學家看色情漫畫，而沒有即時回家⋯⋯

「喂！頂你咩，十問九唔應，觸景傷情呀？你又俾男人搞過咩？」

夠了！

一 切 要 停 下 來 ！

我轉身雙手按著得巴左右肩膀，頭顱昂後再使足勁向他額頭一鑿……

啪嘞！

得巴：「喂！你……」

接著我左手一拳打在得巴臉上，他口中的香煙也一拼掉了下來。

「你仲乜嘢呀，同你無仇無怨，你係都要搞我嘅？係都要啫住我？」我同時也拔出手槍。

「喂！喂！喂！你做咩呀，我都懷疑你有精神病啦，原來真係……放手……」得巴不斷爭扎，企圖逃跑。

怎麼辦……

這個人……

不可以再出現……

沙沙……

沙沙……沙沙……

啊！有人？

在寶馬山道賽西湖公園外的三岔交滙處，中間的一個草叢，傳出聲音。

噗！噗！噗！噗！噗！噗！

接著草叢慢慢爬出上半身人影……

嘎……嘎……

夠了……所有人也針對我……掩我瘡疤……要我難受……

那人影停止爬行，且慢慢地站了起來……

得巴：「救命呀……」

我再以額頭鑿向得巴：「收聲！」

對方立刻鼻血如泉！

「嘩！發生咩事啫！揸住把槍，想殺人咩！」不遠處草叢傳出。

找死！你自己找死！

我右手迅速向草叢一指，手槍前後準星正尋找目標……

「喂！你……你做咩呀………」草叢的人影說。

對準了……

我將右手食指伸入手槍板機……

只是……

嘭！

啊！頭很痛⋯⋯

誰人？

我⋯⋯中槍了？

⋯待續⋯⋯

12

後腦中了一擊,我即時失去了平衡,腳下一亂,左右小腿互纏跌倒地上,同時亦有一把男子聲音喊出:「得巴!走呀!」

與此同時,面前突然出現一輛單車直衝而來,我原地在滾動,成功避過單車。

隆……隆……

一陣電單車引擎聲後,得巴已經在我身旁驅車而過。

我摸索後頸,糟,居然流血

頭部中槍?天國近了!

我繼續檢查身體及四肢,原來只有後頸出血,我以手指在頭部和頸部一帶尋找,卒之找到個可能是傷口的地方,但就是感覺不到有凹陷之處,只是有一點像擦損傷口流血及赤痛。

在距離我不遠的地上,我看到了一顆灰灰白白如手指頭大小的東西……

是布袋彈!

是警隊用於防止暴動上的一種彈藥,稱為布袋彈,殺傷力當然遠低於傳統鉛頭子彈,但是若果在近距離向人體射擊,也足以令對方打個皮開肉綻!

我強忍痛楚,視線迅速搜索……

找到了草叢的石躉……

掩護物！

我手腳並用連翻帶滾爬至草叢，原本在草叢爬出來的男子，又立刻躲回草叢之中。

「嘩，咩事啫！嚇死人咩！」草叢中人，原來是剛剛保釋不久的老童──孖枝。

我沒有理會他，立刻擎槍搜尋目標，得巴肯定已經走了，連剛才企圖以單車衝撞我的人也不見了蹤影。剩餘下來的威脅，便只有發射布袋彈的人。此人居然用上這種彈藥，他手中必然有一枝雷明登長槍。

能夠有此裝備的，首選是曾經以一人之力攻打北角警署的──化療！

我不知道化療的樣子，我不認識他，只是曾經聽副指揮官說過，這個人本來是警署槍械室的當值人員。

能夠稱之為化療，想必然是跟健康有關，大抵是患上癌症，要接受化療，因此，他也必然有脫髮跡象，甚至是個光頭。

「出嚟！」突然間一聲喝令。

孖枝全身抖震，攝手攝腳站了起來：「唔……唔好開槍呀！」說話後他舉起雙手。

「行出嚟！」來者指示。

此刻我也看到，給指示者，是一名身穿綠色防暴裝的人，他頭戴上防彈頭盔，手持作射擊狀態，我和孖枝，均在他的射程範圍。

211

「放低槍！」來者因為戴上頭盔，看不到是否光頭，其身份仍然未能確定是化療。

「伙記呀，師兄！」我道。

對方走向我：「咦！你咪之前老細開居民大會時，提出裝天眼嗰個伙記？」

「係呀，你嗰日都喺度呀，點稱呼呀？」我立刻回應。

對方把雷明登收起，背上肩膀，我即時鬆了一口氣，之後他道：「叫我料仔得啦，頭先唔好意思，開槍射到你，唔好嬲，笑吓啦！你咩 duty 呀？」

什麼？唔好意思，開槍射到你，唔好嬲，笑吓？

這是什麼話？我深信這些說話，在人類歷史上，從來沒有出現過。但怎樣也好，原來對方不是什麼喪警化療。

我站了起來，把配槍收起，用手輕摸後頸：「唔緊要，我北角 Car 2 呀，你呢？」

我知道我的回答更啼笑皆非，別人開槍射我，身為中槍者居然說不緊要。

料仔：「我荃灣㗎，不過同班伙記失散咗。」

啊，荃灣？什麼不對勁呢......這個料仔可能像是屯門二人組般被遺忘的一群，駐守荃灣警區，居然來到北角執勤，想必然又是突然人手調配之下的結果。

「伙記，頭先走咗嗰兩個人咩料呀？」料仔問。

頂！若果不是中了你一槍，我怎麼會給他們逃脫。說起上來，剛才我對得巴所做的事，似乎失去了理智！

料仔示意我上車，上車坐下不久，我已經對他這個人很反感。他不停的在說屯門區洩漏有害物質及警隊人手調配混亂，喋喋不休煩過不停，他又再三追問：「頭先嗰兩個犯人拉返去警署好嘛！」

他原來已經當了得巴是逃犯，這也有好處，免得我浪費唇舌向他解釋。

「呢個人又做咩㗎？」料仔指住孖枝。

我未待料仔進一步問，便向孖枝喝道：「保釋咗你就走啦，仲匿喺個花叢度托咩，走啦。」

我以手勢向孖枝驅趕，但孖枝居然發爛：「而家咩事啫！你叫我去得邊啫，你都知道我住屯門藍地啦，又冇車又冇船，你叫我點樣返去……」

嘭！

「收聲！」料仔高聲叫。

we……we……

天！料仔居然近距離在我耳朵旁邊開槍，而中槍者今次輪到孖枝。

「呀呀呀呀呀呀呀呀呀呀呀呀……」孖枝雙手按著大腿內側：「好痛呀，咩事啫……」

啪！

「仆你個街……（下刪八十字）」料仔下車立刻大罵孖枝，大概是因為對方態度差之類。前者甚至說話中帶有宗教、洗滌罪惡之類，似乎想以宗教令孖枝走向正途。

在料仔大罵期間，我取出手機，看到得巴及少年Y先後退出了群組，這可以推斷，剛才企圖以單車撞我來救助得巴的人，便是少年Y！

這個晚上，形勢愈來愈複雜，東大街三宗傷人案、大將口中的謀殺案、十年前巴士總站性侵犯14歲少年案……

夠了嗎？

疑犯會否就是有反社會傾向的水喉匠？抑或是被性侵的少年？兩者……有關係嗎？而少年Y又會是疑犯嗎？

太混亂了！

難道像料仔所說，這世界……要洗滌嗎？

孖枝被料仔載到英皇道放行，他身無分文，但仍然有手機，要找那一位老童江湖救急，那是他自己的事了。

別過料仔後，我返回北角總部，已經是晚上十一時半，沒有收到任何人通知，我也懶得再聯絡小白，最好的情況是不再需要我上 Car 2 當更。

我返回寫字樓，開啓電腦，嘗試尋找十年前的案件。十年前我年少，對此沒有什麼印象。更不幸的是互聯網經常斷線也十分龜速，搜尋「筲箕灣縱火案」怎樣 load 了半天也顯示不出什麼畫面。

最後唯有在辦公室用電腦搜尋，案件年代久遠，下載資料速度很慢，單是搜尋縱火案，已經花了不少時間，因為沒有確實日期，我唯有先從地址著手。

由筲箕灣區開始，到阿公岩村、明華大廈、東大街等慢慢找，過了兩個小時，卒之被其中一宗吸引——

縱火
===
日期、時間：7 月 19 日 1435
地點：明華大廈 X 座 XXX 室

人物
===
死者 1：女子，容 X，62 歲
死者 2：女子，霍 XX，32 歲
死者 3：女童，張 XX，8 歲
死者 4：男童，張 XX，4 歲

姓張的嘛……

之後我繼續看……

傷者：男子，張華生，39 歲

是他了，名叫張華生的水喉匠！

於是，我開始細閱此宗發生明華大廈的縱火及謀殺案。

我花了十五分鐘看畢內容，案情大概是這樣的：

10 年前，兩名 15 歲的青年，伙同另一名約 30 歲的男子，因財

困而以打盲毛方式入屋搶劫，他們在明華大廈 X 座梯間徘徊，剛巧看到水喉匠張華生的 32 歲妻子外出倒垃圾，於是乘機衝入屋內，亮刀指嚇各人。

但女戶主霍某孔武有力，單人奪取利刀後竟力退三人，更刺傷了其中一人，青年曾取出白電油及打火機恐嚇縱火，但女戶主仍然不畏懼，雙方在單位大門糾纏，青年點火，弄成雙方也有些燒傷，女戶主力扯青年頭髮，其後三人使用預先帶備的單車鎖把單位鐵閘鎖上……

男戶主在攤檔接到街坊通知，返抵家園後只見街坊們圍觀……

結果……

被捕人 1：男，叶金根，18 歲，住明華大廈 X 座 XXXX 室

被捕人 2：男，徐流金，18 歲，住明華大廈 X 座 XXXX 室

二人手部及頭頂均有燒傷。

在逃人仕：男，年約 30，中等身裁，1.76 米高，其他不詳。

案件結果
=======

在高等法院，兩名被捕人叶金根及徐流金，被控於筲箕灣明華大廈 X 座 XXX 室，和另一名在逃男子干犯以下罪行：

1）謀殺女子容 X（62 歲）、女子霍 XX（32 歲）、女童張 XX(8 歲)及男童張 XX(4 歲)。

2）縱火（控辯雙方達成協議，將此案押後）

結果二人被裁定謀殺罪成立，依法例判終身監禁，八年後兩名被告上訴，上訴庭法官稱原審法官當時未有提醒陪審團，要證明案發單位所以起火，完全是兩名被告所致，因為有機會是女死者和兩被告人糾纏之間，由前者意外將打火機弄跌在易燃物之上。

因此兩被告上訴得值，案件發還重審。

又經過年半時間，高等法院再度審理此案完結，陪審員一致裁定兩名被告謀殺罪不成立，但誤殺罪成立，各被判終身監禁。法官在判詞中指出，案發單位的火勢一發不可收拾，全因為兩被告在單位淋潑白電油，而四名死者不能及時逃生，亦是因為兩被告把單車鎖扣在單位鐵閘上。二人的行為極度邪惡，帶備去犯案的工具是為了令對方死亡或身體嚴重受傷，考慮到社會對此類案件的關注，故必須重判。

又再之後，兩被告上訴刑期過重，最後改判刑期為 12 年，而二人已經在去年刑滿出獄。

至於那名在逃人士，調查後證實，兩被告在案發前只是認識了對方三小時，三人一拍即合，便去作案。而第三名犯案者，至今仍然逍遙法外！

至親的家人……

水喉匠……

之前多次被水喉匠無禮對待，我當時心裏頭的不快程度，也沒有他悲傷遭遇的千分之一。

三名犯人為什麼要做到這個地步？每天各地也會發生搶劫、偷竊案，如果事敗，為何不可以逃跑，而要選擇一個無可挽回的做法？

他們憑著什麼可以凌駕於大自然，奪取別人的生命？人類社會，表面看似文明，但本性根本就停留在舊石器時代！

水喉匠雖然有一個這樣的經歷，但也不等於他會把怨氣發洩在別人身上，甚至做出如此殘忍行為。更甚是，如果水喉匠要向社會作出報復，也不會在事件相隔十年之後。

令我一而再，再而三地向水喉匠作出懷疑的正是少年 Y，正所謂「此地無銀三百兩」，少年 Y 愈來愈可疑，若非我一向有自己的查案風格，就會一直被他牽著走。

我以手機再次聯絡曹柏，透過視像把筲箕灣近年干犯傷人案犯人照片給他看，但曹柏稱認不出來。曹柏腦海裏雖然殘留了和阿嘉吃火鍋時的記憶，亦因為年份太久，只是記起阿嘉「很可能」是用左手拿筷子。

可能？

這麼久遠的一些片段，不知道有沒有 50% 準確，而在東走廊的錄像，甚至看不出疑犯是用那隻手擲石頭，他大部份身體在擲石頭的一刻，正正被的士遮掩了。

為何所有的證據都要這麼巧合？巧合地對疑犯有利，巧合地令我在到達真相之前停止？

疑犯就這樣可以事無忌大地犯案後拍拍屁股便走人？

天理？

看畢資料後，我在寫字樓小睡了一小時，這次是十分熟睡的一小時，也沒有再發夢。自從在天后廟調查東大街傷人案開始，我就沒有好好睡過，剛才的小睡，某程度令我在精神及身體上得到補給。

0345 AM

我再次離開警署,經過小督察重新調配之後,我獲得一部白色的 NISSAN 七人車,只是伙伴已經換了是綾波麗。

可以見得,小白確實是向上級投訴我的不是,以他和副指揮官那種粗口來往的關係,在事情過後,深信我又無可被免召喚去照肺。

至於綾波麗,一身緊身黑色裝扮加上啡色靴,有點像女盜賊,雖然她在鑑證科寫字樓時態度欠佳,但也不失為一個花瓶。只是,這類花瓶帶有鋒利破口,還是不要過份接近為妙!

七人車由我駕駛,我們的工作是支援 Car 1 及 Car 2,只要他們有需要,我們就要出動,而其他時間,則要配合水警,檢查區內沿海岸線,確保沒有可疑活動。

因為又有傳聞稱,一批為數過百的南亞裔人,會剩香港宵禁期間乘船偷渡來港,並以原地遣返便會受到殘酷對待為由,向香港政府申請居留權。

這些人會加重港府負擔,所以水警在香港水域邊緣已經作好防衛,我們的工作,只是執漏。

因為已經工作一段時間,我們也十分疲倦,我見綾波麗已經頭垂垂地入睡,安全帶把她的緊身上衣勒得更緊,胸部立時原形畢露。原來綾波麗,不是零波麗!雖然沒有店員 A 的突出,但也惹火,其胸圍的車邊形狀也顯現出來,緊隨著呼吸的上下微微擺動,差點令我撞向燈柱。

駛至譚公道,我把車停下,在譚公廟的莊嚴之下,我居然在看著綾波麗的胸部起伏……

It……It……It……

是木門開關聲音！

有人！

那夜 Air 與我追捕疑犯時，我們曾經在譚公廟內搜尋，記得當時還有一些不妥協的感覺，但就是找不出什麼原因。如今在宵禁期間，仍然會在廟中活動的，相信不會是一般市民……

不是疑犯，便是小偷……

「出嚟！」我同時開啓車門，拔出配槍！

「嘩，做咩呀！」綾波麗在睡夢中扎醒尖叫！

我衝前一個箭步提腳把門踢開，然後立即退至車頭作掩護：「警察！慢慢行出嚟！」

我右手持槍指向廟宇大門，右手開了左邊車門，鬆開安全帶後便夾硬把綾波麗拉出車外。

「做咩呀你……」綾波麗也拔出配槍。

她雖然還在埋怨，但也看見我配槍指向什麼地方，她本能地走到車頭蹲下，持槍指着同一方向戒備。

譚公廟仍然沒有動靜。

「乜料呀？俾你嚇死……」綾波麗道。

我道：「入面有人，襲警嗰日我追個犯追到呢度……」

「犯⋯⋯」綾波麗突然緊張起來，相信她也好一段時間沒有配槍出更。

過了三分鐘，我按奈不住，在車上取出一個手擲催淚彈⋯⋯

「我掉一個入去，焗佢出嚟，你自己搵 cover 執生⋯⋯」對於實戰，我不知道她所學多少，唯有這樣叮囑。

嘭！

催淚單掉進廟後爆開，黃煙開始散出，不一會便有人走出來。

「慢慢行，唔好跑！」我把食指扣著扳機，準備射擊。

「咳⋯咳⋯⋯」

出來了！

「咳咳⋯⋯咳咳⋯⋯死蘿蔔頭⋯⋯」

蘿蔔⋯⋯頭？

是大將的聲音！是阿公啱道的露宿者大將！

「冇事⋯⋯識得嘅⋯⋯」我收起配槍，向綾波麗安慰道。

在這裏遇上大將，不知道是禍是福，但他那近乎精神分裂的說故事方式，確實吸引著我。

接近清晨時份，廟內催淚煙已經散去，綾波麗已經在車上睡了，大將和我坐在譚公廟外，在壇香飄飄之下，他向我說了另一個故事⋯⋯

因為大將的說話方式獨特，聆聽的我要一心多用，一句子聽進耳內，便要找出重點及與之前所得資料加以配。

大將：「大約五年前啦，嗰啲日本仔同英國佬打仗嘩，嗰面（指著東走廊橋底）咪有個基地嘅……」

五年前……

日本仔……

這個大將……

他道：「對出石灘咪有一宗雙屍案嘅，又剝皮又斷手（大將表現驚恐），有個男人，著水靴嘅，又著軍服……蘿蔔頭嚟嘅，用嗰啲刀呀，尖尖嗰啲，拮嗰兩個人嘩，之後用鐵鎚鎚落佢頭嘩，嗰兩個青年仔啲血淋淋撩撩流到通身係，可能暈咗，之後個日本仔用鋸鋸斷佢哋啲手……講到我標眼淚，我好狂………」

「好狂」我估計意思是好驚，大將上次也有說過。

大將繼續：「個日本仔用啲大扎嘅嘜仔，可能係啲餅乾罐，將啲手呀，放入嘜仔，好衰唔衰，俾佢看到我，我好狂啊，咪走，個日本仔話：『噓！過來，俾啲錢你……』即係可能佢見我冇錢呀，穿啲舊衣服呀咁，話俾啲錢阿伯洗咁……咁我唔敢走呀，狂佢殺我嘩，後尾咪喺個嘜度，拿扎手出來俾我，隻手個青年仔嘛，好多血，佢送俾我，嚇到我掉入海，嗰隻男人放滿兩隻嘜，用鐵車仔推走。」

大將此時走了去小便，走回來再道：「跟住美國佬咪放原子彈囉，一炸，個肥仔炸咗半個日本嘩，蘇聯又衝落去打佢，日本皇帝咪投降囉。之後可能水脹呀，俾狗咬呀，人呀，嘜仔全部都冇，呀，我又好彩，可能日本仔知阿伯窮，最後俾我搵到隻手呀，

仲有隻手錶……」

大將伸出右手……

勞力士？大將竟戴上一隻名貴手錶？單從表面分不出真假。

我注視著：「呢隻錶應該賣到好多錢……」

大將站起來：「哼，後尾嗰兩個青年仔報警察嘩，送去醫院，第二朝勞工處呀，啲幫辦呀來照相嘩，新聞都有賣。哼！兩個青年仔殺人放火，斬咗手都唔死得，罪加一等……」

「殺人放火？你係想話兩個青年係放火燒三行佬屋企嗰兩個人？」我緊張起來。

不會這麼戲劇性吧，十年前的罪孽，十年後來清還，殺人放火帶名錶，到頭來也要被斬手，去補償當年之過錯？

那麼，那個用鐵鎚扑暈兩人然後再將其切割雙手的人……

「係三行佬做嘅？」我緊張地雙手抓住大將肩膀。

「好大力，好痛……」大將尖叫。

之後他突然轉身，瞪大雙眼，胸口起伏急促，凝望著譚公廟內。

我見他神不守舍，便追問：「單嘢係咪三行佬做㗎？」

「喔！你個人仔，仲想走！呀，去咗邊呢……」大將左顧右盼，再轉身跑起來，我沒有再追，他瘋瘋癲癲的，怎知他搞什麼。

大將把故事說完，這件事，居然是明華大廈縱火及謀殺案的外傳，真是意外。

啊！突然……

突然我感覺到一些不自然。

就在黑漆漆的譚公廟內，有一些……有一些很異樣的感覺，這種感覺，就在與 Air 一起追捕刺傷阿奶的疑犯時，曾經出現過。

我望入譚公廟內，第一眼看到刻有「德蔭萬民」的橫匾。就在我看得入神之際，突然間右眼角瞄到有些微閃光。

在右邊……

我立刻雙眼目不轉睛地凝望著右方，由天花、牆角、香燭、雲霧般的煙，最後，目光投落在一進廟門口，擺在右邊的一米長木船擺設上。

木船上有兩行在划船的小人，一排兩人，共十五排三十人，之後，我轉頭望向左邊木船，左邊木船似乎是官階較高者乘坐，因為只有三個人。

我再看門框，沒有什麼特別。

看來是我太疲倦之過，剛才大將的胡言亂語，說什麼「這個人仔，想走！」之話，多半是他這個瘋子……

啊！

一下子我靈光一閃！

我立刻轉身回望這群划船的小人，剛剛我才計算過，這艘船有三十個人，就在之前草草計算的同時，視線短暫停留在小人身上，感覺到很不協調，那是什麼呢？

我再次細看船上的小人，每個也那著一支划槳，第一排、第二排、第三排……

每個小人衣服顏色也一樣，只是因為年代久遠，加上陽光及塵埃影響，才看出一些小人較深色，也有部份顏色剝落。

直至我看到第十四排，靠向牆壁的一個小人，他跟其他小人不一樣，首先他沒有划槳，另外是他並非面向前方……

這個小人是臉向牆壁！

我探頭盡量伸向船和牆壁之間，看到這個小人的樣子也跟其他小人不一樣。

首先他沒有笑容，雖然衣服顏色一樣，但明顯是他衣服比較光鮮。而更令我好奇的是，他的表情，該怎麼說呢，有些沮喪，也很憂慮。若然這小人是真的話，那麼，他的表情，甚至是表現，可以說是很緊張。

像他有秘密快要給人掀穿，他愈是掩飾，表現得愈緊張。

我取出電筒，照向這個小人……

啊！原來在這個小人腳下，也有一個小人，只是他是橫躺在船內，手中仍然持有划槳，情況就似是被人踩著。

剛才我看到的閃光，究竟是……

就在我看得入神之際，原本打側面向牆壁的小人，他的眼睛突然轉向我……

「呀呀呀……」我嚇了一驚。

啪！啪！

手中電筒跌落地上！

側面小人突然擰頭把臉朝向正前方，之後……

他居然雙手推開身旁的小人……

再爬出船外！

…待續……

13

看到小人爬出船外的一剎那間，我感覺到無比的恐懼。

小人雙手抓住船邊，頭向下看，之後再回頭看著我！

看到這個能夠活動的小人，就有如看著一些泥膠動畫一般，但這個可是活生生且千真萬確發生在我眼前。

小人雙眼絕對只是兩只小黑點，但是就有如猙獰厲鬼一樣的奪魄鈎魂，我雙腳一軟，全身失去重心，雙手想找著力點，但胸膛前傾，把整艘船打反了！

船連同小人霹礫啪嘞地零零星星跌落地上，而我亦像雙手擒賊但撲了一個空，整個人著地。幸而右手能及時按地支撐，抵消了不了撞擊力。但這一跌非同小可，我甚至聽到手腕「啪」一聲響。

一陣刺痛過後，我勉強站起身，但就在右手撐起身體時，感覺劇痛。

我嘗試扭動手腕，有些繃緊，看來是弄傷了韌帶，相信要避免大動作才可。

我回看地上，小人散滿一地，我細心逐一數清楚，不多不少，剛好三十個，而每一個也持有划槳。

剛才那個衣着光鮮的小人……

不見了！

所說的，當然是緊張地逃跑的那個小人，這件事並非我眼花撩

亂，我可以肯定，我甚至使勁摑了一下自己大腿，還感覺很痛楚，百分百是真實。

事情本身光怪陸離，加上譚公廟烏燈黑火，氣氛令人不寒而慄。

啊！那個小人，不會逃避至……

我向左看另一艘船……

噗！噗！

心跳突然加速起來！

這艘船原本是三個人的……

沒有多！

我望向車廂中的綾波麗，她仍然在熟睡，好不好叫醒她呢？不若也問問她有沒有看到小人逃跑，但這樣會換來她粗言相向嗎？

難道是我……見鬼嗎？

不是見鬼，但是我剛才的經歷，又怎樣才能作出解釋？

是幻覺嗎？

我走出廟外，四處打量，待冷靜了一會之後，便把給我打反的木船及小人放回原處。

我再看著廟內的橫匾，以及數枝剛好燃燒盡的香燭，不明白既然大將要在這裏露宿，半夜三更還要點香來幹什麼。

啊！

此刻我案頭想起了一些瑣碎事，東大街傷人案的案發現場，均在廟宇附近，但為何第一宗的士司機遇襲案，會發生在巴色道學校外？若果要將其分門別類的話，第一宗甚至是在基督宗教的建築物外，而第二及第三兩宗案是在中國式廟宇外。

然而第一宗案件的巴色道空置石屋外面，有些曾經燃燒的香燭遺留下，那些香燭我還擺放在車上。究竟疑犯在犯案之前，為什麼要出現在這三個地方？

假設疑犯是一個信仰道教儀式的人，他在犯案前會出現在廟宇，可能是上香、求神問卜等……

對了！我也應該要向廟宇的廟祝查問，希望從其口中問出可疑人物。但巴色道一案，若果疑犯在犯案前就在教堂外守候，他必然不會曾經進入過教堂，道教與基督宗教風馬牛不相干。那麼，他很可能只是在巴色道空置石屋旁的小巷上香。

上香之後便去犯案，當然這個推論十分勉強，其情況就如一大班男人去喝酒，喝醉後便高高興興地去揀邪骨。

邪骨……

忽然我又想起足浴店技師阿麗，她曾經說過疑犯雙手有白色粉末，但是白色又跟拜神的香燭沒有瓜葛……

我閉上眼睛，什麼也不去想……

半分鐘後，我把廟宇的門關上，返回車上。

離開譚公廟後，我弄醒綾波麗，向她說要在海旁一帶巡視。之後，把車停泊在電車站外面，兩架紅色小巴的中間。

宵禁的第一晚差不多過去，距離我下班的時間，大約還有四個

小時，通訊機也安靜下來，可以處理的案件已經處理，處理不到的，就由它在黑夜中過渡。

我看著風聲也沒有的東大街，就如一張偽裝作可愛的黑熊嘴巴，稍一不留神進入，就會被弄到頭破血流，甚至乎，生命很可能劃上句號。

06：00，天亮，市民如常進出東大街，區民組織依舊登記出入者身份。

下班前我去了東區醫院，分別探望探員阿奶及女清潔工李向轉，前者進展良好，阿奶能勉強坐起吃粥，還和我說笑。至於後者情況不樂觀，她肺部受到感染，加上腦膜炎，入了深切治療部。

離開醫院已經是早上九時，我駕車返回北角警署，在大門附近，有一名西裝男在徘徊，見到我正準備入閘，突然上前揮手。

「咩事呀，呢度車入架！」我開了車窗。

「早晨，阿 Sir ！」對方斯斯文文，十分有禮：「我應該被通緝緊，因為有啲交通票未交，但係我今晚要出境，我想睇下可唔可以今日上庭認罪罰埋錢，費事去到機場先返轉頭。」

「所有口岸都閂晒喎，你點出境呀？」我好奇。
他解釋：「我知道，因為我係衛生署嘅，有專機去北京開會，就係關於傳染病疫情，所以費事今晚先搞，因為一遲就冇機去，但係我頭先去到報案室諗住自首，又冇人喺度。」

對方給了我一張名片：Tony Hau，是什麼
衛生署（防疫）之類的高層。

啊！這個人搏拉。我明白間中便有這樣的人，交通票積積埋埋幾張不交，當自己要出境時，才發現問題所在。

但是……通緝嗎？

我叫這男子在閘口等我，之後我返回寫字樓，把在巴色道撿取的香燭，寫下便條，通知師太拿去作化驗，下班時看到屯門二子開工，似乎他的便份一改再改。之後我約了 Air 一起，我再駕駛自己的車，接載了閘口等我的男子。

在車上，我向那名自稱為通緝犯並叫 Tony 的男子說出計畫……

我為了要阻止東大街疑犯下一次犯案，編演一次傷人案拘捕過程。

我的計畫是，先安排通緝犯 Tony 在東大街某大廈中被軍裝警員截查，當確實他是通緝犯後便拘捕他，但我會向公眾發放假消息，說大廈發生傷人案，並有疑犯被捕，希望有大量市民在大廈外圍觀。

同時我和 Air 會在附近監察，引導真正的疑犯出現，因為若然疑犯得知除了他之外，還有一個傷人案的疑犯或者替死鬼，他必定受不住好奇心驅使而觀看。

到時候，只要在圍觀者中出現衣著類似的人……

10：00 AM

東大街如常人來人往，只是，在入口處豎立幅橫額——

東 大 街 治 安 關 注 組

我看到站崗的他們，左手臂上掛有藍色臂章，綉上「東大街治安關注組」，看來他們愈來愈有隊形，愈有組織性。

我先行分附 Tony 與 Air 以購物為由自行登記進入，十五分鐘後，

我向哨站的人出示證件。

站在我眼前的，又是那個魚販。

「我認得你，尋晚你搵人用催淚槍打我哋嘛！」魚販一眼已經認出我。

我道：「一單還一單，用催淚槍嗰個人唔係我，我亦唔識佢，我嚟查案嘅啫……」

「咩案呀？發生咁多嘢，你指邊單案呀？靠你哋會拉到人咩……」魚販似乎想向我發爛。

此時有一女子靠近：「嘈咩呀？」

此女子身穿一條紅色圍裙，內裏黑色 Polo 恤，圍裙繡上「餃子女王」四個字，口袋夾了一部通訊機。她身材突出，胸前的豐乳似曾相識……

是店員 A，原來她已經沒有在台式飲品店上班。

「靚仔 Sir，乜係你呀，食咗早餐未呀？我請客呀……」店員 A 熱情地緊抱我手臂，她的身體緊壓著我。

細看店員 A 的相貌，雖然談不上漂亮，但是也不算看到後會反胃那一種，體型搭夠，我真應該找天載她回小西灣。

店員 A 帶我到餃子店坐下，之後她拿出一碟餃子及一杯豆漿：「靚仔 Sir，捉到個歹徒未呀？」

「歹徒？未喇！」我皺眉，店員 A 外表誘人，但言語帶有上一代人的土氣。

「轉咗工咩？」我問。

店員A：「之前個老闆話我麻煩，搞埋啲關注組唔做嘢，惹埋啲人係舖頭外簽名，阻住做生意，所以抄我魷魚。」

應該的，若果我是老闆，也會將你解僱。

我看看餃子店內，一對中年男女在打理，另外門口有一名男師傅在煎餃子。．

我道：「呢度好似冇咁忙嘞！」

店員A：「係呀，事頭婆好好人，佢支持成立關注組，所以先請我做嘢……」

說話後她取走我正在吃的餃子，把碟放在煎餃鑊前：「煎燶啲呀師傅，冇嚟鑊氣，講極你都係咁！」

男師傅立刻回應：「煎燶啲，煎燶啲……」

我有點不好意思，這個店員A待人接物很有問題，完全不懂人情世故，喝完豆漿後，我走到街中打量，找一個適合的拘捕點。

最後我找到在街口的一幢大廈，大廈的地舖便是昨夜收到疫苗包裹的藥行，因為店外已經有數十人聚集，這種天時地利就只有這裏。只要一透露樓上拘捕了傷人案疑犯，圍觀者必定過百人。

至於藥行門外的，都是上了年紀的公公婆婆，她們得知賣假藥有天花疫苗，紛紛來排隊購買。但原來自從賣假藥在昨晚成功守住他的疫苗後，就一直匿在藥行內沒有出來，藥行甚至沒有營業，重門深鎖。

時間早上10：22，通緝犯Tony已經就位，在大廈的某一層等候，而 Air 亦已經在餃子店，準備收到我通知後，便有意無意向店員 A 透露抓到疑犯。

這就是我們的計畫，店員 A 一向諸事八卦，加上她現在是關注組發起人，更能把訊息快速傳遞開去。

一切準備就緒，我用電話亭打了 999，報稱有個可疑人在大廈徘徊，貌似東大街疑犯。當然叫 Tony 的之前已經跟我協議，遇到警察截查要拖延十五分鐘之後才乖乖取出身份證，我向他說除非這樣，否則在宵禁期間，就算是自首也沒有警察理會。

二十五分鐘後，兩名軍裝出現，二人居然是屯門二子，他們走進大廈，我也跟著上樓，同時通知 Air 可以開始放風聲。

我向屯門二子稱收到消息出現疑犯才到來，他們查核 Tony 身份證後，證實為通緝，有五張交通罰款欠交，我向屯門二子稱先在樓上等候我電話，由我安排好警車才好落樓，我也要先行控制好圍觀的人羣。

當我走到大廈地下，已經看到有數十名街坊⋯⋯

「靚仔阿 Sir⋯⋯乜真係拉到個歹徒呀？」是店員 A，她果然幫到手，瞬間便引來一班圍觀者。

我叫大廈保安員把大廈入口用膠帶封鎖，並叫四眼雞丁在大廈出入口把守着，不要給任何人進入。之後我聯絡 Air，叫他在地面準備，而我則走上對面大廈天台，取出望遠鏡高空監視⋯⋯

現在能夠做的，只要等待獵物出現！

叫阿嘉的疑犯⋯⋯

你快些出來吧！

大廈外人頭擁擁，此時更下起微雨，雨勢不太，但絕對把我的部處一棍子打亂。因為已經有不少人開始因雨勢而離開，但也有人取出雨傘，其中我便看到得巴。

他穿起雨衣，把相機保護免弄濕，並取出手機……

啊！我電話響了！

「喂！」我接聽，是得巴打來的。

他道：「嘩！而家仲係咪喺合作階段先，如果仲係，你即刻俾我上樓影相，咁之前嘅事我可以算數。」

嘿！原來我還有利用價值。

我也不避諱的向得巴說出實情：「總之，我有 80% 以上肯定疑犯會出現，所以……」

此時圍觀者相繼減少，令我能夠清楚看見每個人的外貌及衣著，除了這個人……

一個身穿黑色連帽外套的人走近現場，並向四眼新丁說話，之後又再站了去對面行人路，同時，又把連衣的帽子戴上。而他也孭著一個背包……

我想起阿奶遇襲那晚，在西灣河站追逐的男子，當時他衣著是這樣的……

黑衫、黑背包、白色水壺蓋、灰色褲、波鞋……

站在行人路的男子，除了穿著一條軍綠色褲之外，基本上是和

上次追捕的那個人一樣。

我致電四眼新丁:「重案呀,頭先個人講咩呀?」

四眼新丁道:「佢問我係咪拉咗傷人案個犯......」

那個人居然還有心情問問題嘛!

Air......致電他......

糟,手機網絡又失靈了!

雨勢愈來愈大,不能再等了......

Air......

Air 在那?

我盡量探頭往下看......

Air 他呢?

啊!找到了!

「Air......」我從大廈天台向地面高叫。

馬路有不少途人抬頭看我,包括 Air!

「麻雀會出面呀!跟住黑色背囊嗰個呀!」我喊出,並用手指著行人路的那名男子。

Air 立即動身跑,這亦等於他已經看到我所指的疑犯,而我亦立即跑落樓,甫一跑到樓下,已經看到 Air 及對方互相糾纏在一起,

我見狀立即加入，Air 體型已經高大，但也居然被身形比他小的疑犯摔倒，疑犯立即開步跑，我立即飛身雙手抱著他，但疑犯力氣很大，一下子已經轉身站了起來。

Air 又趕至，右手扼著疑犯脖子，並趁勢跌在地上：「師傅，鎖佢呀，仲等乜呀！」

休班的 Air 沒有手銬，把疑犯上鎖的工作落在我身上，但對方正跟我角力，他一手力扯 Air 手臂，另一手緊抓我右手，到我用左手時，他又用腳踢我，最後我仍然只有壓在他身上。

但此時四眼新丁跑了過來協助，我向他道：「噴佢對眼……瞄準啲呀……」

我的意思，當然是要四眼新丁使用楜椒噴霧，給他刺痛來制止他反抗能力。

嘶——

四眼新丁噴了！

「嘩……」我也遭殃。

「嘎……嘎……嘎……」Air 也是，但他仍然保持冷靜：「師兄，鎖佢呀！」

「反佢對手……」

「仲撐乜嘢呀你！」

「鎖好！」

合我們三人之力，率之把疑犯拘捕，但是他仍然不停掙扎，好

237

不辛苦才能把他帶上警車，而趕收工及通緝犯 Tony 已經下樓並坐在車上。

疑犯雙腳出盡全力撐著車門，不肯就範，此時一男街坊衝前來：「打死佢！」

他企圖搖起疑犯的腳，似乎是想把他抬出車外，但四眼新丁立即把他推開！

「搶犯呀，開車呀！」我向著持有車匙的趕收工說。

之後又有兩個街坊走上前來，又再嘗試抓疑犯的腳，我拔出警棍，向橫掃了兩下，同時趕收工啓動車子，疑犯由 Air 及通緝犯 Tony 緊扼著上半身，未待車門關上，我們已經離開了東大街。倒後鏡還看到一批街坊在追逐。

進入柴灣警署後，得巴居然尾隨沿車路進入警署，我們泊好車後，得巴第一時間拍攝。

啪啪！啪啪啪啪！啪啪！

一陣子相機快門聲過後，趕收工先行下車，他把通緝犯 Tony 帶進報案室，我和 Air 紛紛向 Tony 道謝。之後我們再押解疑犯落車，得巴道：「帽！」

我把疑犯蓋過頭的帽移開，得巴正準備拍攝，但他緩緩放下相機：「你……」

得巴的視線由疑犯臉上轉投向我：「你哋……」

Air 顯得不耐煩：「你你你……仲你乜嘢呀！影完未呀？走喇嘞！」

238

得巴張口結舌：「你……你哋拉咗少年Ｙ……」

少年Ｙ？

在我眼前的，是一名年約二十多歲的瘦削青年……

此時他抬頭看著我，眼淚，居然在他眼眸裏出現。

我對他說：「你係少年Ｙ？」

青年沒有正面回答：「我……我想帶番頂帽！」

就這樣，少年Ｙ涉嫌三宗傷人案被捕，我在報案室向值日官報告，之後，由於Air在休班期間不能執行職務，故他只是以途人身份協助拘捕。所以文件工作，由我與四眼新丁處理。

我聯絡了當年曾經在東區走廊載著疑犯的的士司機，並安排認人手續。

在會見室內，少年Ｙ也很合作，但就是不喜歡說話，我打開了他的背包，內裏有些食物、摺刀、鎖匙、電筒、衣服等。我從電筒內取出電芯，是了……

是可循環充電的ＡＡ電，最重要是，那些ＡＡ電，貼上了「05 mar」字樣，與西灣河站黑衣人遺下的一樣。

這等於說，我在台式飲品店監察鏡頭中看到門外的黑衣人，即是在地鐵追逐的，就是少年Ｙ。

暫且不要想他的犯案動機，只要的士司機能夠在認人手續中認出他，這就能夠證實他是在東走廊向導演曹柏擲石的人。

而擲石的人，亦即是電影《異犬人生》的原作者──阿嘉，這

樣可能要曹柏或林秋之越洋認證。至於《異犬人生》，便是東大街傷人案的劇本。

最後，便要把阿嘉與傷人案疑犯劃上等號，這個程序並非100%成功。我可以找技師阿麗在阿嘉說話聲音上作認證，加強證據，亦可以在阿嘉身穿的衣服及家中衣物取樣本，找出可以匹配案發現場或受害人身上搜證所得的纖維。

只要有若干數目纖維吻合，我很有信心可以說服律政司起訴疑犯！

來吧，少年Y，現在就讓我來證明你就是東大街的疑犯！

我把少年Y手銬鬆開，他舒展了一下筋骨，他個子不高，只有一米七，也很瘦，但是並非孱弱，他穿著一件黑色連帽外套，軍綠色褲，啡色波鞋。

我手持在他背包找出的AA電：「個日期點解呀？」

「購買日期。」少年Y。

如此簡單？不是犯案日期嗎？

「係咪你做㗎？」我問。

少年Y搖頭嘆息：「水喉匠啲架生化驗咗未呀？」

我再問：「早兩晚你喺嗰間台式飲品店做乜？」

少年Y：「因為你都可能係疑犯！」

我忍笑：「都衰咗啦，你仲講想擾亂視聽！」

少年Y笑道：「你要拉嗰個人成四十歲喇，我今年得廿三歲咋，你仲死撐冇拉錯人？」

「咁多意見……」我伸手扯他衣領：「而家打指模，之後就同你去搜屋。」

「搜咩屋呀，我唔出去呀，我有精神病㗎，幫我戴返頂帽呀！」少年Y撥開我手。

但反被我和四眼新丁脫去外套，作為證物。

中午，我找到放病假在北角警署睡覺的新師姐協助，押解少年Y去到太安樓住所。他獨居，單位凌亂，但是就發現大批傷人案的記錄，包括剪報、列印出來的照片、記事簿等，我不敢輕視，立刻致電鑑證科的綾波麗來拍照、並撿走大批衣服、電腦、雜物等，期間少年Y忐忑不安。

接近兩小時的搜屋後，臨離開前，少年Y似乎裝病，他抓住門框道：「俾番件褸我著……」

啪！

「玩夠未呀你！」我打了他一巴掌。

少年Y叫得聲嘶力竭：「唔係玩呀，俾頂帽我戴呀……眼鏡，太陽眼鏡乜都好，總之遮住我對眼……求下你哋……」

「你都癲線嘅……」我把他左手屈後，和趕收工二人夾他落樓。

在上警車前，少年Y突然手腳伸直，臉色蒼白，似乎不是裝病，我見狀立即召來救護車，送他去急症室。

事後少年Y父母前來急症室，是一對年約五十歲，打扮入時的

夫婦，主診醫生還吩咐護士，把一格床位燈光關掉，好讓少年 Y 休息。

「師兄，勤仔佢犯咩事呀？」醫生是個老人，似乎對少年 Y 很熟悉。

我向醫生說出少年 Y 被捕原因。

「吓！唔會掛，勤仔佢唔會傷害人㗎！」少年 Y 母親在哭，丈夫在旁加以安慰。

我問醫生：「究竟佢而家點？幾時可以出院？」

「你有冇人性㗎？我個仔啱啱先平靜，你就叫佢出院，我投訴你呀，你邊間警署㗎……」少年 Y 母親連珠爆發。

反而少年 Y 父親則較冷靜：「收聲啦，喊有用咩？如果阿仔係清白嘅，俾個機會佢自己處理返唔好咩！」

啊！家庭會議，難怪我聽不懂。

「其實俾勤仔多啲機會同其他人相處都好㗎？」醫生點頭道。

我感到很疑惑：「醫生，究竟佢有咩病？」

醫生：「佢有創傷後遺症，對某一個特定環境會覺得憂慮，甚至會出現呼吸困難……」

「驚恐症？」我問。

少年 Y 父親揚手：「醫生……等等……不如俾勤仔自己講。」

醫生考慮了一會：「都好，我……安排間靜啲嘅房。」

這三個人在搞什麼？還要弄間房？

此時少年 Y 母親走到少年 Y 病床前，也不知道談了什麼，只知道少年 Y 十分不願意，還用腳踢床。

我和四眼新丁正想帶他父母離開，但少年 Y 阻止：「我講！我講！爸爸媽咪……我講……」

房間中，只有我和少年 Y 兩人，門外有他父母及四眼新丁。

少年 Y 低下頭：「阿 Sir……首先，我唔係疑犯……」

我示意他繼續，但是接下來他所說的，居然能夠改變我的人生……

「十年前……」少年 Y 開始哭。

我不想勉強他：「你唔係一定要講，與案方關我唔想知道。」

少年 Y 哀求：「你聽就係……你聽……十年前，有一日下晝我放學，坐巴士返屋企，嗰陣仲住喺金華街……就喺巴士總站落車前……」

巴士……總站？

噗！噗！噗！

「有個男人……嗄……嗄……佢突然從後抿住我，嗰陣我好細粒，又瘦，根本冇力反抗……」

嘩啦……嘩啦……

少年 Y 想吐，但是只有口水。

噗！噗！噗！

少年 Y 雙手握緊拳頭：「嗰個人……」

不要再說，請不要再說……

但是……

噗！噗！噗！噗！噗！

我心臟快要爆裂了……

我站了起來，雙手掩耳，在房間轉了兩圈，之後高聲道：「講多次，大聲啲！」

「嗰個人……」少年 Y 差不多叫破喉嚨：「佢好大力，我點樣掙扎都冇用， 我個人就好似比兩幅牆夾住喺中間咁樣，佢夾硬除我條褲，除埋底褲……佢想搞我……想插我後邊……但唔成功……之後佢用下面磨我屁股……仲……仲射咗……我嚇到出唔到聲……」

少年 Y 大哭：「阿 Sir，我認得佢，佢化咗灰我都認得佢，十年前啲阿 Sir 話曾經有值得懷疑嘅人，我出庭，我而家肯出庭……」

少年 Y 站了起來，雙手出盡全力抓緊我雙肩：「阿 Sir 我要求重新調查，我會認到佢，你一定要幫我告佢！」

可能是太嘈吵之故，門外所有人衝了進來。

少年 Y 父親雙手緊抱兒子：「放鬆，勤仔好叻，放鬆……」

「爸爸，要告佢，我一定會指證佢，我以後唔會再戴帽，我唔

要再遮住對眼，我要日頭出街......」少年Y開始變回冷靜。

少年Y......

原來就是十年前筲箕灣巴士總站被性侵犯的學生。似乎此事令他十年來抗拒在白晝外出，就算出外，也會帽子蓋過頭，及戴上太陽鏡。

聽完少年Y經歷，我感覺到很頭痛，但是，就得到了解脫一樣。

十年前，就在少年Y出事那天......

我......

也在巴士之上！

...待續......

14

少年 Y，被性侵犯的人……

原來是你！

原來……

並 不 是 我 ！

十年前……

筲箕灣巴士總站的少年 Y 被虐待案件，我正坐在巴士上層最後排，並目睹一切。

那是我第一次目擊刑事罪案發生，不知不覺間，我當了是自己的經歷。

實際情況是，我完全當了是自己被性侵犯，記憶之中，我離開巴士後，便立刻回家洗澡，還洗了六次。當時並沒有特別想法，只是腦海裏久不久便出現那男子侵犯他人的畫面。過了一星期，我開始感覺到痛楚，痛楚來自頭、背部、脖子，最後，是肛門！

從那天開始，我「記起」了，在巴士上被性侵犯的人是我，我因為消瘦無力反抗，結果……

這就是我十年前的記憶，當我「確定」自己是受害人之後，我避開了所有報章，電視新聞，也避免和家人談話，「記憶中」也有警察找我取口供，但也被我拒絕了。

自從那天開始，我便沒有再坐過雙層巴士，出入也很小心，我自知體質不比別人優勝，但是也很勤力鍛練，結果也考入了警

察學院。

當警察後，我在處理欺凌及虐兒案件時，便會觸及記憶神經，巴士上一幕又一幕的性侵畫面又再浮現。

直至十年後，在調查東大街傷人案期間，記者得巴居然舊事重提，還說被性侵犯的人，很可能會有反社會傾向，雖然當時他也有重複受害人的年紀只有十四歲，但是因為我在他一提起筲箕灣巴士總站之際，已經嘗試思想逆轉，不再進入負面情緒，所以，每每也能安然躲避。

直至昨晚……

在交通安全城之外，得巴不知道翻查了什麼資料，居然完完整整說出了被性侵者的經歷，結果我忍受不住，最後拔出了手槍來。

少年 Y……

是你！

我終於憶起當年……

坐在巴士上層中排並在太古城下車的，是得巴！他曾經和我同一所中學就讀，同一個社，之後，聽說他回到母校任教。

而坐在巴士上層近樓梯，在玩手機的是一個十多歲的少年，從校服看出亦是我的母校。他在總站下車之前，被一個高大強壯的男子……

在光天化日之下！

在上層最後排，坐得太累而整個人打橫躺睡的人，才是我！我

被糾纏推撞之聲音吵醒，當時看到的場面......我永遠不想再記起，然而，十年過去，那駭人聽聞的畫面，少年 Y 的尖叫聲，仍舊揮之不去！

少年 Y，我......

「對唔住......」我閉上眼睛，向少年 Y 說。

我也不知道少年 Y 是否聽到，當然，如果要抵消我的罪，一句對不起又算得上什麼？

我有罪！

由我決定匿藏在巴士最後排起，我就已經犯下了重罪，若果當時我能夠站出來喝止，甚至是咳嗽一聲，也很有可能挽回了少年 Y 的惡夢。我就是因為膽小，自私，龜縮於一角，隔岸觀火，才令少年 Y 墮進了無可挽回的黑暗深淵。

原來，有罪的人不止是那個性罪犯。

還有我！

在父親溫暖雙手緊抱之下，少年 Y 已經放鬆及安靜下來，甚至在他看著我的眼眸裏，還帶點感恩，這樣更使我的罪疚感加重。

出院後，我把少年 Y 押返北角警署，此時，已經是下午三時，戲子及認人房間已經安排好。

我和曾經接載疑犯的的士司機會面，他還很有自信地說：「佢用粗口鬧我，化咗灰我都認得佢。」。

認人手續開始，戲子大部份是些無業漢，熟口熟面，不是做證人，便是被捕人，有時是報案人，偶已也會是受害人。只是，

他們都操著同樣的語言，同樣的語氣，同樣的低頭一族。意外的是，七人之中，居然夾雜了一個老童——孖枝。

我不清楚接頭人怎麼會找上孖枝，也許是搭上搭，不過，這至少能令孖枝可吃餐午飯及乘車回藍地。

司機在少年Y及戲子前來回踱步數次，似乎摸不著頭腦，最後居然走前來向我說：「阿Sir，你想我認出邊個呀！」

我火起：「依家同你玩呀！認到就認，認唔到就算，乜嘢年代呀，你想我屈人呀！」

的士司機求其指了一個。

「嘩！咩事啫！搵餐食啫……」孖枝被人指出，立即發牢騷。

我立刻喝止：「出咩聲呀你！」

司機認不出他，其實我也不想相信這個事實。

下午五時半，少年Y由父母保釋，他們正準備離開報案室之際，情況再來了一次急促改變！

因為……

宵禁第二天的黃昏……

第五宗傷人案……

又再發生！

一名在愛秩序灣公園散步的少女被襲，這次受害人的口供較詳盡，並推算疑犯是用左手持刀，因為她被對方右臂箍緊脖子。

但奇怪的是，疑犯又同時能夠以雙手按著她一雙手臂，因此估計疑犯並非單獨一人行事。

另外，受害人曾經用腳踢疑犯，事後發現右腳的金屬鞋扣沾上了血液，所以估計疑犯右腳小腿部份受傷。這個發現十分重要，因為這是疑犯的血液，亦即是有生物證據 DNA。

我開始感覺到由案件調查初期，已經被店員 A 等街方誤導，向了錯誤的方向走，自以為順膝摸瓜便能抓住疑犯，但實際距離兇手愈來愈遠。

少年 Y 似乎只是個誤會，他不可能是兇手，真正的兇手是有兩個人，他們正在逍遙法外！

肯定疑犯是兩個人之後，感覺到又再次折返到起點，所有之前的線索，一下子斷了。

去到東區醫院後，我探訪第五名傷者，是她！

她是和店員 A 同一所台式飲品店的員工，樣子普通，是那種你見一次也再不會記起的普遍面貌，也很像日本漫畫家望月峰太郎筆下的醜女角。

本名王利梅，20 歲的她傷勢一點也不輕，右邊鎖骨脫胶，右臂被刀刺了四個洞，幸好沒有傷及神經線。王利梅曾經學習過急救，在生死關頭她能夠在報警後，以左手出力按壓右手腋下的動脈，才能避免失血過多，疑犯在襲擊她後逃跑，現場沒有監察鏡頭及目擊證人。

我湊前看王利梅的傷勢……

可怕，疑犯十分凶殘……

王利梅手臂纏繞著繃帶，本身的上衣也被剪爛，她吸著氧氣，不斷向我眨眼，痛楚似乎令她神志並非百分百清醒……

她的上衣破爛了，應該是救護員在公園急救時用鉸剪剪爛的，剪爛的還有一個斜揹袋，袋子的肩帶也齊口斷了。

袋子品牌是「PATRICK COX」。

我緊張地問：「你係咪日日都揹住呢個袋㗎？」

王利梅示意我掀起氧氣罩，之後她道：「用咗一個月，出街返工都用。」

有發現！

王利梅今次遇害，並非偶然，而是疑犯策劃的一次。

不幸的是，王利梅意外做了疑犯的目標。因為，根據疑犯阿嘉原著《狗面人》故事，首五名受害人分別是：

1）的士司機
2）國中女生
3）油壓店技師
4）警察
5）童軍

而王利梅所用的袋，是「PATRICK COX」品牌的啡色斜揹袋！這個品牌的標識，與童軍標識十分相似。

若果疑犯「必需要」以《狗面人》故事藍本作犯罪的框架，他就要尋找一個童軍。直至現在為止，所有受害人也是成年人，是意味著疑犯還有人性，不忍心向兒童下手，抑或是其他我想不到的原因？

離開醫院後，我沒有再睡，獨個兒走到東大街，關注組成員也沒有再阻止我，有些大嬸甚至向我豎起拇指，似乎是向我拘捕了傷人案疑犯而致謝。

沿途也有街坊走近，握手、鼓掌，拍肩致意，但是這些人很吵，我把耳機戴上，按下手機的播放，悲情城市電影配樂鑽進耳內，此曲每每在我感覺到煩躁時很有用，可以令我心境安靜及安慰。

時間已經是晚上六時，筲箕灣東大街店舖紛紛關門休息，第二晚宵禁令開始。

雖然對於成功拘捕疑犯一事，我沒有多少信心，但直至拘捕少年 Y 之後，我才得以面對殘留在自己骨子裡的恐懼。

拘捕少年 Y，對他來說，能夠盡情地說出並宣洩抑壓了十年的不快經歷，是得到了解脫。然而，對我，反而得到釋放，找回失去的靈魂。

真可笑，我居然就這樣過了十年......

當我還是少不更事的時候，我已知道快樂並非必然，生命的點點滴滴，所帶來的悲歡離合，直至你魂歸的一刻，是含笑抑或是飲恨，只在於你怎樣去看待。

這件事情發生之後，我告訴自己，若我沒有經歷過這件事，我仍然只會是以過去舊有的態度活著，走在一條線之上，永永遠遠逃不開那黑暗深淵......

終於，來到這一夜......

我可以無懼地閉上雙眼，感受那清涼的微風，深深用力地呼吸著街道上的氣味，這一刻，是我最為感覺到生命存在的一刻。

當最後一間小食店也關上門，即代表這裏結束了一整天的作業。
然而，這刻才是一天之中最有「價值」的開始。

終於，我可以按停音樂，取下耳蝸裏的耳筒，無懼地，毫無憂
慮地，走在街上⋯⋯

這一天，是我回來的一天，是我的靈魂回到我身上的一天。

在東大街散步之後我去到愛秩序灣公園，傷人案現場經已解封，
除了在草叢仍然留有些血跡之外，再沒有什麼線索。

較早前處理此案的是柴灣 Car 1，我聯絡辦案警員後，對方已經
妥善處理好所有證物，包括思疑沾有疑犯血液的受害人右腳鞋。
那是 BIRKENSTOCK 品牌的白色便服鞋，鞋子向外的一面有一
個手指頭大小的銀色金屬扣，受害人本身右腳沒有傷口，但事
後發現扣子染有血液。

握要地說，是受害人踢傷了疑犯，令到疑犯腳部受傷出血。

疑犯阿嘉每次出手均會血流成河，但為何他對曹柏又手下留情？
其實也許是失手，當日在東走廊天橋上，若果該石頭能夠整塊
擊中曹柏，他又怎會只是輕傷？

石頭⋯⋯

我立即翻查曹柏遇襲當日，到場處理的警員並聯絡上他，他是
交通部的同事，說當時曹柏想趕快回台北，不想再追究遇襲一
事。不過，這個交通部的同事十分細心，為免曹柏回心轉意要
作出追究，他把那塊石頭放置在交通部的辦公室內。

我立刻趕去交通意外調查組的辦公室，發現了該塊石頭，那是
一塊兩隻手掌般大的石頭，曹柏真是走運，若他頭頂被這石頭
完全擊中，足以致命。

我戴上手套，打開手抽膠袋，撿起石頭上下左右細看，發現有些白色粉末黏著，粉末不多，看來並非石頭原本有的，是持石頭者手上沾上去的。

技師阿麗曾經說過，第三名受害人李向轉的熟客，雙手就沾有白色粉末！

這個熟客曾經因為某些事嬲了受害人，若果這是受害人遇襲的原因，那麼，這塊石頭上的粉末，會把調查範圍再次收緊。假如是白粉，更肯定疑犯從事製毒或是吸毒者；假如是白英泥，亦表示疑犯從事建築行業。

我小心把石頭放進証物袋，火速帶返東區總部，轉交給師太，代拿去化驗。

晚上九點，我又再工作，更份是 Car 2，同車是綾波麗及 Air，而 Car 1 則是小白帶領一名輔警，及與我同隊的病假師姐，留守北角警署的仍舊是小督察，他再次被副指揮官指派為報案室值日官、槍械室及大閘守衛一腳踢。

沒有了小白，駕駛警車職責由我頂替。

宵禁的第二晚，街道上比昨晚更冷清，所有店鋪已經關門，

我驅車往東大街，所看到的景像，簡直令我嘩然。原來各橫街窄巷，均被一班男女童封鎖，他們左手臂上均帶上一個臂章。

而臂章上有三個字寫著⋯⋯

少 年 团 ！

東大街治安關注組已經成功進入每一個家庭，每一個階層，就連放學後的小童，也被安排到街口站崗。

此時一名帶有紅色臂章，身穿校服的女童走近：「咩事㗎？」

臭屁孩子，居然反過來問我？

「你見唔到呢部係警車咩，你仲唔返屋企做功課！」我道。

女童的答覆，更是出奇：「我幾時做功課我自己有分數，唔洗你理。首領話過所有車都唔可以泊喺度，你哋快啲走！」

啊！厲害！

世界居然變得這麼快，連警車也被驅趕。

Air 較為衝動，他開啓車門，女童立刻退後，Air 正想落車，但被我制止。

我把車停在東區走廊上，綾波麗及 Air 也離開車廂抖抖氣，我也趁有空閒時間，進入討論區看留言。

我不斷爬文，每一個留言，也進入我眼睛，過濾再過濾，直至……

這樣的留言出現：

「計埋個警察，已經係第五個傷者，我哋唔可以再用理性去分析，我哋要將焦點拉番近啲，要從傷者衣食住行開始諗，可能就係咁細微嘅事，排隊打尖，去快餐店食嘢同人爭位，又或者同包租婆嘈咗兩句……」

這個留言者的想法，是在日常生活中找出任何有可能開罪他人的行為，這方法當然有用，但實際執行起來，似乎大費周章。

但想深一層，幾位傷者背景階層也不同，基本上毫無共通之處，

除非我相信疑犯是隨機找上《狗面人》故事中角色類別犯案，否則，這些傷者，一定有共通點！

在取得綾波麗及 Air 的同意，我連夜探訪一干傷者，首先我去到東區醫院，找到 56 歲的士司機王三山，他於 3 月 5 日在巴色道遇襲，是第一名傷者。王三山在傷勢不輕，經過多次手術之後，情況已經好轉，其家人長期在病房外守候。我在得到家人及醫生同意之後，進入了病房，透過他妻子的協助，我由他的衣食住行等問題著手，希望能夠找出蛛絲馬跡。

王三山做了喉部手術，不能說話，但就能夠書寫，我一路將所得的資料記錄下來。

之後，我又去找探員阿奶，他仍然需要臥床，但精神良好。阿奶告訴我一些生活習慣後，我在他和王三山之間，找不到共通點。

我再去找在深切治療部的 53 歲李向轉，她是 3 月 18 日在廟東街遇襲的，但是在病房外，居然看到相信是她的家人親屬等，都或哭或以淚洗臉……

這麼多人在病房外哭泣，原因只有一個，身為第三名傷者的食環署清潔女工李向轉，剛剛死了！

東大街的傷人案從這一刻開始，已經改為謀殺案！

我找到李向轉的 22 歲女兒，我不斷說些安慰說，之後再入正題，向對方詢問李向轉的生活習慣，甚至是跟別人少許磨擦的事，也要知道。

最後，我得出了李向轉一些大大小小的瑣碎糾紛。

李向轉跟的士司機王三山，均有一些小事，可能得罪了人而自

己不知道的……

包括在譚公誕巡游期間，對在場維持秩序的警員不禮貌，或是對拾荒為生的老人家不敬等等。

王三山最多是和乘客口角，他每天也不清楚自己的載客量。範圍這麼廣闊，應該怎樣去跟進？

芝麻綠豆般小事，也要殺人？

我離開醫院，已經是深夜一點半，再去到明華大廈，找第二名傷者，17歲女學生曾嘉惠，她在3月11日深夜，途經城隍廟外，被疑犯伏擊。這也是唯一一宗有目擊證人並拍攝到影片的案件。

走到曾嘉惠的單位，我在冷冷清清的走廊拍門，應門的是曾母，跟上次一樣，她同樣以女兒心情低落為由，拒人於門外。

沒法子之下，我找來綾波麗及Air上來，希望以不同人去遊說對方。

約一小時後，曾母終於答應讓綾波麗進入單位。

Air和我坐在大堂梯間等待，我們心情其實很沉重，因為「新界西地區特別事故」，我們也擔心將來……

擔心香港的將來，究竟會怎樣？

「師傅……」Air道。

他雙眼滿是疑問，我示意他繼續，他道：「究竟我哋生存為咗咩？」

我愕然，對於這些關乎哲學的問題，我怎麼可能答得上。

我道：「其他人我唔知，我自己方得揀，老豆老母帶我嚟到呢個世界，除咗成日叫我俾心機讀書之外，好似方其他任務要我做。」

Air 滿臉倦容：「咁做人咁辛苦，又要返工，又會失戀，又會病，有時出街無啦啦又比車撞，一個唔好彩仲死鬼埋，咁做人，究竟係咪多餘？」

我呼了口氣，抬頭向天：「唉……我都唔知……呀，不過咁，可能我老豆老母知，因為佢哋生咗我，係啦，你睇下其他動物，佢哋不停咁繁殖下一代，佢哋又方話悶，我睇過一部講三文魚嘅紀錄片，佢哋甘願冒住俾熊食嘅風險，逆流而上，上到去自己嘅出生地，之後為咗交配，仲要同其他雄性魚打交，好多打到死，就算打贏，都滿身傷痕，甩皮甩骨，同啲雌性魚交配完就死咗。」

Air 道：「咁即係做人係為咗繁衍下一代，所以，我要溝多啲女，搞多啲……」

我補充：「仲要唔好帶套，射多啲生多啲……」

Air 臉露笑容，愈說愈起勁：「師傅，宵禁令完咗之後，我哋再去多一次台北，再去小新宿工作室，因為你講到啲女咁索……」

我也笑道：「啱啦，諗返啲正面嘢啱啦，仲要搵返嗰條女，佢條脷好似蛇舌咁樣……」

啊！

噗！噗！

怎會這樣……

「係咪好似蛇舌咁可以捲住你，咁有特色嘅女我都要見識下。」Air 說得高興，只是……

我站起身來，走到欄杆邊，望向街外：「嗰晚個女仔，佢條脷……真係成條蛇舌咁……我好清楚睇到，又長……又開叉……」

Air 也站起來：「咁咪過癮囉，抵玩啦！」

但我臉色一沉：「唔係呀，我講真㗎，佢張開口，我見到佢條脷會分叉……可能唔係人類……」

Air 收起笑容：「師傅，係咪你眼花呀？或者會唔會係幻覺呀？」

「幻覺？」我突然之間像被人打了一巴掌似的：「如果係幻覺，咁可能我根本冇同個女仔搞嘢……係啦，如果我哋係做緊愛，咁當我衝出房間時，點解又已經著咗褲？」

Air 凝重起來：「師傅，你記唔記得你話過，得巴喺房入面，齋掠之餘，個按摩女仔仲問佢有關香港起組裝公屋。台灣人點會問啲咁嘅問題呢，除非由你哋入房開始，就產生幻覺……」

幻覺？

譚公廟木船上的小人一事……

也是幻覺？

所有一切也……

我立即致電身在台灣的曹柏，幸好證實了我們真的在大安森林公園相遇，我還曾經到訪他家。

這麼夜深吵醒他，少不免被他罵了一頓，但意外是他再找到另外兩張十年前阿嘉幫他拍攝的照片，故我要求他盡快給我發送過來。

掛線後，剛巧綾波麗從曾嘉惠的單位出來，她把一張寫滿字的 A4 紙給我。

我們離開明華大廈，返回車上，我立刻細看綾波麗的調查結果，A4 紙紀錄了很多曾嘉惠近來的行程，但幾乎沒有一點跟其他受害人有相同遭遇。

我有點失望，難道這方法行不通？疑犯根本就是隨機傷人，每個受害人根本不會有共通之處，由始至終，疑犯根本是喪心病狂的人渣。

因為太夜，我沒有再去找第五名傷者王利梅，她較早前已經轉往瑪麗醫院。

宵禁的第二晚，在處理零零星星的案件中渡過。

下班後我立刻回家，也不知道為什麼，大清早居然看到女朋友在我家，我也不去問原因，只是和她做了一次愛，我還在半途把安全套棄掉，她有問我為什麼，而我只是回答她是為了繁衍下一代，她不明就裏，但是也沒有拒絕。

之後我發了一個夢，跟之前一樣，由上國術班開始，只是，包括小個子、肥仔及我，均能安然地越過行人天橋，並趕及跑回家吃晚飯，母親還弄了我最愛的餸菜。

在夢中的我獲告知，小個子其實是少年 Y，肥仔是得巴，我們三個人，終於可以擺脫過去的黑暗深淵……

當我睡醒時已經是晚上七時，女友已經離開，再看手機，收到

師太的訊息，是有關石頭上粉末的化驗報告⋯⋯

是麵粉！

同時也在石頭上找到些人體皮膚，並成功取得 DNA 樣本！

這個發現非同小可，師太也很醒目，她刻對了第五名傷者鞋扣上血液中 DNA 樣本，以及石頭上的 DNA 樣本後，證實是相同。

《狗面人》的阿嘉，100% 是東大街多宗傷人及謀殺案的兇手。

曹柏發送了兩張我之前沒有看過的照片，仍然是阿嘉持手機幫曹柏及林秋之拍攝。但是此兩張相片比較差，拍攝者除了手震，對焦也很差，還有是拍攝者拍到了自己的手腕。以曹柏的解釋，阿嘉當時是用手指示他們站立的位置，和背景的距離該如何。

因為效果差，曹柏才把這兩張照片放到一些垃圾照片的文件匣中，直至我要求，才慢慢地找出來。

相片中拍攝到阿嘉右手，手腕上有一條多種顏色的手繩，這種飾物很粗劣，有可能是阿嘉去台灣時在原住民商店買的。

戴上這種手繩的阿嘉，也表示著本身有某程度崇尚自由的方向，甚至性格開朗。對了，是彩虹顏色的手繩，也可以是性展示。他把手繩穿在右手，潛意識有 35% 以上女性傾向，或許，他本身是同性戀者，儘管他或許已經有妻兒，但他每週必然有兩至三次，幻想和男人發生親密行為⋯⋯

等等⋯⋯

這隻手⋯⋯

這手繩⋯⋯

我閉上眼睛，要冷靜地回憶，否則畫面一閃即逝，永遠消失！

啊！不會吧……

我立即更衣，取了筆記型電腦及背包後，走到停車場取車。把車廂俗稱「車CAM」的行車紀錄儀拆除，這個紀錄儀已經壞了數天，我也不清楚最後的攝錄日期。

我將紀錄儀的記憶卡取出，再插入筆記型電腦，之後再開啓記憶咔的資料匣，尋找那天的日子……

找到了！

我按下那天的一個視頻檔案……

出現了，片段地點是東大街近電車站頭，片段中一名男子，正向我拍攝，他手持一部套上閃爍耀眼外殼的手機……

這個人的右手，正正戴著阿嘉十年前的手繩！

而這個人 ……

就是在第一天……

我趕赴廟東街第三宗案發現場之前……

馬路上所遇到的人！

…待續……

15

這個人……

他的容貌，剛巧被他拿著手機的雙手所遮掩。他是穿著一件綠色 Polo 衫，穿上普通牛仔褲及黑皮鞋，褲管也輕輕捲起少許，形成吊腳款式。

最值得注意的，他的手機，似乎是一部冷門品牌的手機，外殼是一個閃閃生光，鑲嵌滿了不同顏色的小珠粒，若這手機不是他本人所擁有，這個在第三宗血案現在出現的男子，他手上的手機，會否是屬於……

我立刻驅車往綾波麗家樓下，她就住在我家附近，接載她後，我立刻致電李向轉的女兒，結果證實，李向轉遇襲之後，再沒有發現她的手機，嘗試撥打也不通，而手機的描述，正正跟片段中男子手中的手機相同。

疑犯阿嘉……

他除了襲擊李向轉之外，還偷竊了她的手機。這個情況，是其他案件沒有的，所以，只能說明的是……

李向轉的手機拍攝到疑犯的容貌，所以他才要毀滅證據！

時間接近晚上八時半，我也要趕回北角警署開工，途中綾波麗替我發了片段中男子相片給導演曹柏，他回覆不能確定相中人是阿嘉，對於手繩，曹柏更加沒有任何印象，只是，相中男子身高，正跟阿嘉接近。

事隔十年，夾硬要曹柏從一幅沒有容貌的相片中核對出一個人，確實是困難，不過，這些也已經是次要的了，此刻重要的是，

我要在東大街中抽出這個疑犯。

這個已經是謀殺犯的阿嘉！

我也發了訊息給得巴，並附帶相片，並叮囑他不要外洩，得巴住在東大街附近，他或許能單從相片就能認出此人。這個時候也不適合向公眾發布照片，因為疑犯不止阿嘉一個，這樣會打草驚蛇。

在東大街內居住的、工作的、路過的每一個人也有機會跟疑犯有關係，疑犯是二人同行犯罪，誰知道另一個會是什麼人。

當然，只是單憑一條手繩，我便將兩者扣在一起，似乎有點勉強，但再加上那部閃閃生光的手機，我 100% 鎖定，相片中這個人，就是殺人犯阿嘉！

會合 Air 後，我把阿嘉相片給他看。

Air 看了很久，把照片放大又縮小：「師傅！呢個人……我見過！」

我心跳加速：「你識佢？」

Air 沒有說話，並示意我稍候，之後他向小督察說話，二人一起向槍械室走去。

副指揮官見我們神色凝重，便道：「搞咩呀你哋？」

「唔好理，大案！」我隨口說話，也沒有再理他。

五分鐘後，Air 又再回來，他正想說話，但我立刻阻止，並推著他離開。

我們也沒有等待指揮官訓示，便取車外出工作，我取了之前用過的白色 AM 七人車。

甫離開北角警署，Air 道：「係譚公誕！上次譚公誕巡遊，我見過呢個人，仲抄抵咗佢資料……」

老天！

成功了！

我把車停下，閉上眼睛，雙手緊握拳，自己振奮了一會，之後再左右手緊握綾波麗及 Air 二人肩膀，前者上身仍然是穿了緊身恤衫，胸部左右搖晃，之後我索性把坐在身旁的綾波麗一抱入懷。

「喂……你！」

「Sorry 呀，實在太高興啦。」

綾波麗雖然不滿，但沒有抗拒我，反而 Air 不繼扯我衣袖：「喂喂喂……師傅，到我啦，我都好高興呀，要 share 呀……」

此時綾波麗掙脫，並推開我：「夠啦，你哋男人真係好仆街！」

我輕薄了綾波麗，她顯得害羞，但就是沒有了之前的傲慢態度，取而代之，眼眸中可以看出一顆堅毅不屈的破案精神。

我也發了訊息給病假師姐，表明不會接 999 Call，她是跟隨小白的 Car 1，即表示希望他們能夠在北角警區撐住。就算副指揮官當我是兵變，我今晚就要鎖定疑犯！

要在第六宗傷人案之前鎖定！

Air 認出的疑犯，是他在譚公誕巡遊時：「我好認得佢衣著，綠色 Polo 衫，胸口有啲字，但唔記得係咩……」

衫有字？工作服？

而石頭上的粉末是……

麵粉！

Air 繼續：「因為巡遊時好多人，我哋已經分開前中後三段起步，但因為睇熱鬧嘅人多，去到天后古廟時候又逼埋一齊。就係呢個人，突然唔知喺邊度彈出嚟，仲拎住手機走到好前咁影，仲撞到個師奶，之後兩個嗌交，而我就負責調停，所以，我抄底咗佢哋兩個人嘅資料。但資料我係抄咗喺專用記錄譚公誕巡遊本大簿入面，但頭先搵過方，幫辦話應該俾本身當值槍房個伙記化療拎咗。」

又是化療！這個喪警，那裏去尋找他呢？

宵禁第三晚，市面比起昨晚更加冷清，大街小巷也不見一個人。我開啓收音機，聽到的訊息不多，屯門區已經全面封鎖，記者傳媒等只是單靠政府新聞處發稿，才得知疫區的最新動向。

我們現在要做的，是找到化療，只要找回譚公誕大簿，就知道疑犯是誰！

從來未見過化療的我，只知道他本是槍械室的當值人員，但自從「新界西地區特別事故」之後，他就取走了大量武器，亦曾經以一之力攻打東區總部，力戰整個小隊。

但茫茫人海，要怎樣才能遇上他？因此，要找到化療基乎是不可能，我們不應再在這方向費心思。

有緣份的，總會遇到。

反而正有一件事情，很有可能打破現階段這個困局⋯⋯

那是香燭的化驗結果！

就是我在巴色道空置石屋小巷樓梯底發現的斷香，那些香枝曾經燃點過，燃燒中途被人刻意折斷及弄熄，若果燒香者正是疑犯，他為何要把它折斷呢？

綾波麗問：「如果疑犯每次犯案前，燒香都係佢指定動作，咁即係燒香係一個儀式？」

Air 也道：「會唔會係啲邪教殺人前必需做嘅行為？」

現在說儀式、邪教什麼的，也不會有多大幫助，就算我知道背後是有一個組織，也並不代表能夠阻止第六宗案件發生。

第六宗受害的會是什麼人呢？《狗面人》的故事原著，每個受害人都代表著一個類別，而同時這個人亦應該是疑犯刻意找上的，那是我認為他們必然有共通點。

司機、學生、按摩師、警察、去到童軍之後，曹柏便忘記了⋯⋯

啊！

不！我搞錯了！

第四名傷者的阿奶，並不是疑犯的首要目標！

我太疏忽了，疑犯本來要襲擊的第四名傷者，其實是 Air ！就是因為要襲擊他，疑犯才會刻意在案發現場露臉，借故取回兇刀

而引 Air 上鈎。但 Air 跑得太快，可能疑犯當時仍未在沙井埋伏好，Air 就跑過了。所以，遲來的阿奶只是替死鬼。

若果推測正確，Air 就可能有其他傷者的共通之處！

我立刻向 Air 查問，大大小小，跟別人糾紛、口角，生意上的，生活上的，一一問過清楚。之後我再次取出五個受害人有關生活上的調查紀錄，終於發現有一件同場合的事，是五個人中有三個人遇到的⋯⋯

這三個人分別是的士司機王三山、女學生曾嘉惠，還有 Air⋯⋯

約在三個月前一個中午的繁忙時段，三人也曾經在東大街一所食店光顧，但是因為店舖爐具曾經短暫失靈，令食物上菜時間多出了大半小時，當日很多食客不滿，有些人甚至破口粗言大罵店員，也有批評食物質數變差。

的士司機說他等候外賣時間久了，被票控了違例泊車，所以事後他又再折返店舖，向店員發洩。女學生情況類似，店員失單嚴重，把她的點餐跟其他人調亂，還要求她多付不是她帳單的價錢。Air 最無辜，他只是當值期間巡邏經過，便去調解，期間他分別被店員及食客指責他偏幫一方，最後 Air 發火向現場所有人作出口頭警告。

假設傷重身亡的女清潔工，與及台式飲品女店員王利梅二人，其實當日也在這店舖，只是前者已死，後者可能太多仇家，根本沒有把這瑣碎事放在心上。

雖然這件小事說成可疑似乎也太過牽強，但這是他們三名受害人唯一的一次同時間同場合的偶遇，若果說是巧合的話，也可以說是不幸的起源嗎？

假設當天食客們和店員的口角，就是連環傷人案的導火線，那

麼，疑犯的身份⋯⋯

是店員？

是男店員跟朋友犯案，抑或是兩個店員一同犯案？

我正想致電王利梅，但是沒有網路訊號，而三人當日所光顧的店舖，數天之前我也有去過，那是在東大街的⋯⋯

餃子女王！

亦即是店員A現在工作的地方，自從她搞東大街治安關注組之後，就給台式飲品店的店東解僱，聽她說餃子店的女東主，也是關注組的成員。

我立刻閉上眼睛，回憶這家店的間隔、環境、和店員⋯⋯

在這店舖工作的人有⋯⋯

年約五十歲的女店員，這個不知是否店東⋯⋯

有兩個穿水靴，貌似新移民的女子在推動滿載碗碟的膠筒，似乎是清潔工人⋯⋯

店面和廚房一牆之隔，從傳菜的窗口隱約可看到內裏有不止一人，其中一個是男廚師⋯⋯

店門口也有一個在煎餃的男店員，也記不起他的臉貌⋯⋯

好像還有一個送外賣的，甚至記不起是男是女⋯⋯

若果疑犯就是因為那天被食客們罵了之後，動了殺機，深深記下他們每一個人的容貌，再將其套在《狗面人》的故事當中，

在每一次犯案前，他也會去上香。

首先是在巴色道空置石屋巷子裏，上香是為了罪孽而求神原諒，還是殺人前的必需儀式，暫時還不知運，之後的士司機王三山遇害。

第二次他在城隍廟上香，輪到學生曾嘉惠遇害。

第三次他在天后古廟上香，清潔工李向轉遇害，其後死亡。

第四次是緊接第三次不久，也不知道他在何處上香，探員阿奶頂替了 Air 受害，這也是令 Air 這樣積極的原因。

第五次他在譚公廟上香，再在愛秩序灣公園中，傷害台式飲品店女店員王利梅。

好了，我探員 J 的推理藍圖也原成為 89% 了，現在只要知道餃子女王店中，年約 40 歲的男性員工有幾多個，就可以破案了。

從第五名傷者王利梅鞋子扣上找到的疑犯 DNA，我違法違規也不會再跟他們浪費時間，只要將所有男員工拘捕，再夾硬強行抽取 DNA 核對，抽出疑犯後，什麼法律程序他媽的我什麼也不理了，就像當年在中英街大陸境內強行拘捕賊人回港一樣，只要達到目的，我說的就是證據！

我就是有自己的一套法則。

當然，這樣做也有風險，就是疑犯根本不是餃子女王員工，若果是出現這個情況，之後要再找到疑犯，更難上加難了。因為我不相信在這個時候，在東大街拘捕三個人，可以神不知鬼不覺而避開傳媒。

要放手一搏，抑或放虎歸山，要怎麼取捨？

致電店員 A 吧⋯⋯

但沒有網絡，我取出店員 A 口供，看了地址，之後驅車直去小西灣邨。但是店員 A 不在家，難道她會在店舖過夜？

對了！店員 A 可能仍然在東大街，可以問街口封鎖線出入口的關注組成員。

這個形勢，最好的莫過於找到化療，譚公誕的大簿⋯⋯

如果要盡快知道餃子女王店有什麼員工，最好的方法就是直接落店舖找！

「師傅，你睇下⋯⋯」Air 吧在車上找到的飲食雜誌遞給我。

警車不只是我一個使用，有其他更份其他人坐過，這本飲食雜誌相信是他們購買的。

這期飲食雜誌有介紹餃子女王是由一名婦人主理，也有婦人的照片，其他的照片只是食物硬照，沒有其他員工相片。內容亦有介紹店家在同街開了新分店，也推出了一個外賣手機程式，也有其他飲食網站一些食評轉載。

可能是植入式廣告關係，大部份食評正面，但其中一個是批評的：

「煎魚餅質數一般，店舖衞生有待改善。」

這個食評日期是在三個月前，由一名叫 Annie 的網民所寫。

Annie 嘛⋯⋯難道是店員 A ？

三個月前，她還未轉到該店任職，店員 A 也似乎是習慣出口得

罪人的一類……

對了！店員 A 她……

我也親自聽過她批評餃子店，就是廟東街清潔女工遇害後，當時她是這樣向女店員說：

「鍋貼叫師傅煎燶啲呀，冇嚟鑊氣。」

大概是這樣，若果這些也是各傷者遇害的主要原因，那麼，第六名遇害者會是……

店員 A！

我把車駛到東大街，走到在港鐵出入口的一段封鎖線，看到有四名戴上綠色臂章的少年團，他們全是男童，為首的一個大約十三歲，手持通訊機。

這個晚上，看似平靜的東大街，隱藏著一股使人頭痛欲裂的感覺，令人十分不安……

「嘟……嘟……」

「B 位，C 位，電車站有個軍裝想揸車衝入，各派兩個去支援……」

少年團以通訊機作出對話後，兩名年約九歲的男童離開封鎖線，向街口跑去，現場只剩下兩男童，我走向二人道：「我係警察，知唔知你哋關注組嘅主席喺邊？我想搵佢。」

兩人交頭接耳之後，年長男童道：「你係咪話搵我哋首領呀？我試下通知佢呀。」

年長男童再以通訊機道：「巡邏隊，巡邏隊，B位叫......」

通訊機傳出聲音：「B位乜事？」

年長男童：「拉咗兇手嗰個警察話搵首領......」

巡邏隊：「首領喺王宮休息，你問佢有咩特別事......」

年長男童想了一會，向我道：「係咩事先，因為如果冇特別事，我哋唔會搵首領......」

此時，少年團通訊機又傳出聲音：「而家係指揮台擴播，街口藥行火燭呀，生果佬見佢霸住啲疫苗，放火焗佢出嚟，少年團各組謹守自己崗位，火勢有電車站同埋巡邏隊搶救......」

火燭！

是賣假藥的藥行，聽說他自從收到天花疫苗後，從此就未曾露面。

時間接近深夜一時半，大批街坊也走到街上加入滅火，我們也剩機溜了進街內，藥行捲閘薰出濃煙，各街坊紛紛找來水源撲救。

此時一部亮了紅藍燈的警車由電車站駛進東大街，並繞過我們，直進街內，駕駛的是料仔，我也不去理會他，或許他正找消防街井。

「係佢啦！」四名年約十四歲手戴黑色臂章的少年出現，押著一個瘦削中年男子。

「生果佬你唔係呀，會搞出人命㗎！」街坊們向他責備。

生果佬辯護：「鬼叫佢咁自私呀，收埋啲疫苗！」

「大家邊撬門邊滅火，通知消防，通知首領！」

「生果佬點處置？」

「使唔使交俾警察......」

「唔使，搵個地方困住佢。」

天！

他們竟然無視我們，Air 是身穿軍裝的，他們數十個人，居然當我們不存在。

Air 大步踏前，高聲向眾人道：「你哋唔可以咁做，如果係佢放火，我會拘捕佢，另外我要個目擊證人，跟我返警署。」

「唔得！上次個殺人犯已經俾你哋搶咗，今次呢個唔可以再交俾你哋。」說話的是賣漁佬，由始至終，他就是針對著我。

Air 走向生果佬，一手抓著他衣領，一手使出伸縮警棍：「我而家就帶佢走，夠膽你就埋嚟！」

Air 帶著生果佬離開，此時又有一部警車，是柴灣的同事，再之後是三輛消防車，救護車等。

我們慢步走，此時一名黑臂章的少年走上來阻止，我立刻一手按他在地上，但換來是一批十來個黑臂章少年，一擁而上......

我也不知道那人踢了我兩腳，同時我已經揮出警棍，不斷橫掃保護自己，綾波麗也以警棍在驅趕少年們，但 Air 因為要照顧生果佬，只見他且戰且退。

「Air，唔掂呀，跑呀！」我正吃力地招架，少年團居然配備了竹枝及木棒。

「停手！」柴灣同事趕至增援。

「電台東大街要支援呀……我哋 Car 2 俾人圍毆呀！」綾波麗用通訊機向指揮中心求助。

Air 單手難敵眾人，故他索性放開生果佬：「走，快啲走！」

「個警察放咗生果佬走！」

「圍住佢！」

少年團人數又再增加，從四方八面走來，紅黃藍白黑各色臂章一擁而上，我拍住綾波麗被逼入廟東街，正走頭無路之際，眼前的少年一個一個退下、跌倒……

是 Air！他單人匹馬力退了約十個少年，但最終仍然跟我們一起被困在廟東街。

此外，跌倒了的少年，又再站起來，手持木棒，步步進逼……

罷了，性命攸關，我手按配槍，向少年團道：「夠啦！係時候醒下啦，你哋唔好再逼我呀！」

其中之一名戴眼鏡少年道：「做乜放生果佬走？佢放火㗎！」

Air 大喝：「生果佬走得去邊啫，係人都識佢，聽日都可以拉返佢啦，你哋而家想自己處置？當咗自己法院呀？仲有我頭先再唔放手，佢俾你哋打死呀！」

「喂！你哋傻咗呀！」一名婦人雙手拿著一大盤水，向少年團

潑去。

嘩啦……嘩啦……

水到之處，少年四散。

「嘩，大嬸你黐線㗎。」眼鏡少年向婦人指罵，後者穿著緊身黑色運動套裝，居然是按摩技師阿麗。

「你講咩黐線呀！」隨技師阿麗而來的居然是得巴，他一出現便抓住眼鏡少年手臂。

「呀……好痛呀……老豆……」眼鏡少年神情痛苦。

技師阿麗立刻上前阻止：「細路仔慢慢教呀，唔好下下要打！」

得巴怒道：「你哋嚟做巡邏隊，好，有使命感，但係你哋而家個個拎住樑棍似乜？」

少年團被大人責罵，面面相覷，眼鏡少年更立刻放下木棒。

得巴再道：「如果要為東大街出力，立刻去幫手救火，快啲！」

少年團仍然發呆，技師阿麗大聲道：「仲呆雞企喺度做乜？快啲去啦！」

少年團如夢初醒，黑臂章較年長的立刻分配各組工作，二十多個少年團便奔去火場。

「德仔！」得巴向正在離去的少年們大叫。

廋削的眼鏡少年回頭，得巴再道：「小心啲呀！」

名叫德仔的眼鏡少年舉起拳頭:「收到啦,老豆!」他接著轉身,拾起了地上的膠盤,向火場跑去。

我呼了口氣,正想向得巴及技師阿麗道謝之際,剛才進入了東大街的警車已經調頭駛至,司機把車窗開啓:「出面架 AM 七人車係咪你㗎?」

我點頭,來者是駐守荃灣的料仔,車上不見有其他人,似乎他仍然未找回同伴:「知唔知邊度有耳塞賣呀?」

我向他道:「耳塞?我個伙記俾人打傷咗,你俾我哋上車先……」

我伸手開啓車門,同時向 Air 及綾波麗招手。

料仔車上放滿防暴裝備,盾牌,長短槍枝,相信料仔他們曾經是支援屯門區的防暴小隊,屯門封鎖後,意外被調派到港島區。

Air 上車後,立刻按著額頭:「呼……啲嘅仔好狼死呀,我塊面俾佢爪到有條痕呀。」

我查看 Air 傷勢,他的眼鏡老早已經不知飛到什麼地方,左眼眼眉沿下出現一條越過眼簾的血痕,我在車上找到急救傷,取出消毒藥水替他清洗傷口,但綾波麗可能被少年團嚇呆了,她仍然站在廟東街內,得巴叫她上車但她也沒有反應。

「做咩呀,上車啦!」我伸頭出車外。

「原來你都好嘈呀!」料仔突然說話,他臉色也變得陰沉。

綾波麗慢慢走近,呆看著我,伸出顫抖的手指著料仔:「化……化……係化療呀……」

我驚訝：「咩呀？」

與此同時，料仔取出手槍，向著綾波麗射擊⋯⋯

嘭！

幸好在槍響的同時，Air 左手快速按下料仔的手，使子彈改變射擊方向⋯⋯

「呀！呀！呀！呀！呀！」料仔立刻左手還擊，反手一拳打在 Air 臉上，後者退開，我立刻從後座伸手箍緊料仔脖子：「Air，走呀！」

當時車門打開，我亦已經伸腳推了 Air 出車外，而當我也想放手離開之際，料仔竟然雙手使勁抓著我不放，他的右手，同時也拿著手槍，而他的食指，正在手槍板機之處，因為他持槍不穩定，故槍管不斷四周指向，情況十分危險。

我從來也未遇到過這種生死關頭的情況，真是活該，原來料仔，就是喪警化療！

這個瘋癲的恐怖家伙！

「你哋走先啦，隨時開槍呀⋯⋯」是 Air，似乎是叫得巴及技師阿麗等人先走。

化療力氣很大，我動彈不得，但 Air 又趕至，他開啟了司機門，右手直接「呼呼」兩拳打在化療腹部，化療痛苦上臉，口水也流下來，我乘機發力雙手向上推⋯⋯

啪啪⋯⋯

成功了，化療持槍手隨我手撞上車廂頂，手槍立刻脫手，接著

Air 右手臂鎖緊化療脖子，前者以雙腳踏在梯級邊借力一伸……

「呀呀呀……」

結果成功把化療拖出車外，Air 亦像上次拘捕少年 Y 一樣，剩跌勢跌到地上：「師傅！鎖住佢呀！」

我立即飛撲上前，取出手銬，合綾波麗二人之力，把化療雙手反鎖，而綾波麗也通知上峯報告及召救護車。

「好痛呀！鎖得太緊呀！」化療在埋怨。

我沒有理會他，把他帶到行人路，之後我索性把化療鎖在電燈柱上。

綾波麗向我表示沒有受傷，但她雙眼帶領我視線去到廟東街內，一個躺在血泊中的人……

技師阿麗！她中槍了，子彈打在她左腳小腿。

得巴似乎也懂急救，正用手按著她大腿跨下的大動脈。

「阿 Sir，佢好劫啦，你幫我按啦……」技師阿麗臉色蒼白，我伸手接過得巴的工作。

技師阿麗也抖震地抓住我的手並移動向上，結果我的手指在她大腿內側三角邊沿，這令我十分尷尬。

綾波麗問：「你屋企人幾多號電話呀，我打俾佢呀。」

技師阿麗道：「我未結婚㗎，一個人住之嘛，你哋行開少少……我……我有啲嘢同靚仔 Sir 講。」

綾波麗及得巴走了開去，Air則原地跍了下來，低下頭背著我們。

「阿Sir……我好後悔呀……」技師阿麗雖然已經年屆四十，但樣子五官端正，其實也不差，是身體胖了一些，她也算是為了我們中槍，我瞬間感動起來。

我很擔心：「麗姐，你抖下啦，唔好講嘢啦。」

「唔係呀，阿Sir，我好後悔嗰日冇幫你出火呀，你走咗之後我久唔久都有掛住你呀……」技師阿麗左手握著我正按她大動脈的右手。

「嘻嘻………」Air膞頭上下郁動，正在偷笑。

我立刻萬分尷尬：「麗姐，你死到臨頭仲講埋啲咁嘅嘢，你合埋口休息啦，救護車就到……」

技師阿麗仍不放棄：「我好想啜下你呀，我就係因為就死，先咁講咋！」

Air：「哈哈……你哋唔好再講……我……已經忍得好辛苦……唔想再笑……」

我推了Air背脊一下：「仲笑乜呀，快啲上車搵譚公誕本大簿啦！」

「係……係喎……嘎……嘎……」Air左搖右擺，勉強站了起來，間中臉朝向天作深呼吸，之後一步一步走向化療的警車，同時他腳下也有血水滴下。

此時有柴灣的同僚趕至，他們說藥房火勢已經熄滅，賣假藥只是被濃煙焗到，沒有大礙。但因為消防員在撲滅火勢時，把藥行貨架很多已經燒毀的雜物拖到街上，結果很多守候了三天的

街坊，也在黑薰薰的燶煙中，尋找天花疫苗。

那箱也不知道是真是假，從來沒有人看見過實體的所謂疫苗，最終也焚毀於火海之中！

而那個基乎把綾波麗打死的化療，被柴灣的軍裝押上了警車。

在化療的警車上尋找了一會，Air 垂低頭，屈曲著身子，慢慢走近，右手把一本染滿血跡，寫著「譚公誕」的大簿給我，最後，Air 終於支持不住，雙膝跪下，然後向橫跌倒！

「Air！」我立刻扶起他，此時救護車亦趕及，救護員立刻照料技師阿麗。

我見 Air 滿額汗水，左手緊按著肚，同時出現大量血跡，我慢慢移開他左手……

天！

他左手沾滿鮮血……

其中無名指及尾指……

斷去了兩指節！

…待續……

16

這數天內和 Air 相處久了，知道他是個大好人，縱使曾經被一名小童毆打，最後也維護了對方。看見他現在的傷勢，我眼淚控制不住了。Air 在按下化療射向綾波麗的那一槍，原來已經中彈，斷指也不知被轟到什麼地方，之後他還打了化療兩拳，救我離開車廂，並硬把化療拖出車外……

Air……

對不起……

你還強忍著痛楚，上車找到譚公誕的大簿……

「Air……醒呀……唔好瞓呀……」我不斷拍打 Air 蒼白的臉，同時向救護員招手：「我個伙記都中咗槍呀……我個伙記都中咗槍呀……」

15 分鐘後，綾波麗陪同 Air，得巴陪同技師阿麗分別乘坐兩架救護車去醫院；而柴灣的軍裝則拘捕了化療，並把載滿槍械和彈藥的警車開走。

東大街的人正忙於尋寶，反觀在街內的我，就像是跟他們身處不同的空間。

我用封鎖帶把現場封鎖，有關現場的蒐證、拍照、尋找彈頭等通通未做，之後我返回車上，正想去醫院找他們，但是發現四條車呔已經被放氣。

是化療！

必然是他！他看到警車，想到可能對自己不利，故先下手為強。

我取回自己背包，離開車子，走回街上，開始翻閱譚公誕大簿。在譚公誕巡遊當天，Air 記錄了巡遊期間，一男一女吵架的事……

找到了！

男子的資料是……

莫有嘉，41 歲，HKID xxxxxxx

疑犯阿嘉！

我終於找到你了！

因為沒有阿嘉地址及電話號碼，我把他的資料傳送給綾波麗，叫她回警署後用電腦查詢阿嘉 ID，如果他過去曾經因為涉及任何案件，甚至曾經被捕，我們警方會有他更多資料。

「喂！靚仔，咁夜嘅？」突然我身後出現一個人。

是店員 A！

我轉身：「你哋舖頭有冇一個員工叫莫有嘉呀？」

「阿嘉？」店員 A 站立之處，其實是一個打開了捲閘中門的店舖之內，我抬頭一看，這間店舖名字是：

餃子女王（第一分店）

店員 A 側身把門推開多一點，並指著身後的一個男子：「你搵佢呀，佢就係阿嘉……」

糟！

我向前衝的同時，店員 A 已經被人拉扯了入去，閘門亦同時合上，我右肩頂住閘門，及時用鞋卡在門縫，不讓它關上，但男子不停以腳還擊，我左手取出伸縮警棍，剛巧在我右腳被對方踢出時，成功把警棍卡在門縫中。

店內亦傳出打鬥聲音，雜物玻璃等跌破聲四起，我不斷以身體撞擊閘門，以這種形式防守及進攻之下，對方終於棄守，我衝入店舖後，立刻拔出配槍，同時取出通訊機：「北角 Car 2 喺東大街遇到個謀殺犯，而家佢挾持住個女人，支援呀！」

「東大街邊度呀？」是小白的聲音。

「餃子女王第一分店！」我看到後門虛掩，小心翼翼信步而上，不時留意四周，疑犯二人犯案，除了阿嘉之外，另一個疑犯很有可能也在這裏。

打開後門來到了大廈的天井，但這個天井居然有個用磚塊搭建約八十平方呎的石室，並且聽到店員 A 的叫聲及打鬥聲。

我再聯絡小白取爆門工具，之後便不斷踢石室的閘門：「開門！你唔好再傷人呀！」

「唔好嘈，你好煩呀！」這就是阿嘉的聲音，帶有不知道是什麼的口音。

石室除了門外，亦有一個抽風位，但是就看不清楚裏頭。過了一會，包括小白、病假師姐、輔警 A17X 三人趕到，但只是帶備了鐵筆。

撬門不久，抽風位飄出陣陣幽香，這種幽香跟在小新宿工作室按摩房中聞到的一樣。

啪！啪！啪！啪！

啪！啪！啪！啪！啪！啪！啪！啪！

正當小白撬開門的一刻，大量燒香燭味從門縫洩出，「咳！咳！」也不知道是誰人咳嗽，濃煙四起，能見度低，香燭味由我上呼吸道進入，經過鼻孔及喉嚨，再走進肺部並吸收，由血液傳送至身體各處。

我雙眼突然瞪開，像是剛睡醒了一樣，見眼前出現一道門縫，便搶先一腳踢開！

「咪郁！否則開槍㗎！」我首先持槍衝進石室，裏頭面績很少，不足一百尺平方，也臭氣熏天，難怪疑犯阿嘉要點香防臭。

店員 A 踎在地上，我單手拉扯她衣袖，硬生生推她出去石室之外。

病假師姐及軍裝輔警 A17X 去照顧店員 A，而小白也進入石室：「人呢？」

對......阿嘉呢？

石室內煙霧瀰漫，除了一張碌架床及摺枱之外，全是一些雜物、衣服、報紙等隨處擺放，地上還有幾個大地牌餅乾的生銹鐵罐，臭味加上燃燒香燭氣味，我已經開始頭痛欲裂。

真是很痛，但是阿嘉......他人呢？

密室之中插翼難飛，他可以躲到那裏？百尺地方已經一覽無遺，究竟......

「呀！蛇呀！」病假師姐尖叫，我向門外看去，原來有一整隻手臂般長的蜥蜴，沿牆角繞過門框，再爬出石室外。

「係蜥蜴！」病假師姐怕得四處走動，最後她又走進了石室，背對著我。

「好臭呀，冇人就快啲走啦！」病假師姐轉身向我道，但我立刻雙手推開了她！

我腳下一亂，退至牆角！

眼前的病假師姐，已經變成了另一個人，是一個身穿灰白色兼染有血跡護士服裝，頭髮蓬鬆，手臂灰灰黃黃的一個人，她的臉滿是龜裂坑紋，雙眼通紅，極度恐怖。

我抓緊配槍，害怕她突然會像喪屍般向我發出攻擊。

至於小白也不見了，但室內多了一個軍官，嚴格地說，是一位穿著納粹德國 SS 黨衛隊軍服的西方人，他手中拿著刺刀，向我喝止：「咪埋嚟呀你！」

納粹軍官持刀在空中揮舞，對我顯得十分防犯。

怎麼樣了……

一下子去到什麼世界？

陰間嗎？

「小白，你喺邊度？」我目光四處尋找。

「唔好行埋嚟呀！」納粹軍官爬上床，用刀指向我。

「天父……救我……」此時背向我的喪屍護士哭道。

「你哋企定定唔好再講嘢呀！」我嗌破了喉嚨。

突然之間，腦袋一下子被一幅又幅之前經歷過的畫面所充塞著⋯⋯

阿公岩道沙井、

疑犯升起、

死亡樂隊海報、

台北小新宿按摩房間、

少女蛇舌般為我口交、

曹柏家中的香薰座、

大安森林公園中 Air 及我的失常行為、

巴色道空置石屋外的折斷香燭、

譚公廟逃走的小木人⋯⋯

這些人⋯⋯

那些事⋯⋯

一切也⋯⋯

只是幻覺！

我閉上眼睛：「小白，係幻覺！你哋即刻合埋雙眼冷靜一下！」

小白變成了納粹軍官；病假師姐變成了喪屍護士，那麼我呢？

「眼前見到嘅古怪嘢，全部都係幻覺！」我深呼吸了一口氣，再張開眼睛，在室內快速尋找……

找到了！在一個大地餅乾罐上，有大量金色香燭在燃點。

「係香燭影響，我而家去整熄啲香，你哋咪郁我呀！我，我而家開始行過去啦……」我走近餅乾罐，病假師姐化身的喪屍護士就站在旁邊，她的一雙爛鞋爛肉的喪屍腳就在眼前，我也不敢抬頭看她，一手拔起香枝，便倒插地上弄熄。

小白化身的納粹軍官此時由床上跳下來，在我毫無防備之下，橫向一刀劃在我胸口上……

「呀！呀！呀！呀！呀！」我退後避過的同時，隨手一揮，竟毫不費力地納粹軍官輕易地推出石室外天井。

我步出石室，再一手抽起納粹軍官衣服，不知為什麼我對這個小白化身的軍官十分憎恨，正在盤算要怎麼處置他，突然喪屍護士跳上我背部，雙腳夾著我腰間，一口咬我肩膀。

「走開！」我高聲喝止，也回了神，避開了喪屍護士的襲擊，因為我要追捕疑犯阿嘉，若我推算正確，剛才那條接近一米長的大蜥蜴就是阿嘉！他可以扮小木人匿藏在木船當中，當然也可以扮蜥蜴逃走。

我甩開喪屍護士之後，大聲喊：

「小白，傷者交俾你啦，我要去拉個人渣！」

我由天井後門走回餃子店，再沿正門奔跑出外，期間還見到相信是店員 A 踎在地上，她沒有變得怪異，只是變成上身赤裸，露出豐乳而已。

我離開餃子店，走在東大街上，遠處還看見電車站方向十分熱鬧，消防車紅燈不停轉動，藥行外三五成群，也不知道是滅火還是趁火打劫。

我左看右看，沒有阿嘉影子，但是有一個少年團小孩經過我身邊，他看到我後連翻帶滾地跑了。

我要冷靜，一定要冷靜，阿嘉已經知道自己正被追捕，想必會拼命逃走，因為他將要面對的指控是謀殺案，那是罪成後只有一個判刑的罪行。

我向東區走廊方向走，當走到巴色道時，有一個穿黑色外套的人沿巴色道下來，再右轉入東大街。此人路走得極慢，刻意像散步一般，完全跟剛才的小孩不一樣。這個人手中還拿著一個大垃圾袋，但袋內裏似乎不似負重物。

這個人表面像是個拾荒者，其外型甚至跟大將很相似，但是，他全身就是有種不協調的感覺。

「喂！唔該！」我向那人高聲道。

他沒有停下來，也沒有回頭，我一步一步走上前，由他背後轉到側面觀看他……

他走路時有些一拐一拐，那是他肢體的障礙，源於……

他的右腳！

受傷了？

「等等！」我已經走到他右邊，並提起左手抓著他手臂：「警察，企喺度！」

男子這才停下，過了一會兒，才緩緩地轉過頭來......

噗！噗！噗！噗！噗！噗！

什麼？

這......這個人......

是沒有五官的！

這張臉，是令人作嘔且嚇至心膽俱裂的一張臉！

我與這張沒有眼耳口鼻的鬼臉距離，不會超過一米，身體也自然以後退回應，但是我仍不忘左手使勁，出盡奶力在手指頭上，把對方手臂拉扯低，同時持槍的右手隨時向他射擊......

噗！

突然塵土飛揚，不可思議事情發生，像是電影中忍術金蟬脫殼，一下響聲之後，一個黑影從我左手抓着的衣服彈出，我棄掉衣服後便立刻追上，我知道這不是什麼忍術之類，而是......

阿嘉！

若石室中燃燒的香燭令人產生幻覺，那麼之前的一切，包括阿嘉反地心引力、跟台灣按摩少女做愛、納粹軍官、喪屍護士，甚至是赤裸露胸的店員 A......

這一切，也是幻覺！

是因為我們吸入了不知名氣體，影響中樞神經，給了一個虛假訊號自己，而瞞騙了自己雙眼。

所以，不能盡信相自己所看到的！

阿嘉沿東大街繼續向東區走廊方向跑，我收起配槍，一直緊隨其後，之後他走入行人隧道，但是當我走至隧道口，阿嘉又消失了。

「Jimmy！Jimmy！收唔收到……」

腰間的通訊機傳來了小白聲音，我取起它想回應，但是我的左手，居然變成一隻手背長滿黑色毛的巨型手掌，讓我再怎樣努力，就是按不到通訊機的傳呼按鈕，最後我唯有放棄，把通訊機放入背包。

嗄嗄……

很口渴……

香燭是什麼做的，很口渴，很不安……

噗！噗！噗！噗！噗！噗！噗！噗！

我知道自己心跳得很快，也滿身大汗，額角上汗珠不斷流至下巴，眼前看到的視野收窄，眼前像是除了焦點之外，什麼也虛化了，也像是戴上了潛水鏡，總之眼尾原本看到的，現在已經化為一片灰色。

我慢慢走進行人隧道，這是空曠及冷清的隧道。

咚！咚！咚！咚！

什麼聲音？

心跳聲嗎？

又不類似……

咚！咚！咚！咚！

是很沉重的聲音！

我停下，聲音亦停止；我再走，怪聲又再出現。

咚！咚！咚！咚！

我低下頭看自己雙腳，那些咚咚聲，原來是我走路時發出的，只是我原本一雙波鞋沒有了，取代的是一雙黑熊的腳掌。

我到底……

變成什麼樣子了？

噠！噠！

啊！隧道頂天花滴下了一滴血，我抬頭一看，一隻籃球般大的黑色蜘蛛，正抓緊天花上的燈罩。

這蜘蛛？

我微微跍低，雙腳使勁力撐躍起，左手全力向燈罩打去：「阿嘉──」

啪！

燈罩應聲脫落，燈光也熄滅，黑蜘蛛變回了人形，一個身穿綠色 Polo 衫的男子，背部朝天，面向地下，凌空貼著隧道內天花向前移動。

這是⋯⋯

反地心引力？

不可能，人類就只是血肉之軀，再怎樣身手敏捷，也不能夠違反生理的限制，正如東野圭吾筆下的偵探伽利略所言，什麼事件，首先要從科學角度去思考，自然界從來就只有一種自然法則。

阿嘉一路移動，天花一路有沙塵、碎石落下，我拼命地緊追著他，穿過隧道，走上譚公廟道後，阿嘉又再消失了。

我也有我查案的法則，就是賊人永遠不會捨易取難，阿嘉必定會死人尋舊路，在譚公廟內躲藏起來。

「阿嘉——」我踢開了廟門，取出手電筒⋯⋯

阿嘉⋯⋯

我把廟門關上，在廟內走了一圈，確定沒有人後，再走到那艘木船之前，兩排三十個小木人井井有條。我用手遂一把小木人提起，每一下也使足力掐下去，希望它會感覺到痛楚，之後更把它們逐一再掉到地上。若沒有推算錯誤，這個阿嘉，就只懂得匿藏在船上。

這個死蠢！

到了第十七個小木人，我也來不及提起手，只見它一躍而起的同時，體積變大且回復人形，他以雙手抓向我的臉，我失去重心，被他壓在地上。

小木人變回一個身穿綠色工作服的男子，他的工作服還印上「餃子女王」四個字。

阿嘉……

我們終於都相遇了！

阿嘉是個臉頰凹陷的中年人，但有些蠻力，我被他壓到之後就飽受他瘋拳雨下，我以雙手擋格，幸運地以一記膝鑿成功把他退開，我亦乘機原地打滾，把與他的距離拉開，之後我立刻站起身並拔出配槍！

「警察，咪郁！否則開槍！」

警告無效，阿嘉沒有停下來，反而把木船提起，向我揮舞。

我低頭避開了一記攻擊，阿嘉剩機奪門想逃，我以肩膊撞他身體，之後雙雙跌倒，幸運地這次是我壓著對方，我右膝使勁跪在他腹部上，左手打了他臉部兩踭，之後使勁頂著他下巴的神經穴位，並把槍管壓著他心口：「咪再反抗呀，一槍打死你！」

警告有效，阿嘉沒有再動，我鬆開左手，他立刻連連回氣。爭取時間，我取出手銬，但是我那長滿黑毛巨形手掌，怎樣也弄不開手銬。於是我閉上眼睛，避免受到眼前的幻覺影響，熟練地用手銬鎖緊對方！

成功了……

我成功拘捕了阿嘉！

我收起配槍，命令阿嘉貼牆背向我並跪在地上，之後我要做的，是安排警車，至於阿嘉的共犯是誰，回到總部再慢慢查問吧！

我取下背包，開啓拉鍊，正打算取出通訊機，但我在一個金屬牌匾中看到自己……

我自己居然……

變成了一個猿人！

全身亮滑且漆黑的體毛……

口吻突出……

正當我用手摸自己的臉，突然有東西從阿嘉身體爆發出來！

一隻手！

是一隻由阿嘉背部伸出來的手，並單手握緊我喉嚨，另外差不多同一時間，又再有一隻手按著我腰間的槍柄！

天！什麼回事？

是幻覺……

我告訴自己……

是幻覺！

我左手拼命推開他，右手亦緊按配槍，千萬不要被他拔出！

在這雙手爆出來後，阿嘉亦同時站了起來，他雙手明顯地仍然被手銬鎖住。

此時，今天最恐怖的畫面出現，在阿嘉背部雙手中央深處，出現一張像是人臉的東西，有一雙小眼睛，兩個可能是鼻孔，但沒有嘴巴及耳朵。

這張臉跟手臂相連，手臂動時，臉部肌肉被扭扯，令人心寒。

對方不知何處而來的氣力，似乎要致我於死地才肯收手。

不行了，快窒息了⋯⋯

我拔出配槍，對方仍然抓緊我槍柄，我本能向他射擊！

嘭！

射中了嗎？不清楚，因為我根本看不到射擊目標，只是本能地向前方開槍。

嘭！嘭！嘭！嘭！嘭！

啪！啪！

我再連發多槍，也不知結果怎樣，只知道配槍被對方弄跌，他改為同時用雙手緊掐我喉嚨，我⋯⋯開始頭暈了⋯⋯

是缺氧⋯⋯

我真的要死了⋯⋯

阿嘉⋯⋯

你才沒有什麼共犯⋯⋯

你這個四隻手的怪物⋯⋯

能爬水渠爬天花的怪手⋯⋯

根本就沒有什麼反地心引力⋯⋯

要有偵探伽利略的原則⋯⋯

科學......

人類不能違反自然定律......

阿奶‧Air......

對不起......

不能為你們復仇......

小白......

我太燥底......

出口傷人，對不起......

麗姐......

我欠了你......

若我死不去......

就讓你給我打一次飛機......

我也記得你除了有一顆善良的心......

還有一雙柔軟的手......

綾波麗......

其實你冷酷得來很美......

我的女友......

我很在乎你有沒有懷孕……

對了……

若果她真的懷孕……

不能死……

我絕對不能死……

我還有很多事情要做……

我的……

我 的 背 包 呢 ……

在快要窒息的一刻，我右手摸到了背包，我伸手進去，取出東西，向緊握我喉嚨的一雙手揮去……

嗖——

再來回一次揮動……

嗖——

「呀！呀！呀！呀！呀！呀！呀！」是阿嘉的叫聲。

啪！啪！

血花濺在我的臉上，也不知道是什麼東西掉到我身上，但喉嚨沒有鬆懈跡象，最後我向著阿嘉背部那像臉不像臉的位置刺去！

「呀呀呀呀呀呀……」

「呀──」

我抓著已經截斷但握著我喉嚨的雙手，掉到旁邊去，並立刻大口大口呼吸著，同時用腳踢開前面的阿嘉，他的頭撞上了梯級，之後我把右手拿著的牛肉刀放低，這把刀跟隨我已經十年，打從看到少年Ｙ被性侵犯開始，我就放進背包內，深怕有一天有人侵犯我。

好了，現在似乎是時候放下這把刀了。

我找回配槍，再換了一個新彈匣，之後走到阿嘉身旁，看見他大量出血，我取出通訊機，要求救護車及增援……

等待期間，我睡著了……

當我再次睡醒，已經在醫院的觀察病房，我的脖子有繃帶包紮好，左手腕種了一條喉管，正在吊鹽水，看看手錶，是早上六時，亦即是，第三天的宵禁令完結，若果政府再不延長，一切作息就會回復原狀。

我知道再也不用擔心什麼，必定是有增援到譚公廟幫手善後，因此，我合上眼睛，盡情去睡……

……

尾聲《快樂的靈魂、黑夜中的散步者》

我留院一晚至下午便出院，主要是身體多處擦損，左手掌骨折，醫生替我打了石膏。

至於餃子女王石室現場，小白等在我離開一小時後，才擺脫香燭的影響，恢復九成正常。他們在大地餅乾鐵罐中，發現一些已經作防腐處理的斷手。而石室內還找到一批阿嘉平時穿着的

衣服及個人用品，最重要的是找到廟東街死者李向轉的手機，那是一部鑲嵌滿了不同顏色的小珠粒外殼的手機，全部由總區重案組探員檢獲作證物。

全名莫有嘉的疑犯涉及東大街四宗傷人案、一宗非法禁錮、毆打、以及一宗謀殺人案而被捕，因為案情嚴重及複雜，故由總區重案組接手調查。我也多次協助他們出入醫院及監獄會見阿嘉，直到我也被勒令停職。

原來自從譚公廟門鎖及擺設等多次受到破壞後，廟祝便裝設了監察鏡頭，所以，當晚我跟阿嘉如何糾纏，事後已經一目了然。經過警隊高層相議，我涉及藏有攻擊性武器及傷人罪被停職調查，之後要等候律政司指示是否起訴我。但基於我用刀砍傷阿嘉是生命受到嚴重威脅之下，及在沒有其他武器可使用情況之下，這相信是個十分有力的抗辯理由。

阿嘉當初被送進醫院時，情況十分危險，要快速進行截肢，才能保住性命，所謂截肢，是把他生長在腰背上的兩隻後手臂切除。原來我在揮刀斬掉對方雙手時，只是斬斷了前臂，剩餘的肩膀位置及兩臂中間已經血肉模糊的腫瘤，因為受到細菌感染，而引發其他症狀。最後醫院方面亦把已經切割後的肢體循正常醫療廢棄物處理。

在拘捕初期阿嘉曾經極不合作，說他沒有殺人，兇手是跟他生長在一起的「連體兄弟」，我亦有看過他做截肢手術前的照片，他腰間形狀獨特，比平常人瘦，難怪可以把另外一雙手好好地收藏在腰間，外表跟常人無異，穿上衣服根本察覺不出。

調查的探員亦去信入境處查詢，其實阿嘉並非香港出世，他祖籍貴州，16 歲來港跟父親團聚，資料顯示他沒有任何兄弟，入境處只發出了一張香港身分證。

阿嘉其後態度軟化，和盤托出他在十年前，曾經聯同兩名青年，

在明華大廈縱火及搶劫，他幸運地走甩，但是兩名青年因為留下指紋被捕，這就是露宿者大將所說的水喉匠一家滅門慘案。

兩名青年最後被判誤殺罪，出獄後某天在街上遇到阿嘉，並勒索阿嘉二十萬元。而最後，阿嘉和二人作出了一個駭人聽聞的交易，阿嘉義務協助二人截肢，來換取二人不要向警方告密。難怪大將亦說過當年有勞工處到場，這可能是兩名青年對外界隱瞞截肢真相的謊言。

為什麼那兩名青年需要截肢呢？據調查探員說，阿嘉、兩名青年、甚至曹柏及林秋之，都患有一種怪病⋯⋯

這是一種罕見的病叫「肢體健全認同障礙」，患病的人無法認同自己的某部份肢體，渴望能夠截肢。專家認為，這種疾病是由神經系統障礙造成，大腦映射系統無法辨識特定的肢體。

曹柏及林秋之是在台北被拘捕的，二人居然在某場戲中，以殘害真人手腳來拍攝，事後這個受到重傷的所謂演員，去到醫院求診並要求截肢，整件事才慢慢發大，嘔心！難怪當日在看《異犬人生》畫面這麼逼真，想不到⋯⋯

這部他媽的《異犬人生》，其實是一部 Snuff Film！

這班人為了截肢，拍攝了一齣真人 Show，有人更為了一己私慾，而暴露出人類最原始的獸性！他們走在一起，並非偶然，是因為他們有共同興趣，甚至以截肢為共同目的。

阿嘉是因為這怪病，才會認識兩名縱火青年，他亦因為這個怪病，才會認識曹柏與林秋之。

他由出生那天起，已經被多出來的一雙手困擾，未來香港前在鄉間生活的他十分貧窮，家人根本就沒有錢去給他動截肢手術，能夠生存，已經是上天給他的最大恩賜⋯⋯

恩賜？抑或是苦難？

是什麼令人類分出等級？分富與貧？

若想深一層，又是什麼原因要阿嘉生出多一雙手？試想想一個孩子每天上學就是給人當怪物看待，日復日，年復年，我們還要求他怎樣了？

第五名傷者王利梅鞋扣上血液的 DNA 樣本，證實與阿嘉吻合，而在石室檢獲的一批衣服經過科學鑑證之後，其中有一些衣服纖維與多名受害人身上找到的纖維吻合。至於死者李向轉的手機內，居然找到案發時候的錄影片段，片段還清楚拍攝到阿嘉的容貌。

正如我之前的推測，死者在遇襲的時候，曾經取出手機向阿嘉錄影，所以在眾多傷人案中，唯獨是這一宗受害人的手機不見了。有了這些證據，相信阿嘉在高等法院就只有一個結果。

而折斷香枝的化驗結果則出人意表。這些其實是普通的香，一般紙紮舖也能夠買得到，但是在行內稱之為「香腳」的紅色部份，則經過加工，帶有簡稱「LSD」成份，那是學名叫「麥角酸二乙醯胺」的化學物質，能夠改變使用者的心情、思想與觀念，因此 LSD 也是形成一種具有幻覺與迷幻作用的藥物。

阿嘉早於十年前台灣遊時，與曹柏及林秋之不只建基於肢體健全認同障礙，還有一起服食 LSD，甚至將 LSD 加入香中，掩人耳目。所以我起初在譚公廟怪遇，以致去到台灣，在按摩房的奇遇，最後在阿嘉石室中的恐怖幻覺，也是燃燒香燭時誘發 LSD 的影響。

東大街街口藥行也再次營業，賣假藥損失慘重，平時氣盛的他，現在只有一臉無奈地坐在店門口，還掛上了一束二束十二生肖，兼賣犯太歲的次等玉器。至於他拼命死守的是否真正天花疫苗，

已經再沒有人談論。

喪警化療被拘捕後轉送到醫院，原來他是一名極端宗教主義者，看到近日發生在歐洲的多宗恐怖襲擊後，勾起了他參加「聖戰」的目標，當他花了十五分鐘向急症室當值醫生解釋，以巴戰爭是因為夏娃吃了善惡樹上果實之後，醫生便簽紙給他入住青山醫院。

探員阿奶已經康復出院，還不時探望留院的 Air，後者的斷肢在找到時已經不齊全，Air 無奈地接受永久傷殘的事實。但是他仍然十分樂天，還說左手傷殘並沒有影響他的日常生活，甚至仍然能兼任輔警工作，他這種偉大無私奉獻的精神，據說影響了更多人投考輔警工作。

技師阿麗經手術後進展良好，留院的她，還經常發訊息給我，起初附帶照片，包括她傷口、包紮情況。但後期愈影愈上，包括她合埋的大腿、甚至是照到小部分黑色花邊內褲的大腿內側，還經常提起中槍後向我說出的要求，最後我要封鎖她來躲避。

至於店員 A 只是皮外傷，即日已經出院，經過三天的宵禁令，引起了東大街居民對小社區內守望相助精神，而「東大街治安關注組」亦沒有解散，除了繼續向警方施壓按裝俗稱監察鏡頭之外，還增辦了一個「防火小組」及「我愛我家少年團」。

其中少年團是教人認識有關香港東區的歷史，以及關注未來社區的發展。我也曾旁聽過一節課，是由得巴的兒子德仔，由少年譚公如何得道開始，由淺入深介紹東大街的歷史。

另外露宿者大將已經沒有拾荒為生，他是被社工逼他入住政府資助院舍，很好笑的是，在社工逼他到公廁洗澡那天，才發現他竟然穿上了十件衫及五條褲，所以，他走起路來才一拐一拐，脫光後，原來是個瘦削老人。

綾波麗成為了我的女友，那是在我得知舊女友並沒有懷孕之後的一天。

當天縱火的生果佬，原來在當晚自行去了警署自首，但被身為值日官兼槍械室及大閘守衛的小督察拒於門外，雙方爭議一輪，最後生果佬才得償所願。

整個屯門區仍然封鎖，並由軍隊駐守，政府也沒有公布封鎖至何年何月，只知道死亡人數遠超乎想像。屯門二子亦因應居住地區，正式調到北角駐守，我偶爾也會見到老童孖枝在區內公園替長者免費剪頭髮，聽說是社會福利署補助基金出糧。所以，臨近出糧日子，孖枝更會失蹤，而在一些毒品交易街檔便會看到他的蹤影。

一個下午，我走到東大街餃子女王舊店外，女店主如常地招呼客人，她那開始不久的第一分店已經結業，捲閘外釘滿了地產公司的招租木牌。我看到得巴坐在門外，目不轉睛地看著電腦，埋頭苦幹。

我也坐了下來，要了鍋貼及豆漿，店員送上食物後，連隨放下單據，但單據立刻給人取走了，是水喉匠，他替我買了單，但什麼也沒有說就走了。我知道他是在對我表示謝意，因為，在逃十年的縱火兼謀殺犯阿嘉，將會在最高法院被起訴，若果阿嘉否認控罪，到時水喉匠難免要再來一次出庭作證，希望這種情況不會出現。

得巴不停打字，十分投入，我也沒有去打擾他，正當氣氛有點古怪之際，一個人出現……

「阿姨！唔該黐飯豆漿！」來者穿著白色Ｔ恤、短褲及拖鞋，站在收銀櫃前。

女店主把他要的食物包好：「勤仔，又去游水呀！」

「咁好陽光，唔去海灘太浪費啦！」來者付款後轉身，並向我揚眉打了一個眼色才離開。

是少年Y！

是原名方勤的少年Y！

沒有以往戴著帽子收埋自己的少年Y，取而代之，是一個充滿陽光氣息的少年出現在東大街上。

「Bu……Bu……」得巴突然吐出食物。

「頂你咩！搞咩呀！」我在埋怨，食物殘渣甚至噴到我臉上。

「嘩！少年Y喎！」得巴脫下眼鏡，站起來指著已經離開的方勤：「喂！你睇唔睇到呀？係少年Y喎……日光日白喎……」

我示意得巴說話細聲一點，勉得被對方聽到，少年Y能夠沒有任何遮蔽下在大白天出現，似乎已經回復過來，作為我們知情者來說，好應該給他一些空間，讓他重奪失去了十年的靈魂，之後，就讓這靈魂繼續快樂下去。

身旁的得巴再次投入，原來他正以東大街連環傷人案作一個專題報導，我也看過內容，相信全香港媒體，只有他才能夠寫得這麼深入，其中一些照片就是只有得巴拍攝到，值得注意的是，在提及一位偵查該案的探員，他仍然以探員J作稱呼。

而整個專題，則以「黑夜中的散步者」作為題目。

阿嘉在等候審訊期間自殺死了，他是以褲管上吊窒息而死的，據懲教處職員說，他在羈留期間，經常自言自語，又說被警方屈打成招，又說受到人指使傷人，所有傷者，均犯了原罪等等。至於是什麼原罪，阿嘉沒有提及。

在刊載得巴專題報導的週刊出版後不久，有一名前入境事務處主任致電「阿嘉案」的案件主管，他清楚記得十多年前（阿嘉來港那年），曾經處理過一宗內地人來港申請，申請人是一名十六歲青年，他要求港府多發一張香港身份證，原因是他出生時是連體嬰兒，兄弟二人從沒有做手術分割。

此名已經退休的入境事務主任要求申請人出示出生醫院的證明書，對方因為在內地出身，提交文件不足，青年曾經展示過其連體的實際狀況，那天所見到的，這名入境事務主任說是畢生難忘⋯⋯

他對申請者身體狀況的描述，和莫有嘉的身體狀況十分相似，所以好大機會是同一個人。這種情況，也是當其時整個部門從來未遇到過的。

阿嘉死後，律政司也沒有對我作出起訴，但是因為我有多年的「創傷後遺症」，要接受心理治療，短期內不能再上前線工作，要改為文職。我也剩機會放取大假，作一次旅行。

我到了貴州，在一個十分落後的小鎮，找到了阿嘉外婆，是年近九十歲的老婦人。那是阿嘉遺書上寫的地址，父母早逝的他，只剩下鄉間一些親友，故他希望有人能把他死去的消息，轉告他的外婆，好讓他們能夠來港，接管阿嘉跟父親生前一些財物。隨遺書還夾雜了一封授權書，並寫上他外婆的姓名及地址。

見到阿嘉外婆後，我直接告訴她外孫已經死亡，並告訴她授權書一事，老婦稱行動不便，相信要另外找別人處理，我臨離開前，老婦把一包放置於抽屜內的衣服取出。

老婦說她女兒年輕時到深圳打工，到她結婚生小孩也沒有探訪過她，這包是初生嬰兒的衣服及紅包，想不到四十年過去，那些衣服仍然捨不得棄掉。她把這些東西交給我，希望我帶回香港，燒給阿嘉，說貴州太遠，多山，燒了也怕他收不到。

我接過衣服，但就把紅包交回老婦人，但是對方又硬要我收下，說燒東西要跟名跟姓，否則便會收不到。

於是我又取回紅包，但當我要放進背包前，給我看到紅包上的兩行字：

藍色的送給哥哥有嘉……

黃色的送給弟弟有南……

嘉？

南？

我再翻開老婦人給我的嬰兒衣服……

那是兩件同尺碼兼同款式，俗稱蛤姆衣的連身嬰兒服……

藍色的一件，在領口繡著……

哥哥……

黃色的一件，在相同位置……

繡著……

弟弟 ……

……

香港法例第 174 章《生死登記條例》規定，父母必須於新生子女出生後四十二天內，為新生子女在出生地區的出生登記處辦理出生登記。至於新生子女的出生登記，須待其出生醫院向登記官作出呈報後始可進行，故父母應向嬰兒出生的醫院查詢，確保醫院已向相關出生登記處提交有關的新生嬰兒呈報表。每一嬰兒呈報表，均記錄一名嬰兒的出生。而連體嬰的情況，亦視乎醫院提交的新生嬰兒呈報表而定。

《生死登記條例》

…全文完……

主要角色出場序

我 / 探員 J / 東區警區重案組探員
「女人 50% 係火、10% 係糖、剩餘嘅 40% 係毒藥！」

綾波麗 / 港島總區鑑證科女探員
「男人 100% 係仆街！」

Air / 柴灣警署輔警
「唔得呀師傅，旺角唔可以唔戴架！」

得巴 / 記者
「男人係咁架啦，個個聖人咩！」

店員 A / Annie / 台式飲品店員工
「喂！靚仔阿 Sir，啲歹徒都幾多手架！」

技師阿麗 / 足浴店按摩技師
「你好重火呀⋯⋯」

水喉匠 / 張廣生
「哼！後生方個好人！」

大將 / 露宿者大將
「好耐嘩，百幾年前嘩！」

少年 Y / 方勤
「其實陽光先係最適合我！」

作者後記

或許有人會覺得故事情節過於複雜，但是我已經盡量寫得簡淺，畢竟這是個犯罪故事，謎團太早解開就沒意思了。我對東大街太熟悉了，間中也會在那裏吃個下午茶，東大街給我感覺，就是還有一份香港情懷。歲月如梭，過去數年，筲箕灣轉變已經很大，可能這就是現今香港的生活節奏。

——the jam.

書 名	黑夜中走在東大街的危險人物	
作 者	the jam.	
封面攝影及設計	the jam.	
出 版	超媒體出版有限公司	
地 址	荃灣柴灣角街 34-36 號萬達來工業中心 21 樓 2 室	
出版計劃查詢	(852)3596 4296	
電 郵	info@easy-publish.org	
網 址	http://www.easy-publish.org	
香 港 總 經 銷	聯合新零售 (香港) 有限公司	
出 版 日 期	2023 年 12 月	
圖 書 分 類	流行讀物	
國 際 書 號	978-988-8839-38-4	
定 價	HK$ 98	

Printed and Published in Hong Kong